Jean Paul
Dr. Katzenbergers Badereise

Jean Paul

Dr. Katzenbergers Badereise

Mit einer Einleitung von
Karl-Heinz Ebnet

Die Reihe erscheint bei SWAN Buch-Vertrieb GmbH, Kehl
Editorische Betreuung: Karl-Heinz Ebnet, München
Gestaltung: Schöllhammer & Sauter, München
Satz: WTD Wissenschaftlicher Text-Dienst/pinkuin, Berlin
Umschlagbild: Unter Verwendung von »Die Hydropathen« (Ausschnitt)

DIE DEUTSCHEN KLASSIKER

© 1994 SWAN Buch-Vertrieb GmbH, Kehl
Gesamtherstellung: Brodard et Taupin, La Flèche
Printed in France
ISBN: 3-89507-028-9

Band Nr. 28

DR. KATZENBERGERS BADEREISE

JEAN PAUL

Den deutschen Geistesheroen Goethe, Schiller, Wieland und Herder galt Jean Paul als Hinterwäldler und Sonderling; als er 1796 den Parnaß der Klassik, Weimar, besuchte – einige Jahre später sollte er sich zeitweilig ganz dort niederlassen –, war man vor allem irritiert: Goethe war er ein *so kompliziertes Wesen, daß sich dieser nicht die Zeit nehmen konnte, eine Meinung über ihn zu bilden. Man schätzt ihn bald zu hoch, bald zu tief, und niemand weiß das wunderliche Wesen recht anzufassen.* Und Schiller gar erschien er als *fremd wie einer, der aus dem Mond gefallen ist.* Im Stillen aber kam man nicht umhin, sich über den sentimentalischen, kindisch-kindlichen Schwärmer und Humoristen zu mokieren. Einzig die Frauen, so schien es, wußten mit ihm etwas anzufangen, wußten ihn *recht anzufassen*; ihre Herzen flogen ihm zu, sie ließen sich von ihm, seinen doch so idyllischen Werken und seinem lebendig-naiven Charme auf das wunderbarste unterhalten und waren in kürzester Zeit in ihn verliebt.

So wurde er gesehen, so wird er – von vielen – noch heute gesehen.

Rolf Vollmann dreht in seiner lesenswerten Jean Paul-Biographie *Das Tolle neben dem Schönen* dieses Bild versuchsweise um. Als Jean Paul Wieland einen Besuch abstattete und das Gespräch auf die in Weimar allseits verehrten alten Griechen kam, soll er gesagt haben: *Ich lasse die alten Griechen gelten, was sie sind, aber es sind doch sehr beschränkte Geister. Welche kindische Vorstellungen haben sie von den Göttern! Wars möglich, daß sie*

dabei edlere und tiefere Gefühle der Menschheit hatten?
Und: *Aber jene Jugendzeit ist vorbei, und wir sind Männer geworden. Christliche Titanen haben längst den heidnischen Himmel erstürmt und die Götter desselben in den Tartarus gestürzt. Über uns hat sich ein unendlicher Gotteshimmel und unter uns eine unergründliche Tiefe der Menschheit aufgetan. Passen dafür noch die kleinlichen Formen und Schönheitsspielereien der alten Griechen?*

Worauf sich Wieland ziemlich zerknirscht notierte: *Mit einem Wort, Jean Paul hält die Griechen für Kindsköpfe.*

Und dann denke man, so wie Rolf Vollmann es vorschlägt, über das Wort von der unergründlichen Tiefe nach, die sich unter uns aufgetan hat, und man versteht, warum sie ihn in Weimar nicht verstanden haben. Und ebenso plötzlich werden aus den bewunderten, ach so ernsthaften Geistesheroen die eigentlichen kindisch-sentimentalischen Schwärmer, die verspielt ihrer programmatischen Klassik nachhingen und darüber den Blick auf die Realität verloren.

Wozu sich passenderweise anfügen läßt, daß Goethe niemals merkte, mit wem er es bei Jean Paul zu tun hatte, nämlich mit dem einzigen Schriftsteller Deutschlands, der ihm zumindest ebenbürtig war; wohingegen Jean Paul einmal anmerkte, er habe vor Goethe den einzigen Vorzug, daß er dessen Werke zu schätzen wisse.

Was Jean Paul jedoch nicht hatte, war ein Programm.

Die Fähigkeit, das existentielle Bedürfnis, dem Leben einen allgemeinen Sinn, eine alles verbindende Harmonie zu unterstellen, die sich wenn nicht versöhnend, so doch schützend über Mensch, Welt und Gott wölbt, war ihm abhanden gekommen, war gleichsam zerronnen in einen heillosen Mangel an Vollkommenheit. Den Tag, an dem dies geschah, bezeichnete er als den wichtigsten in seinem Leben; es war – mit Gewißheit läßt es sich nicht sagen – der 15. November 1790, der Tag seiner Todesvision.

Eine Zeitgenossin berichtete: *Einst tritt seine Speisewirtin Christiane Stumpf zu ihm ins Zimmer und findet ihn bleich, mit verstörter Miene am Fenster stehen. Sie ruft ihn an, aber erst beim dritten Male erwacht er wie aus einem hypnotischen Schlaf und dankt der Frau mit aufgehobenen Händen, daß sie ihn durch ihr Dazwischentreten vor dem Ausbruch des Wahnsinns gerettet habe.*

Und aus der 1791/92 entstandenen *Unsichtbaren Loge* sei eine längere Passage zitiert: *Ich habe mit dem Tode geredet, und er hat mich versichert, es gebe weiter nichts als ihn ...* Und weiter: *Das Kind begreift keinen Tod, jede Minute seines spielenden Daseins stellet sich mit ihrem Flimmern vor sein kleines Grab. Geschäft- und Freudenmenschen begreifen ihn ebensowenig, und es ist unbegreiflich, mit welcher Kälte tausend Menschen sagen können: das Leben ist kurz. Es ist unbegreiflich, daß man dem betäubten Haufen, dessen Reden artikuliertes Schnarchen ist, das dicke Augenlid nicht aufziehen kann, wenn man von ihm verlangt: sieh doch durch deine paar Lebenjahre hindurch bis ans Bett, worin du erliegst – sieh dich mit der hängenden plumpen Toten-Hand, mit dem bergigen Kranken-Gesicht, mit dem weißen Marmor-Auge, höre in deine jetzige Stunde die zankenden Phantasien der letzten Nacht herüber – diese große Nacht, die immer auf dich zuschreitet und die in jeder Stunde eine Stunde zurücklegt und dich Ephemere, du magst dich nun im Strahl der Abendsonne oder in dem der Abend-Dämmerung herumschwingen, gewiß niederschlägt. Aber die beiden Ewigkeiten türmen sich auf beiden Seiten unserer Erde in die Höhe, und wir kriechen*

und graben in unserem tiefen Hohlweg fort, dumm, blind,
taub, käuend, zappelnd, ohne einen größern Gang zu sehen,
als den wir mit Käferköpfen in unsern Kot ackern … Ich
schauete gerade zum Sternenhimmel auf; aber er erhellet
meine Seele nicht mehr wie sonst: seine Sonnen und Erden
verwittern ja ebenso wie die, worein ich zerfalle. Ob eine
Minute den Maden-Zahn, ob ein Jahrtausend den Haifisch-
Zahn an eine Welt setze: das ist einerlei, zermalmt wird sie
doch. Nicht bloß diese Erde ist eitel, sondern alles, was neben
ihr durch den Himmel flieht und das sich nur in der Größe
von ihr trennt. Und du holde Sonne selbst, die du wie eine
Mutter, wenn das Kind gute Nacht nimmt, uns so zärtlich
ansiehest, wenn uns die Erde wegträgt und den Vorhang der
Nacht um unsre Betten zieht, auch du fällest einmal in deine
Nacht und in dein Bette und brauchst eine Sonne, um
Strahlen zu haben … O mein Geist begehrt etwas anders als
eine aufgewärmte, neu aufgelegte Erde, eine andre Sätti-
gung, als auf irgendeinem Kot- oder Feuer-Klumpen des
Himmels wächset, ein längeres Leben, als ein zerbröckelnder
Wandelstern trägt; aber ich begreife nichts davon …

Wer mit dem Tod geredet und wem dieser versichert hat, nichts weiter gebe es außer ihm, der kann
nicht mehr Zuflucht suchen in einem ehernen Gesetz
in und einem gestirnten Himmel über sich.

Die Erfahrung des Todes ändert nicht die Welt,
doch alles ist anders; ein Riß hat sich aufgetan, der
jede idealistische Synthese von innen und außen, von
Subjekt und Objekt mit sich fortreißt. Der aber auch,
auf Kosten eines bewußt gewordenen Entborgen-
seins, die Welt so zeigt, wie sie ist: ihre Brüche, Wider-
sprüche, Gerechtigkeit und Ungerechtigkeit, Mannigfaltigkeit, Schönheit. Der eine Unbefangenheit zu-
läßt, die, um nun ein weiteres Mal mit Vollmann zu
reden, ein vom Leben gelöstes Leben, das Freisein

vom Bedürfnis nach Leben erst gewähren – eine Unbefangenheit, der nichts zu klein und nichts zu groß, nichts zu vertraut, nichts zu fremd, nichts zu schrecklich und nichts zu schön ist. Und die dem, dem sie sich gibt, der den Tod schon hinter sich hat, das Leben nicht lange genug erscheinen läßt. *Ich richtete mich wieder auf, daß der Tod das Geschenk einer neuen Welt sei und die unwahrscheinliche Vernichtung ein Schlaf*, schrieb Jean Paul am Tag nach seiner Vision. Der Blick in die unergründliche Tiefe des Menschen öffnet ihn auch auf den unendlichen Götterhimmel. Kein Wunder, daß Schiller Jean Paul für einen Menschen hielt, der geradewegs vom Mond gefallen war.

Jean Paul wurde als Johann Paul Friedrich Richter am 21. März 1763 in Wunsiedel im Fichtelgebirge geboren. Der Vater war Organist und Schulmeister, die Familie wuchs unter unvorstellbar armen Verhältnissen auf; von den sieben Kindern, die die Mutter zur Welt brachte, blieben nur vier am Leben, 1789 ertränkte sich ein Bruder in der Saale, weil er die drückende Armut nicht mehr aushielt.

1765 zog die Familie nach Joditz, wo der Vater eine Pfarrstelle antrat, 1776 nach Schwarzenbach. Der junge Richter besuchte dort die Lateinschule, 1779 durfte er auf das Gymnasium in Hof. Bereits in Schwarzenbach verschlang er alles, was ihm an Lektüre zwischen die Hände geriet; was ihm wichtig erschien, wurde in Quartheften exzerpiert, dazu ein Register angelegt und dazu nochmals ein Register, das die Exzerpte unter bestimmten Gesichtspunkten aufschlüsselte – eine Methode, die er sein Leben lang beibehielt. Der sechzehnjährige Gymnasiast bereitete sich zielstrebig auf den Beruf als Schriftsteller vor.

Ab Mai 1781 studierte er in Leipzig Theologie, bereits im November beschloß er, das Studium aufzugeben. Er hatte zu schreiben begonnen, und alles was er tat, schien nur darauf abzuzielen. 1783 gestand er in einem Brief an den Pfarrer Vogel: *Ich bin kein Theolog mer; ich treibe keine einzige Wissenschaft ex professo, und alle nur insofern als sie mich ergözen oder in meine Schriftstellerei einschlagen; und selbst die Philosophie ist mir gleichgültig, seitdem ich an allem zweifle.*

1783 erschienen die *Grönländischen Prozesse*, sein erstes Buch. Obwohl er in den nächsten Jahren unermüdlich fortfuhr zu schreiben – es entstand eine lange Reihe von ausufernden, mit gelehrten Abschweifungen versehenen Satiren –, blieb es bis 1789 Jean Pauls einzige Veröffentlichung. Die *Auswahl aus des Teufels Papieren*, ein Band mit Satiren, der in diesem Jahr herauskam, verkaufte sich noch schlechter als das erste Buch. 1793 dann ein erster Durchbruch. Im Jahr zuvor hatte er das Manuskript der *Unsichtbaren Loge* an Karl Philipp Moritz geschickt, der sich begeistert zeigte. *Aber nein,* soll er ausgerufen haben, *das ist noch über Goethe, das ist ganz was Neues.*

Moritz vermittelte einen Verleger, 1793 wurde das Buch gedruckt, und Jean Paul erhielt insgesamt 100 Dukaten, ein warmer Regen auf die ausgedorrten Finanzen des bettelarmen Autors. 1784 hatte er auf der Flucht vor den Gläubigern Leipzig verlassen müssen, er war zu seiner Mutter nach Hof zurückgekehrt – beide wohnten in einem Zimmer und lebten von wenig mehr als nichts –, seit 1787 verdingte er sich als Hofmeister. Seine besten Freunde waren weggestorben, ein Bruder hatte Selbstmord begangen, Jean Paul hatte seine Todesvision erlebt.

Noch bevor die *Unsichtbare Loge* – im Anhang dazu findet sich das wohl berühmteste Stück Jean Pauls, das

Leben des vergnügten Schulmeisterlein Maria Wutz in Auenthal – in Druck ging, begann er mit seinem zweiten Roman, *Hesperus, oder 45 Hundpostage*. Mitte 1794 war die Arbeit daran abgeschlossen, 1795 erschien das Buch und machte ihn berühmt. Die Reaktionen des Publikums waren enthusiastisch, Leserinnen teilten ihm in Briefen ihre Empfindungen mit, Herder, Wieland und Gleim saßen fasziniert und ergriffen über der Lektüre; der *Hesperus* wurde zum größten Bucherfolg seiner Zeit – einzig Goethe wollte sich mit dem, wie er es nannte, *wunderlichen Werk* nicht so recht anfreunden.

Aber man war auf ihn aufmerksam geworden, und ein Jahr später erhielt er von Charlotte von Kalb eine Einladung nach Weimar, der er eiligst nachkam. *Gott sah gestern doch einen überglüklichen Sterblichen auf der Erde und der war ich* ... berichtete er dem Freund Christian Otto nach seiner Ankunft. Und über Charlotte von Kalb wußte er zu berichten: *Sie hat zwei grosse Dinge, grosse Augen wie ich noch keine sah, und eine grosse Seele ... Sie ist stark, vol, auch das Gesicht - ich wil dir sie schon schildern. 3/4 der Zeit brachte sie mit Lachen hin - dessen Hälfte aber nur Nervenschwäche ist - und 1/4 mit Ernst, wobei sie die grossen fast ganz zugesunknen Augenlieder himlisch in die Höhe hebt, wie wenn Wolken den Mond wechselweise verhüllen und entblössen ...* »Sie sind ein sonderbarer Mensch« *das sagte sie mir dreissigmal. Ach hier sind Weiber!*

Offenbar war sie sofort in ihn verliebt – sie sollte nicht die einzige sein. Wohin er kam, hingen die Frauen, so scheint es, an seinen Lippen. Und er gab, was er zu geben vermochte: verliebte sich ebenfalls auf seine unbekümmert herzliche und gleichzeitig distanzierte Art, gab Eheversprechen, verlobte sich, entlobte und entliebte sich, sobald die nächste kam. *Er sagte oft: gebt mir zwei Tage oder eine Nacht, so will ich mich verlieben, in wen ihr vorschlagt*, heißt es im *Hesperus* (im *Titan*: *Solang' ein Weib liebt, liebt es in einem fort - ein Mann hat dazwischen zu tun*). Karoline Herold, Emilie von Berlepsch, Karoline von Feuchtersleben, Josephine von Sydow hießen die entflammten und schließlich zurückgewiesenen Opfer, bis er im Juni 1800 Karoline von Mayer traf; kaum ein Jahr später war er mit ihr verheiratet. Doch selbst noch im Alter von vierundfünfzig Jahren war er imstande – während einer Reise nach Heidelberg, bei welcher Gelegenheit ihm auf Vorschlag Hegels das Ehrendoktorat überreicht wurde – der dreißig Jahre jüngeren Tochter des Kirchenrats Paulus den Kopf und das Herz zu verdrehen. *Ich habe seit 10 Jahren nicht so viel und so viele und so jugendlich empfindend geküßt als bisher* ... schrieb er an seine Frau, die ihm recht ungehalten antwortete. Zur Scheidung allerdings kam es nicht, und als Jean Paul im nächsten Jahr seinen Besuch wiederholte, zeigte er sich gegenüber Sophie Paulus freundlich, aber kalt (worauf sich die völlig verwirrte junge Frau überstürzt auf eine Ehe mit August Friedrich Schlegel einließ; einen Monat später trennte sie sich wieder von ihm und blieb dann allein).

Wie in allem, so auch hier: Jean Paul lebte, um zu schreiben; schreibend sich der Welt annähern, ohne sie einer Theorie gefügig zu machen, ohne sie wahrer, objektiver darzustellen, als sie in Wirklichkeit ist – dies war es, was er wollte und tat. Jean Pauls Leben, ein vom Leben gelöstes Leben, beinhaltete beides: scheinbar unbeteiligt stand er über dem Leben, betrachtete es distanziert und ungerührt und konnte sich im gleichen Moment unbefangen und kindlichnaiv ihm hingeben. Charlotte von Kalb beschrieb es in einem Brief an Karoline Herder folgendermaßen: *Glauben Sie nicht, daß Jean Paul leicht etwas Leidenschaftliches oder eine Neigung mit in seine Verbindungen oder persönlich individuellen Anteil nimmt. Wir sind ihm alle nur Ideen, und als Personen gehören wir zu den gleichgültigsten Dingen. Ideendarstellung des Lebens in der Masse der ihm bekannten Welt aufzusuchen - das ist's, was ihn reizt, beschäftiget, belebt. Er hat einen sehr freien Sinn und einen unbefangenen Blick; er durchschaut leicht eine Kette von Umständen, die einen Charakter bilden, und dann kann er nicht mehr lieben noch hassen.*

Die Aufnahme in Weimar allerdings war herzlich; er traf u.a. Herder, Schiller, Goethe und die Herzogin Anna Amalie. *Er hat hier bei allen unsern Genies jeder Art große Sensation gemacht*, schrieb diese an Wieland, *und man hat ihm, was viel ist, alle Gerechtigkeit widerfahren lassen.* In der Tat fühlte sich Jean Paul trotz der bereits angesprochenen Differenzen in der herzoglichen Residenzstadt ausgesprochen wohl; 1798 ließ er sich ganz dort nieder.

Zwei Jahre verbrachte er in Weimar, 1800 zog er nach Berlin und lernte dort seine Frau kennen. 1804 schließlich siedelte er, nach Aufenthalten in Meiningen und Coburg, nach Bayreuth um, wo er für den Rest seines Lebens blieb.

Inzwischen waren der *Siebenkäs* (1796/97), das *Leben des Quintus Fixlein* (1796), *Der Jubelsenior* (1797), *Das Kampaner Tal* (1797), der *Titan* (1800 – 1803), darin enthalten, im Anhang zum zweiten Band, die wunderbare Erzählung *Des Luftschiffers Giannozzo Seebuch*, und die *Flegeljahre* (1804/05) erschienen.

In Bayreuth führte er ein ruhiges, beinahe zurückgezogenes Leben, gewidmet der Familie, der Erziehung der drei Kinder und der schriftstellerischen Arbeit. *Mir ist als Autor und fast als Mensch jede neue Erfahrung gleichgültig, weil sie doch im Höchsten zu nichts führt und ich nach meinen der Gegenwart abmodellierten Werken nichts suche als Ruhe*, schrieb er in seinem *Vita-Buch*. Erst in späteren Jahren begab er sich wieder auf Reisen – nach Bamberg, wo er E.T.A. Hoffmann begegnete, nach Nürnberg, Regensburg, dann, wie bereits erwähnt, nach Heidelberg, in Dresden traf er mit Tieck und Carl Maria von Weber zusammen, in Nürnberg mit Schelling und Platen.

Die Begeisterung allerdings, die seine Bücher noch im ausgehenden 18. Jahrhundert weckten, war dahin. Bereits die *Flegeljahre* wollte kaum mehr jemand lesen. Die Zustimmung des Publikums sank mit jedem neuen Werk. 1807 erschien *Levana oder Erziehlehre*, 1809 *Des Feldpredigers Schmelzle Reise nach Flätz* und *Dr. Katzenbergers Badereise*, 1812 das *Leben Fibels*. Daneben arbeitete er u.a. von 1813 bis 1822 an seinem letzten großen Roman, *Der Komet*. Der frühe Tod des Sohnes Max, 1821, der Jean Paul tief berührte, führte schließlich zum Abbruch der Arbeit, der Roman blieb Fragment.

Die letzten Jahre waren von Krankheiten gezeichnet, der graue Star, der sich 1824 erstmals bemerkbar machte, führte zur völligen Erblindung. Am 14. November 1825 starb Jean Paul in Bayreuth.

Und nachgerade prophetisch klangen die Worte, die Ludwig Börne am 2. Dezember in Frankfurt in seiner Denkrede sprach: *Nicht allen hat er gelebt! Aber eine Zeit wird kommen, da wird er allen geboren, und alle werden ihn beweinen. Er aber steht geduldig an der Pforte des zwanzigsten Jahrhunderts und wartet lächelnd, bis sein schleichend Volk ihm nachkomme ...*

DE EPISTOLA MONSTRIS
DR. KATZENBERGERS BADEREISE

Von Mißgeburten, Monstren handelt eines der drei
Bücher des Arztes und *Artista* Katzenberger, Titelheld
des 1809 erschienenen Romans. Als eigentliches
Monstrum aber entpuppt sich bald der Mediziner,
Katzenberger selbst. Daß er vorhat, den Brunnenarzt
Strykius *beträchtlich auszuprügeln,* weil es dieser gewagt
hatte, Katzenbergers Werke mißgünstig zu rezensieren, bringt die Handlung erst in Fahrt und weckt
nichts anderes als die Belustigung des Lesers. Überhaupt der Humor: der Leser fällt, stolpert über ihn –
von Zeile zu Zeile, von Seite zu Seite; Jean Paulscher
Wort- und Sprachwitz gehen mit dem eigen- und mut-
willigen Doktor eine innige Verbindung ein. Der Leser amüsiert sich über den satirischen, spöttischen
Ton, mit dem Katzenberger über die wohlfeile wie
weniger wohlfeile Gesellschaft herfällt, ihre Konven-
tionen entlarvt und sie der Lächerlichkeit preisgibt.

Allererstes Opfer, weil Reisegefährte in der Kutsche nach dem Bad Maulbronn, ist der unter dem
Pseudonym des eigenen Namens Herr von Nieß mit-
reisende, allseits bekannte und geschätzte Bühnen-
Dichter Theudobach. *Wissenschaft und Poesie - oder Logik und Blumik*, beschrieb Jean Paul in den Vorarbeiten zu dem Roman das Thema. Die Dominanz Katzenbergers erweist sich allerdings bald als übermäch-
tig. Die geckenhafte Gefühlsschwelgerei des Dichters,
dessen Werke nicht Ausdruck eigener Empfindungen, sondern schwülstiges Produkt eingebildeter
Eitelkeit sind, gerät nur allzubald in die alles zermal-
mende Seziermaschine der Katzenbergerschen Logik.
Der romantische Mondscheinspaziergang mit Theo-

da, Katzenbergers Tochter, deren Liebe zu gewinnen Theudobach anstrebt, erfährt auf dem Gottesacker durch den skelettaushebenden Doktor eine empfindliche, peinliche Störung. Daß Theoda schließlich – Resultat der fast unvermeidlichen Verwechslungskomödie – den wirklichen Theudobach, einen prosaischen Festungs- und Militärmathematiker, dem blassen, geistig wie körperlich anämischen Bühnen-Dichter vorzieht, ist als vernichtende Niederlage der Poesie oder *Blumik* zu werten – auch eine Selbstparodierung Jean Pauls.

Katzenbergers Logik trägt, wie bei allen Händeln, in die er während seiner Reise gerät, den Sieg davon; dabei ist sie nichts anderes als ein unter dem Deckmantel des wissenschaftlichen Enthusiasmus getarnter Fanatismus. Ihm alles unterzuordnen erscheint dem Doktor ebenso einleuchtend wie zweckdienlich; zynisch sind seine Taten und verbalen Ausführungen nur der illustren Badegesellschaft, nicht aber dem Leser. Wenn er an der öffentlichen Tafel im Bad über den Ekel doziert – *unter allen Empfindungen* kenne er keine, *die stärker, aber auch grundloser ist, und die weniger Vernunft annimmt, als der Ekel tut* – und seine theoretischen Erläuterungen gleich mit einem Beispiel garniert – *da ich nun meinen Gästen gern Ausgesuchtes vorsetze: so bot ich einigen Leckermäulern darunter Schnepfendreck, wie gewöhnlich mit Butter auf Semmelscheiben geröstet, an, und zwar so, wie ihn täglich meine beiden Schnepfen unmittelbar lieferten* –, dann verstößt er damit lediglich gegen den guten Geschmack der Badegäste; der Leser ist belustigt, so wie er nicht nur insgeheim den Doktor, seinen Spinnenverzehr, seine skurrile Jagd nach Monströsitäten belächelt. Der Beispiele sind viele.

Das Lächeln gefriert dem Leser erst, wenn der skurril-sympathische Doktor die Nachtseite seines Wesens, den skrupellosen Unmenschen hervorkehrt, wenn seine ständige Jagd nach Mißgestalten, sein Drang, seinem Wissenschaftsideal zu huldigen, buchstäblich über Leichen gehen. Beinahe untröstlich ist er, als er davon abgehalten wird, einer Exekution beizuwohnen. Nur aus Liebe zu seiner Tochter sieht er *von einem lachenden Seitenwege ab, wo ihm ein Galgenvogel als eine gebratene Taube in den Mund geflogen wäre, indem er am Diebe das Henken beobachten, vielleicht einige galvanische Versuche auf der Leiter nachher und zuletzt wohl einen Handel eines artigen Schaugerichts für seine Anatomiertafel hätte machen können. Der Gehenkte wäre dann eine Vorsteckrose an seinem Busen auf der ganzen Reise ins Maulbronner Rosental gewesen. - - So* meint er, eine weibliche Mißgeburt heiraten zu wollen, *wenn sie sonst durchaus nicht wohlfeiler zu haben wäre,* und seiner Tochter gesteht er - *da die Sache aus reiner Wissenschaftliebe geschah und ich gerade an der Epistel de monstris schrieb -, daß ich an deiner seligen Mutter während ihrer guten Hoffnung eben nicht sehr darauf dachte, aufrechte Tanzbären, Affen oder kleine Schrecken und meine Kabinetts-Pretiosen fern von ihr zu halten, weil sie doch im schlimmsten Falle bloß mit einem monströsen Ehesegen mein Kabinett um ein Stück bereichert hätte.*

In Katzenberger kommt in diesen Szenen, wie Günter de Bruyn schreibt, der *spezialisierte Unmensch des nächsten Jahrhunderts* zum Vorschein, sein Reagenzglas-, Taxidermien- und Spirituskabinett nimmt die Experimentierlabors der Konzentrationslager vorweg. (Daß Johann Friedrich Meckel, einer der bedeutendsten Anatomen seiner Zeit, sein 1815 erschienenes Werk über Mißgeburten *De duplicitate monstrosa*

Jean Paul widmete und eindringlich für die Figur des Katzenbergers dankte, erscheint dabei nur folgerichtig.) Katzenbergers Herz, so schaltet sich der Erzähler ein, *war in dieser Rücksicht vielleicht das Herz manches Genies; wenigstens so etwas von moralischem Leerdarm. Bekanntlich wird dieser immer in Leichen leer gefunden - nicht weil er weniger voll wird, sondern weil er schneller verdaut und fortschafft -; und so gibts Leer-Herzen, welche nichts haben, bloß weil sie nichts behalten, sondern alles zersetzt weitertreiben.*

Katzenbergers moralischer Leerdarm, Folge seiner anatomischen wie ethisch-geistigen Sezierwut, wird allerdings nicht der Anklage unterzogen; der Erzähler liefert eine medizinisch-technische Erklärung und läßt Katzenbergers Badereise zum Triumphzug werden. Grund dafür ist keineswegs moralische Indifferenz, sondern eine Einsicht, die der Doktor so formuliert: *Ach, wohl in jedem von uns ... sind einige Ansätze zu einem Monstrum.* Mit ihr sich auseinanderzusetzen, sollte dem Leser letztlich ganz das Lachen verschlagen.

- -
- -

Über Dr. Katzenbergers Badereise und Geschichte sei ein Beichtwort an den Leser vergönnt – – – – – doch sind über das Folgende leichter vergebende Beichtväter zu haben als Beichtmütter. Es betrifft den Zynismus des Doktors Katzenberger.

Es gibt aber viererlei Zynismen. Der *erste* ist der rohe in betreff des *Geschlechts*, wie ihn Aristophanes, Rabelais, Fischart, überhaupt die alten, obwohl keuschen Deutschen und die Ärzte haben. Dieser ist nicht sowohl gegen Sittlichkeit als gegen Geschmack und Zeit. Der *zweite* Zynismus, den die Vernunftlehre annimmt, ist der subtile der Franzosen, der, ähnlich dem subtilen Totschlag und Diebstahl der alten Gottesgelehrten, einen zarten, subtilen Ehebruch abgibt; dieser glatte, nattergiftige Zynismus, der schwarze Laster zu glänzenden Sünden ausmalt, und welcher, die Sünde verdeckend und erweckend, nicht als Satiriker die spanischen Fliegen etwan zu Ableitschmerzen auflegt, sondern welcher als Verführer die Kanthariden zu Untergangs-Reizen innerlich eingibt, – dieser zweite Zynismus nimmt freilich, wie Kupfer, bei der Ausstellung ins Freie bloß die Farbe des *Grüns* an, das aber vergiftet, indes der erste schwere, gleich Blei, zur *schwarzen* verwittert.

Von dem *zweiten* Zynismus unterscheidet sich überhaupt der erste so vorteilhaft-sittlich wie etwan (um undeutlicher zu sprechen) Epikurs Stall von der Sterkoranisten Stuhl, worin das Gottgewordene nicht Mensch wird; oder auch so wie *boue de Paris (Lutetiae)* oder *caca de Dauphin* von des griechischen *Diogenes* offizinellem *album graecum* verschieden ist.

– Beinahe macht die Rechtfertigung sich selber nötig; ich eile daher zum

dritten Zynismus, welcher bloß über natürliche, aber *geschlechtlose* Dinge natürlich spricht, wie jeder Arzt ebenfalls. Was kann aber hier die jetzt-deutsche Prüderie und Phrasen-Kleinstädterei erwidern, wenn ich sage: daß ich bei den besten Franzosen (z.B. Voltaire) häufig den *cul, derrière* und das *pisser* angetroffen, nicht zu gedenken der *filles-à-douleur*? In der Tat, ein Franzose sagt manches, ein Engländer gar noch mehr. Dennoch wollen wir Deutsche das an uns Deutschen nicht leiden, was wir an solchen Briten verzeihen und genießen, als hier hintereinander gehen: Butler, Shakespeare, Swift, Pope, Sterne, Smollet, der kleinern, wie Donne, Peter Pindars und anderer, zu geschweigen. Aber nicht einmal noch hat ein Deutscher so viel gewagt als die sonst in Sitten, Sprechen, Geschlecht- und Gesellschaft-Punkten und in weißer Wäsche so zart bedenklichen Briten. Der reinliche sowie keusche Swift drückte eben aus Liebe für diese geistige und leibliche Reinheit die Patienten recht tief in sein satirisches Schlammbad. Seine Zweideutigkeiten gleichen unsern Kaffeebohnen, die nie aufgehen können, weil wir nur halbe haben. Aber wir altjüngferlichen Deutschen bleiben die seltsamste Verschmelzung von Kleinstädterei und Weltbürgerschaft, die wir nur kennen. Man bessere uns! Nur ists schwer; wir vergeben leichter ausländische Sonnenflecken als inländische Sonnenfackeln. Unser *salvo titulo* und unser *salva venia* halten wir stets als die zu- und abtreibenden Rede-Pole den Leuten entgegen.

Der *vierte* (vielleicht der beste) Zynismus ist der

meinige, zumal in der katzenbergerischen Badegeschichte. Dies schließe ich daraus, weil er bloß in der
reinlichsten Ferne sich in die gedachten britischen
Fußtapfen begibt und sich wenig erlaubt oder nichts,
sondern immer den Grundsatz festhält, daß das Komische jene Annäherung an die Zensur-Freiheiten der
Arzneikunde verstatte, verlange, verziere, welche
hier, wie natürlich, in der Badegeschichte eines Arztes
nicht fehlen konnte. Schon Lessing hat in seinem Lao-
koon das Komisch-Ekle (das Ekel-Komische ist freilich
etwas anderes) in Schutz genommen durch Gründe
und durch Beispiele, z.B. aus des feinen Lord Chester-
field Stall- und Küchenstück einer hottentottischen
Toilette.

Genug davon! Damit mir aber der gute Leser nicht
so sehr glaube, so versichere ich ausdrücklich, daß ich
ihn mit der ganzen Einteilung von vier Zynismen
gleichsam wie mit heilendem Vierräuberessig bloß
vorausbesprenge, um viel größere Befürchtungen vor
Katzenberger zu erregen, als wirklich eintreffen, weil
man damit am besten die eingetroffnen entschuldigt
und verkleinert.

Gebe der Himmel, daß ich mit diesen zwei Bänd-
chen das Publikum ermuntere, mich zu recht vielen
zu ermuntern.

Baireuth, den 28. Mai 1808

Jean Paul Fr. Richter

Die Badereise wurde 1807 und 1808 schon geschrieben und 1809 zuerst gelesen, im Jahre, wo das alte Deutschland das Blutbad seiner Kinder zu seiner stärkenden Verjüngung gebrauchte; indes wurde das Buch mitten in der schwülen Kurzeit heiter ausgedacht und heiter aufgenommen.

Die neue Auflage bringt unter andern Zusätzen mehre neue Auftritte des guten Katzenbergers mit, welche ich eigentlich schon in der alten nicht hätte vergessen sollen, weil ich durch diese Vergeßlichkeit seinem Charakter manchen liebenswürdigen Zug benommen. Was hingegen die Malerei des Ekels anlangt, an der einige keinen besondern Geschmack finden wollten, so ist sie ganz unverändert geblieben.

Denn wo sollte man aufhören wegzulassen? Die Ärzte – und folglich starke Leser derselben, wie ich – schauen im wissenschaftlichen Ätherreich herab und unterscheiden durch ihre Vogelperspektive des Unrats sich ungemein von Hofdamen, die alles zu nahe nehmen. Und zweitens, kommen denn nicht alle die verschiedenen Leser mit allen ihren verschiedenen Antipathien zum Bücherschreiber, so daß er ringsum von Leuten umstanden ist, deren jedem er etwas nicht schildern soll, dem einen nicht das Schneiden in Kork, dem andern nicht Abrauschen auf Atlas oder Glasklirren, dem dritten nicht (z. B. mir selber) das Abbeißen vom Papier – dem vierten vollends am wenigsten etwa Kreuzspinnen, und so fort? – Wenn nun der vierte, wie z. B. der freundliche *Tieck* im »Phantasus«, mit einem wahren Abscheu gegen die Figur der Kanker dasteht, so muß ihm freilich erbärmlich werden, wenn er dem Katzenberger zusehen soll, wie dieser die Spinnen vor

Liebe so leicht verschluckt als ein andrer Fliegen. Und doch könnte der Doktor immer die Seespinne, die Krebse und die Austern und andere tafelfähige Miß-gestalten für sich sprechen lassen und überhaupt ne-benher die naturhistorische Bemerkung machen, daß die Tiere desto ungestalter ausfallen, je näher am Erd-boden sie leben – so die chaotischen Anamorphosen und Kalibane des Meers und die Erdbohrer des Wurmreichs und die kriechende Insektenwelt –, und daß sie hingegen – wie z.B. die letzte als fliegende und das schwebende Vogelreich und die hochaufgerichte-ten Tiere bis zum erhabenen Menschen hinauf – sich im Freien verschönern und veredeln.

Der Hauptpunkt aber ist wohl dieser, daß das flüch-tige Salz des Komischen manche Gegenstände, die wie ketzerische Meinungen im üblen Geruche stehen, so schnell zersetzt und verflüchtigt, daß der Empfindung gar keine Zeit zur Bekanntschaft mit ihnen gelassen wird. Da das Lachen alles in das kalte Reich des Ver-standes hinüberspielt: so ist es weit mehr noch als sel-ber die Wissenschaft das große Menstruum (Zersetz- und Niederschlagmittel) aller Empfindungen, sogar der wärmsten; folglich auch der ekeln.

– Freilich etwas ganz anderes wär es gewesen, wenn ich im Punkte des Ekels den zarten Wieland zum Mu-ster genommen hätte und wie er* auf einer Vignette statt unsers Katzenbergers, dem über nichts übel wird, einen Leser hätte aufgestellt, der sich über den Dok-

---

* In der ersten Ausgabe seiner »Beiträge zur geheimen Ge-schichte der Menschheit« wurde eine Rede über den morali-schen Anstoß, den der Leser an gewissen Behauptungen nehmen würde, mit einer Vignette beschlossen, die ihn mit der letzten Wirkung eines Brechpulvers darstellt.

tor und das Gelesene öffentlich erbricht. Aber zum Glücke ist im ganzen Werke von allen Lesern kein einziger in Kupfer gestochen und kann also die andern auf dem Stuhle seßhaften nicht anstecken.
Baireuth, den 16. Oktbr. 1822

Jean Paul Fr. Richter

ERSTE SUMMULA

Anstalten zur Badreise

»Ein Gelehrter, der den ersten Juli mit seiner Tochter in seinem Wagen mit eignen Pferden ins Bad *Maulbronn* abreiset, wünscht einige oder mehre Reisegesellschafter.« – Dieses ließ der verwittibte ausübende Arzt und anatomische Professor *Katzenberger* ins Wochenblatt setzen. Aber kein Mensch auf der ganzen Universität *Pira* (im Fürstentume Zäckingen) wollte mit ihm gern ein paar Tage unter einem Kutschenhimmel leben; jeder hatte seine Gründe – und diese bestanden alle darin, daß niemand mit ihm wohlfeil fuhr als zuweilen ein hinten aufgesprungener Gassenjunge; gleichsam als wäre der Doktor ein ansässiger Posträuber von innen, so sehr kelterte er muntere Reisegefährten durch Zu- und Vor- und Nachschüsse gewöhnlich dermaßen aus, daß sie nachher als lebhafte Köpfe schwuren, auf einem Eilboten-Pferde wollten sie wohlfeiler angekommen sein und auf einer Krüppelfuhre geschwinder.

Daß sich niemand als Wagen-Mitbelehnter meldete, war ihm als Mittelmanne herzlich einerlei, da er mit der Anzeige schon genug dadurch erreichte, daß mit ihm kein Bekannter von Rang umsonst mitfahren konnte. Er hatte nämlich eine besondere Kälte gegen Leute von höherem oder seinem Range und lud sie deshalb höchst ungern zu *Diners, Goûters, Soupers* ein und gab lieber keine; leichter besucht' er die ihrigen zur Strafe und ironisch; – denn er denke, sagte er, wohl von nichts gleichgültiger als von Ehren-Gastereien, und er wollte ebenso gern *à la Fourchette* des Bajonetts gespeiset sein, als feurig wetteifern mit den

Großen seiner Stadt im Gastieren, und er lege das Tischtuch lieber auf den Katzentisch. Nur einmal – und dies aus halbem Scherz – gab er ein *Goûter* oder *Dégoûter*, indem er um 5 Uhr einer Gesellschaft seiner verstorbenen Frau seinen Tee einnötigte, der Kamillen-Tee war. Man gebe ihm aber, sagte er, Lumpenpack, Aschenbrödel, Kotsassen, Soldaten auf Stelzfüßen: so wisse er, wem er gern zu geben habe; denn die Niedrigkeit und Armut sei eine hartnäckige Krankheit, zu deren Heilung Jahre gehören, eine Töpfer- oder Topf-Kolik, ein nachlassender Puls, eine fallende und galoppierende Schwindsucht, ein tägliches Fieber; – *venienti* aber, sage man, *currite morbo*, d.h. man gehe doch dem herkommenden Lumpen entgegen und schenk ihm einen Heller, das treueste Geld, das kein Fürst sehr herabsetzen könne.

Bloß seine einzige Tochter *Theoda*, in der er ihres Feuers wegen als Vater und Witwer die vernachlässigte Mutter nachliebte, regte er häufig an, daß sie – um etwas Angenehmeres zu sehen als Professoren und Prosektoren – Teegesellschaften, und zwar die größten, einlud. Er drang ihr aber nicht eher diese Freude auf, als bis er durch Wetterglas, Wetterfisch und Fußreißen sich völlig gewiß gemacht, daß es gegen Abend stürme und gieße, so daß nachher nur die wenigen warmen Seelen kamen, die fahren konnten. Daher war Katzenbergers Einwilligen und Eingehen in einen Tee eine so untrügliche Prophezeiung des elenden Wetters als das Hinuntergehen des Laubfrosches ins Wasser. Auf diese Weise aber füllte er das liebende Herz der Tochter aus; denn diese mußte nun nach dem närrischen Kontrapunkt und Marschreglement der weiblichen Visitenwelt von jeder einzelnen, die nicht gekommen war, zum Gutmachen wieder eingeladen werden; und so konnte sie oft ganz umsonst um sieben verschiedene Teetische herum sitzen, mit dem Strumpf in der Hand. Indes erriet die Tochter den Vater bald und machte ihr Herz lieber mit ihrer innersten einzigen Freundin *Bona* satt.

Auch für seine Person war Katzenberger kein Liebhaber von persönlichem Umgang mit Gästen: »Ich sehe eigentlich«, sagte er, »niemand gern bei mir, und meine besten Freunde wissen es und können es bezeugen, daß wir uns oft in Jahren nicht sehen; denn wer hat Zeit! – Ich gewiß nicht.« Wie wenig er gleichwohl geizig war, erhellt daraus, daß er sich für zu freigebig ansah. Das wissenschaftliche Licht verkalkte nämlich seine edlen Metalle und äscherte sie zu Papiergeld ein; denn in die Bücherschränke der Ärzte, besonders der Zergliederer mit ihren Foliobänden und Kupferwerken, leeren sich die Silberschränke aus, und er fragte einmal ärgerlich: »Warum kann das Pfarrer- und Poetenvolk allein für ein Lumpengeld sich sein gedrucktes Lumpenpapier einkaufen, das ich freilich kaum umsonst haben möchte?« Wenn er vollends in schönen Phantasien sich des Pastors Götze Eingeweidewürmer-Kabinett ausmalte – und den himmlischen Abrahams-Schoß, auf dem er darin sitzen würde, wenn er ihn bezahlen könnte – und das ganze wissenschaftliche Arkadien in solchem Wurm-Kollegium, wovon er der Präsident wäre –, so kannte er nach dem Verzichtleisten auf eine solche zu teuere Brautkammer physio- und pathologischer Schlüsse nur ein noch schmerzlicheres und entschiednéres, nämlich das Verzichtleisten auf des Berliner Walters Präparaten-Kabinett, für ihn ein kostbarer himmlischer Abrahams-Tisch, worauf Seife, Pech, Quecksilber, Öl und Terpentin und Weingeist in den feinsten Gefäßen von Gliedern aufgetragen wurden samt den besten trockensten Knochen dazu; was aber half dem anatomischen Manne alles träumerische Denken an ein solches Feld der Auferstehung (Klopstockisch zu singen), das doch nur ein König kaufen konnte? –

Der Doktor hielt sich daher mit Recht für freigebig, da er, was er seinem Munde und fremdem Munde abdarbte, nicht bloß einem teuern Menschen-Kadaver und lebendigen Hunde zum Zerschneiden zuwandte, sondern sogar auch seiner eignen Tochter zum Erfreuen, so gut es ging.

Diesesmal ging er nun mit ihr nach dem Badeort Maulbronn, wohin er aber reisete, nicht um sich – oder sie – zu baden oder um da sich zu belustigen, sondern sein Reisezweck war die

ZWEITE SUMMULA

Reisezwecke

Katzenberger machte statt einer Lustreise eigentlich eine Geschäftreise ins Bad, um da seinen Rezensenten beträchtlich auszuprügeln und ihn dabei mit Schmähungen an der Ehre anzugreifen, nämlich den Brunnen-Arzt *Strykius*, der seine drei bekannten Meisterwerke – den *Thesaurus Haematologiae*, die *de monstris epistola*, den *Fasciculus exercitationum in rabiem caninam anatomico-medico-curiosarum***** – nicht nur in sieben Zeitungen, sondern auch in sieben Antworten oder Meta-

---

* Für Leserinnen nur ungefähr übersetzt: 1. Über die Blutmachung, 2. über die Mißgeburten, 3. über die Wasserscheu.

kritiken auf seine Antikritiken überaus herunterge-
setzt hatte.

Indes trieb ihn nicht bloß die Herausgabe und kritische Rezension, die er von dem Rezensenten selber
durch neue Lesarten und Verbesserung der alten, vermittelst des Ausprügelns, veranstalten wollte, nach
Maulbronn, sondern er wollte auch auf seinen vier
Rädern einer Gevatterschaft entkommen, deren bloße
Verheißung ihm schon Drohung war. Es stand die
Niederkunft einer Freundin seiner Tochter vor der
Türe. Bisher hatte er hin und her versucht, sich mit
dem Vater des Droh-Patchens (einem gewissen *Mehlhorn*) etwas zu überwerfen und mit ihm zu zerfallen, ja
sogar dessen guten Namen ein bißchen anzufechten,
eben um nicht den seinigen am Taufsteine herleihen
zu müssen. Allein es hatte ihm das Erbittern des gutmütigen Zollers und Umgelders* Mehlhorn nicht besonders glücken wollen, und er machte sich jede Minute auf eine warme Umhalsung gefaßt, worin er die
Gevatterarme nicht sehr von Fangkloben und Hum-
merscheren unterscheiden konnte. Man verüble dem
Doktor aber doch nicht alles: erstlich hegte er einen
wahren Abscheu vor allen Gevatterschaften überhaupt, nicht bloß der Ausgaben halber – was für ihn
das wenigste war, weil er das Wenigste gab –, sondern
wegen der geldsüchtigen Willkür, welche ja in *einem*
Tage zwanzig Mann stark von Kreißenden alles Stan-
des ihn anpacken und aderlassend anzapfen konnten
am Taufbecken. Zweitens konnt er den einfältigen
Aberglauben des Umgelders Mehlhorn nicht ertragen, geschweige bestärken, welcher zu Theoda, da

---

* So heißen in Pira, wie in einigen Reichsstädten, Umgeld-
  und Zoll-Einnehmer.

unter dem Abendmahl-Genuß gerade bei ihr der Kelch frisch eingefüllt wurde*, mehrmal listig-gut gesagt hatte: »So wollen wir doch sehen, geliebts Gott, meine Mademoiselle, ob die Sache nicht eintrifft und Sie noch dieses Jahr zu Gevatter stehen; ich sage aber nicht, bei wem.« – Und drittens wollte Katzenberger seine Tochter, deren Liebe er fast niemand gönnte als sich, im Wagen den Tagopfern und Nachtwachen am künftigen Kindbette entführen, von welchem die Freundin selber sie sonst, wie er wußte, nicht abbringen konnte. »Bin ich und sie aber abgeflogen«, dacht er, »so ists doch etwas, und die Frau mag kreißen.«

DRITTE SUMMULA

Ein Reisegefährte

Wider alle Erwartung meldete sich am Vorabend der Abreise ein Fremder zur Mitbelehnschaft des Wagens.

Während der Doktor in seinem Mißgeburten-Kabinette einiges abstäubte von ausgestopften Tierleichen, durch Räuchern die Motten (die Teufel derselben) vertrieb und den Embryonen in ihren Gläschen Spiritus zu trinken gab: trat ein fremder, feingekleideter und fein-gesitteter Herr in die Wohnstube ein, nannte sich Herr von Nieß und überreichte der Tochter des Doktors, nach der Frage, ob sie *Theoda* heiße, ein blau-eingeschlagenes Briefchen an sie; es sei von seinem Freunde, dem Bühnen-Dichter *Theudobach*,

---

* Nach dem Aberglauben wird der zu Gevatter gebeten, bei welchem der Priester den Kelch von neuem nachfüllt.

sagte er. Das Mädchen entglühte hochrot und riß zitternd mit dem Umschlag in den Brief hinein (die Liebe und der Haß zerreißen den Brief, so wie beide den Menschen verschlingen wollen) und durchlas hastig die Buchstaben, ohne ein anderes Wort daraus zu verstehen und zu behalten als den Namen Theudobach. Herr v. Nieß schaute unter ihrem Lesen scharf und ruhig auf ihrem geistreichen, beweglichen Gesicht und in ihren braunen Feuer-Augen dem Entzücken zu, das wie ein weinendes Lächeln aussah; einige Pockengruben legten dem beseelten und wie Frühling-Büsche zart- und glänzend-durchsichtigen Angesicht noch einige Reize zu, um welche der Doktor Jenner die künftigen Schönen bringt. »Ich reise«, sagte der Edelmann darauf, »eben nach dem Badeorte, um da mit einer kleinen deklamierenden und musikalischen Akademie von einigen Schauspielen meines Freundes auf seine Ankunft selber vorzubereiten.« Sie blieb unter der schweren Freude kaum aufrecht; den zarten, nur an leichte Blüten gewohnten Zweig wollte fast das Fruchtgehänge niederbrechen. Sie zuckte mit einer Bewegung nach Nießens Hand, als wollte sie die Überbringerin solcher Schätze küssen, streckte ihre aber – heiß und rot über ihren, wie sie hoffte, unerratenen Fehlgriff – schnell nach der entfernten Türe des Mißgeburten-Kabinettes aus und sagte: »Da drin ist mein Vater, der sich freuen wird.«

Er fuhr fort: er wünsche eben ihn mehr kennen zu lernen, da er dessen treffliche Werke, wiewohl als Laie, gelesen. Sie sprang nach der Türe. »Sie hörten mich nicht aus«, sagte er lächelnd. »Da ich nun im Wochenblatte die schöne Möglichkeit gelesen, zugleich mit einer Freundin meines Freundes und mit einem großen Gelehrten zu reisen –« Hier aber setzte sie ins Kabinett hinein und zog den räuchernden Katzenberger mit einem ausgestopften Säbelschnäbler in der Hand ins Zimmer. Sie selber entlief ohne Schal über die Gasse, um ihrer schwangern Freundin *Bona* die schönste Neuigkeit und den Abschied zu sagen.

Sie mußte aber jubeln und stürmen. Denn sie hatte vor einiger Zeit an den großen Bühnendichter Theudobach – der bekanntlich mit Schiller und Kotzebue die drei deutschen Horazier ausmacht, die wir den drei tragischen Kuriaziern Frankreichs und Griechenlands entgegensetzen – in der Kühnheit des langen geistigen Liebetrankes der Jugendzeit unter ihrem Namen geschrieben, ohne Vater und Freundin zu fragen, und hatte ihm gleichsam in einem warmen Gewitterregen ihres Herzens alle Tränen und Blitze gezeigt, die er wie ein Sonnengott in ihr geschaffen und gesammelt hatte. Selig, wer bewundert und den unbekannten Gott schon auf der Erde als bekannten antrifft! – Im Briefchen hatte sie noch über ein umlaufendes Gerücht seiner Badreise nach Maulbronn gefragt und die seinige unter die Antriebe der ihrigen gesetzt. Alle ihre schönsten Wünsche hatte nun sein Blatt erfüllt.

VIERTE SUMMULA

Bona

Bona – die Frau des Umgelders Mehlhorn – und Theoda blieben zwei Milchschwestern der Freundschaft, welche Katzenberger nicht auseinandertreiben konnte, er mochte an ihnen so viel scheidekünsteln, als er wollte. Theoda nun trug ihr brausendes Saitenspiel der Freude in die Abschiedstunde zur Freundin und reichte ihr Theudobachs Brief, zwang sie aber, zu gleicher Zeit dessen Inhalt durchzusehen und von ihr anzuhören. Bona suchte es zu vereinigen und blickte mehrmals zuhorchend zu ihr auf, sobald sie einige Zeilen gelesen: »So nimmst du gewiß einen recht frohen Abschied von hier?« sagte sie. – »Den frohesten«, versetzte Theoda. – »Sei nur deine Ankunft auch so, du springfedriges Wesen! Bringe uns besonders dein beschnittenes, aufgeworfnes Näschen wieder zurück und dein Backenrot! Aber dein deutsches Herz wird ewig französisches Blut umtreiben«, sagte Bona. Theoda hatte eine Elsasserin zur Mutter gehabt. – »Schneie noch dicker in mein Wesenchen hinein!« sagte Theoda. »Ich tu es schon, denn ich kenne dich«, fuhr jene fort. »Schon ein Mann ist im ganzen ein halber Schelm, ein abgefeinerter Mann vollends, ein Theaterschreiber aber ist gar ein Fünfviertels-Dieb; dennoch wirst du, fürchte ich, in Maulbronn vor deinem teuern Dichter mit deinem ganzen Herzen herausbrausen und -platzen und hundert ungestüme Dinge tun, nach denen freilich dein Vater nichts fragt, aber wohl ich.«

»Wie, Bona, fürcht ich denn den großen Dichter nicht? Kaum ihn anzusehen, geschweige anzureden wag ich!« sagte sie. – »Vor Kotzebue wolltest du dich auch scheuen; und tatest doch dann keck und mausig«, sagte Bona. – »Ach, innerlich nicht«, versetzte sie.

Allerdings nähern die Weiber sich hohen Häuptern und großen Köpfen – was keine Tautologie ist – mit einer weniger blöden Verworrenheit als die Männer; indes ist hier Schein in allen Ecken: ihre Blödigkeit vor dem Gegenstande verkleidet sich in die gewöhnliche vor dem Geschlecht; – der Gegenstand der

Verehrung findet selber etwas zu verehren vor sich – und muß sich zu zeigen suchen, wie die Frau sich zu decken; – und endlich bauet jede auf ihr Gesicht; »man küßt manchem Heiligen Vater den Pantoffel, unter den man ihn zuletzt selber bekommt«, kann die jede denken.

»Und was wäre es denn«, fuhr Theoda fort, »wenn ein dichtertolles Mädchen einem Herder oder Goethe öffentlich auf einem Tanzsaale um den Hals fiele?« –

»Tu es nur deinem Theudobach«, sagte Bona, »so weiß man endlich, *wen* du heiraten willst!« – »Jeden – versprech ich dir –, der nachkommt; hab ich nur einmal meinen männlichen Gott gesehen und ein wenig angebetet: dann spring ich gern nach Hause und verlobe mich in der Kirche mit seinem ersten besten Küster oder Balgtreter und behalte jenen im Herzen, diesen am Halse.«

Bona riet ihr, wenigstens den Hrn. v. Nieß, wenn er mitfahre, unterwegs recht über seinen Freund Theudobach auszuhorchen, und bat sie noch einmal um weibliche Schleichtritte. Sie versprachs ihr und deshalb noch einen täglichen Bericht ihrer Badreise dazu. Sie schien nach Hause zu trachten, um zu sehen, ob ihr Vater den Edelmann in seine Adoptionloge der Kutsche aufgenommen. Unter dem langen, festen Kusse, wo Tränen aus den Augen beider Freundinnen drangen, fragte Bona: »Wann kommst du wieder?« – »Wenn du niederkommst. – Meine Kundschafter sind bestellt. – Dann laufe ich im Notfalle meinem Vater zu Fuße davon, um dich zu pflegen und zu warten. O, wie wollt ich noch zehnmal froher reisen, wär alles mit dir vorüber.« – »Dies ist leicht möglich«, dachte Bona im andern Sinne und zwang sich sehr, die wehmütigen Empfindungen einer

Schwangern, die vielleicht zwei Todespforten entge-
gengeht, und die Gedanken: dies ist vielleicht der Abschied von allen Abschieden, hinter weinende Wünsche zurückzustecken, um ihr das schöne Abendrot
ihrer Freude nicht zu verfinstern.

Fünfte Summula

Herr von Nieß

Wer war dieser ziemlich unbekannte Herr von Nieß?
Ich habe vor, noch vor dem Ende dieses Perioden den
Leser zu überraschen durch die Nachricht, daß zwischen ihm und dem Dichter Theudobach, von welchem er das Briefchen mitgebracht, eine so innige
Freundschaft bestand, daß sie beide nicht bloß *eine*
Seele in zwei Körpern, sondern gar nur in *einem* Körper ausmachten, kurz, *eine* Person. Nämlich Nieß hieß
Nieß, hatte aber als auftretender Bühnen-Dichter um
seinen dünnen Alltagnamen den Festnamen Theudobach wie einen Königmantel umgeworfen und war
daher in vielen Gegenden Deutschlands weit mehr
unter dem angenommenen Namen als unter dem eignen bekannt, so wie von dem hier schreibenden Verfasser vielleicht ganze Städte, wenn nicht Weltteile, es
nicht wissen, daß er sich *Richter* schreibt, obgleich es
freilich auch andre gibt, die wieder seinen Parade-
Namen nicht kennen. Gleichwohl gelangten alle Mäd-
chenbriefe leicht unter der Aufschrift Theudobach
an den Dichter Nieß – bloß durch die Oberzeremo-
nienmeister oder Hofmarschälle der Autoren; man
macht nämlich einen Umschlag an die Verleger.
    Nun hatte Nieß, als ein überall berühmter Bühnen-

Dichter, sich längst vorgesetzt, einen Badeort zu besuchen, als den schicklichsten Ort, den ein Autor voll Lorbeeren, der gern ein lebendiges Pantheon um sich aufführte, zu erwählen hat, besonders wegen des vornehmen Morgen-Trinkgelags und der Maskenfreiheiten und des Kongresses des Reichtums und der Bildung solcher Örter. Er erteilte dem Bade Maulbronn, das seine Stücke jeden Sommer spielte, den Preis jenes Besuches; nur aber wollt er, um seine Abenteuer pikanter und scherzhafter zu haben, allda inkognito unter seinem eignen Namen Nieß anlangen, den Badegästen eine musikalisch-deklamatorische Akademie von Theudobachs Stücken geben und dann gerade, wenn der sämtliche Hörzirkel am Angelhaken der Bewunderung zappelte und schnalzte, sich unversehens langsam in die Höhe richten und mit Rührung und Schamröte sagen: »Endlich muß mein Herz überfließen und verraten, um zu danken; denn ich bin selbst der weit überschätzte Theater-Dichter Theudobach, der es für unsittlich hält, so aufrichtige Äußerungen, statt sie zu erwidern, an der Türe der Anonymität bloß zu behorchen.« Dies war sein leichter dramatischer Entwurf. In einigen Zeitungen veranlaßte er deshalb noch den Artikel: der bekannte Theater-Dichter Theudobach werde, wie man vernehme, dieses Jahr das Bad Maulbronn gebrauchen.

Da es gegen meine Absicht wäre, wenn ich durch das vorige ein zweideutiges Streiflicht auf den Dichter würfe: so versprech ich hier förmlich, weiter unten den Lauf der Geschichte aufzuhalten, um auseinanderzusetzen, warum ein großer Theater-Dichter viel leichter und gerechter ein großer Narr wird als ein andrer Autor von Gewicht; wozu schon meine Beweise seines größern Beifalls, hoff ich, ausreichen sollen.

Nieß wußte also recht gut, was er war, nämlich eine Bravour-Arie in der dichterischen Sphärenmusik, ein geistiger Kaisertee, wenn andere (z.B. viele unschuldige Leser dieses) nur braunen Tee vorstellen. Es ist überhaupt ein eignes Gefühl, ein großer Mann zu sein – ich berufe mich auf der Leser eignes – und den ganzen Tag in einem angebornen geistigen Cour- und Kuranzuge umherzulaufen; aber Nieß hatte dieses Gefühl noch stärker und feiner als einer. – Er konnte sein Haar nicht auskämmen, ohne daran zu denken, welchen feurigen Kopf der Kamm (seinen Anbeterinnen vielleicht so kostbar als ein Gold-Kamm) regle, lichte, egge und beherrsche, um wie ebenso manches Gold-Haar, um welches sich die Anbeterinnen für Haar-Ringe raufen würden, ganz gleichgültig dem Kamm in den Zähnen stecken bleibe, als sonst dem Mexiko das Gold. – Er konnte durch kein Stadttor einfahren, ohne es heimlich zu einem Triumphtor seiner selber und der Einwohner unter dem Schwibbogen auszubauen, weil er aus eigner jugendlicher Erfahrung noch gut wußte, wie sehr ein großer Mann labe – und sah daher zuweilen dem Namen-Registrator des Tors stark ins Gesicht, wenn er gesagt: »Theudodach«, um zu merken, ob der Tropf jetzt außer sich komme oder nicht. – Ja, er konnte zuletzt in Hotels voll Gäste schwer auf einem gewissen einsitzigen Orte sitzen, ohne zu bedenken, welches Eden vielleicht mancher mit ihm zugleich im Gasthofe übernachtenden Jünglingseele, die noch jugendlich die Autor-Achtung übertreibt, zuzuwenden wäre, wenn sie sich darauf setzte und erführe, wer früher da gewesen. »O, so gern will ich jeden Winkel heiligen zum Gelobten Lande für Seelen, die etwas aus meiner machen – und mit jedem Stiefelabsatze auf dem schlimmsten

Wege wie ein Heiliger verehrte Fußtapfen ausprägen auf meiner Lebensbahn, sobald ich nur weiß, daß ich Freude errege.«

Sobald Nieß Theodas Brief erhalten – worin die zufällige Hochzeit der Namen Theoda und Theudobach ihn auf beiden Fußsohlen kitzelte –, so nahm er ohne weiteres mit einer Handvoll Extrapostgeld den Umweg über *Pira*, um der Anbeterin, wie ein homerischer Gott, in der anonymen Wolke zu erscheinen; und sobald er vollends in der vorletzten Station im Piraner Wochenblatte die Anzeige des Doktors gelesen: so war er noch mehr entschieden; dazu nämlich, daß sein Bedienter reiten und sein Wagen heimlich nachkommen solle.

In diesen weniger geld- als abgabenreichen Zeiten mag es vielleicht Nießen empfehlen, wenn ich drukken lasse, daß er Geld hatte und danach nichts fragte, und daß er für seinen Kopf und für seine Köpfe ein Herz suchte, das durch Liebe und Wert ihn für alle jene bezahle und belohne.

Mit dem ersten Blick hatte er den ganzen Doktor ausgegründet, der mit schlauen grauen Blitz-Augen vor ihn trat, den Säbelschnäbler streichelnd; Nieß legte – nach einer kurzen Anzeige seiner Person und seines Gesuchs – ein Röllchen Gold auf den Nähtisch, mit dem Schwure: nur unter dieser Bedingung aller Auslagen nehm er das Glück an, einem der größten Zergliederer *gegenüber* zu sein. – »*Fiat*! Es gefällt mir ganz, daß Sie *rückwärts* fahren, ohne zu vomieren; dazu bin ich verdorben durch die Jahre.« Der Doktor fügte noch bei, daß er sich freue, mit dem Freunde eines berühmten Dichters zu fahren, da er von jeher Dichter fleißig gelesen, obwohl mehr für physiologische und anatomische Zwecke und oft fast bloß zum

Spaße über sie. »Es soll mir überhaupt lieb sein«, fuhr er fort, »wenn wir uns gegenseitig fassen und wie Salze einander neutralisieren. Leider hab ich das Unglück, daß ich, wenn ich im Wagen oder sonst jemand etwas sogenanntes Unangenehmes sage, für satirisch verschrien werde, als ob man nicht jedem ohne alle Satire das ins Gesicht sagen könnte, was er aus Dummheit ist. Indes gefällt Ihnen der Vater nicht, so sitzt doch die Tochter da, nämlich meine, die nach keinem Manne fragt, nicht einmal nach dem Vater; mißlingt der Winterbau, sagen die Wetterkundigen, so gerät der Sommerbau. Ich fands oft.«

Dem Dichter Nieß gefiel dieses akademische Petrefakt unendlich, und er wünschte nur, der Mann triebe es noch ärger, damit er ihn gar studieren und vermauern könne in ein Possenspiel als komische Maske und Karyatide. »Vielleicht ist auch die Tochter zu verbrauchen, in einem Trauerspiele«, dacht er, als Theoda eintrat, die von nachweinender Liebe und von Jugendfrische glänzte und durch die frohe Nachricht seiner Mitfahrt neue Strahlen bekam. Jetzo wollte er sich in ein interessantes Gespräch mit ihr verwickeln; aber der Doktor, dem die Aussicht auf einen Abendgast nicht heiter vorkam, schnitt es ab durch den Befehl, sie solle sein Kästchen mit Pockengift, Fleischbrühtafeln und Zergliederungzeuge packen. »Wir brechen mit dem Tage auf«, sagte er, »und ich lege mich nach wenigen Stunden nieder. *Sic vale!*«

Der Menschenkenner Nieß entfernte sich mit dem eiligsten Gehorsam; er hatte sogleich heraus, daß er für den Doktor keine Gesellschaft sei – leichter dieser eine für ihn. Allerdings äußerte Katzenberger gern einige Grobheit gegen Gäste, bei denen nichts Gelehrtes zu holen war, und er gab sogar den Tisch lieber her als die Zeit. Es war für jeden angenehm, zu sehen, was er bei einem Fremden, der, weder besonders ausgezeichnet durch Gelehrsamkeit noch durch Krankheit, gar nicht abgehen wollte, für Seitensprünge machte, um ihn zum Lebewohl und Abscheiden zu bringen; wie er die Uhr aufzog, in Schweigen einsank oder in ein Horchen nach einem nahen lautlosen Zimmer, oder wie er die unschuldigste Bewegung des Fremden auf dem Kanapee sogleich zu einem Vorläufer des Aufbruchs verdrehte und scheidend selber in die Höhe sprang, mit der Frage, warum er denn so eile. Beide Meckel hingegen, die Anatomen, Vater und Sohn zugleich, hätte der Doktor tagelang mit Lust bewirtet.

SECHSTE SUMMULA

Fortsetzung der Abreise durch Fortsetzung des Abschieds

Am Morgen tat oder war Theoda in der weiblichen Weltgeschichte nicht nur das achte Wunder der Welt – sie war nämlich so früh fertig als die Männer –, sondern auch das neunte, sie war noch eher fertig. Gleichwohl mußte man auf sie warten – wie auf jede. Es war ihr nämlich die ganze Nacht vorgekommen, daß sie gestern sich durch ihren Freudenungestüm und ihre reisetrunkene Eilfertigkeit bei einem Abschiede von einer Freundin vollends versündigt, deren helle ungetrübte Besonnenheit bisher die Leiterin ihres Brauseherzens gewesen – so wie wieder die Leiterin des zu überwölkten Gattenkopfs –, und welche ihre versteckte Wärme immer bloß in ein kaltes Lichtgeben eingekleidet; – und von dieser Freundin so nahe an der Klippe des weiblichen Lebens eilig und freudig geschieden zu sein – dieser Gedanke trieb Theoda gewaltsam noch einmal in der Morgendämmerung zu ihr. Sie fand das Haus offen (Mehlhorn war früh verreiset), und sie kam ungehindert in Bonas Schlafgemach. Blaß, wie eine von der Nacht geschlossene Lilie, ruhte ihr stilles Gesicht im altväterischen Stuhle umgesunken angelehnt. Theoda küßte eine Locke – dann leise die Stirn – dann, als sie zu schnarchen anfing, gar den Mund.

Aber plötzlich hob die Verstellte die Arme auf und umschlang die Freundin: »Bist du denn schon wieder zurück, Liebe«, sagte wie traumtrunken Bona, »und bloß wohl, weil du deinen Dichter nicht da gefunden?«

»O, spotte viel stärker über die Sünderin, tue mir recht innig weh, denn ich verdiene es wohl von gestern her!« antwortete sie und nannte ihr alles, was ihr feuriges Herz drückte. Bona legte die Wange an ihre und konnte, vom vorfrühen Aufstehen ohnehin sehr aufgelöst, nichts sagen, bis Theoda heftig sagte: »schilt oder vergib!« so daß jener die heißen Tränen aus den Augen schossen und nun beide sich in *einer* Entzückung verstanden. »O, jetzo möchte ich«, sagte Theoda, »mein Blut wie dieses Morgenrot vertropfen lassen für dich. Ach, ich bin eigentlich so sanft; warum bin ich denn so wild, Bona?« – »Gegen mich bist du gerade recht«, erwiderte sie; »nur einmal das beste Wesen kann dein wildes verdienen. Bloß gegen andere sei anders!« – »Ich vergesse«, sagte Theoda, »bloß immer alles, was ich sagen will oder leider gesagt habe; nur ein Ding wie ich konnte es gestern zu sagen vergessen, daß ich mich am innigsten nach der erleuchteten Höhle in Maulbronn wie nach dem Sternenhimmel meiner Kindheit sehne, meiner guten Mutter halber.« Ihr war nämlich ein unauslöschliches Bild von der Stunde geblieben, wo ihre Mutter sie als Kind in einer großen, mit Lampen erhellten Zauberhöhle des Orts – ähnlich der Höhle im Bade Liebenstein – umhergetragen hatte.

Beide waren nun ein ruhiges Herz. Bona hieß sie zum Vater eilen – wiederholte ihren Rat der Vorsicht mit aller ihr möglichen Ruhe (ist sie fort, dachte sie, so kann ich gerührt sein, wie ich will), vergaß sich aber selber, als Theoda weinend mit gesenktem Kopfe langsam von ihr ging, daß sie nachrief: »Mein Herz, ich kann nur nicht aufstehen vor besonderer Mattigkeit und dich begleiten; aber kehre ja deshalb nicht wieder um zu mir!« Aber sie war schon umgekehrt und nahm, obwohl stumm, den dritten Abschiedkuß; und so kam sie mit der Augenröte des Abschiedes und mit der Wangen- und Morgenröte des Tags laufend bei den Abreisenden an.

SIEBENTE SUMMULA

Fortgesetzte Fortsetzung der Abreise

Da der Doktor neben dem Edelmanne auf ihre Ankunft wartete: so ließ er noch ein Werk der Liebe durch *Flex* ausüben, seinen Bedienten. Er griff nämlich unter seine Weste hinein und zog einen mit Branntwein getränkten Pfefferkuchen hervor, den er bisher als ein Magen-Schild zum bessern Verdauen auf der Herzgrube getragen: »Flex«, sagte er, »hier bringe mein Stärkmittel drüben den muntern Gerbers-

kindern; sie sollen sich aber redlich darein teilen.« –
Der Edelmann stutzte.

»Meiner Tochter, Herr v. Nieß«, sagte er, »dürfen
Sie nichts sagen; – sie hat ordentlich Ekel vor dem
Ekel – wiewohl ich für meine Person finde hierin weder einfachen noch doppelten nötig. Alles ist Haut am
Menschen, und meine am Bauche ist nur die fortgesetzte von der an den Wangen, die ja alle Welt küßt.
Vor den Augen der Vernunft ist das Pflaster ein Pfefferkuchen wie jeder andere im Herzogtume, ja mir
ein noch geistigerer.«

»Ich gestehe«, versetzte der sich leicht ekelnde
Dichter schnell, um nur dem bösen Bilde zu entsprin-
gen, »daß mich Ihr Bedienter mit seinem langen
Schlepp-Rocke fast komisch interessiert. Wie ich ihm
nachsah, schien er mir ordentlich auf Knien zu gehen,
wie sonst ein Sieger zum Tempel des *Jupiter Capitoli-
nus*, oder aus der Erde zu wachsen.«

Freundlich antwortete Katzenberger: »Ich habe es
gern, wenn meine Leute mir oder andern lächerlich
vorkommen, weil man doch etwas hat alsdann. Mein
Flex trägt nun von Geburt an glücklicherweise kurze
Dachs-Beine und auch diese sogar äußerst zirkumflek-
tiert, daß, wenn sein Rock lang genug ist, sein Steiß
und sein Weg, ohne daß er nur sitzt, halb beisammen-
bleiben. Diesen komischen Schein seiner Trauer-
schleppe nütz ich ökonomisch. Ich habe nämlich einen
und denselben längsten Lakaienrock, den jeder tragen
muß, Goliath wie David. Diese Freigebigkeit entzwei-
te mich oft mit dem Piraner Prosektor, sonst mein
Herzensfreund, aber ein geiziger Hund, der Leute *en
robe courte* – aber nicht *en longue robe* – hat, und denen
er die Röcke zu kurzen neumodischen Westen (nicht
zu altmodischen) einschnurren läßt. Setz ich nun sei-

nem Geize mein Muster entgegen: so verweiset er mich auf die anatomischen Tafeln, nach denen unter den Gegenmuskeln der Hand der Muskel, *der* sie *zuschließe*, stets viel stärker sei als der, welcher sie *aufmacht*, und zu jenem Muskel gehöre noch die Seele, wenn Geld damit zu halten sei. Daher die Freunde auch die Hände leichter gegeneinander ballen als ausstrecken. Etwas ist daran.

Als Theoda kam, hatte der Doktor, der im Vordersitz wartete, daß er durch einen Hüften-Nachbar fester gepackt werde, den verdrüßlichen Anblick, daß das Paar nach langer Session-Streitigkeit sich ihm gegenüber setzte. Die Tochter tat es aus Höflichkeit gegen Nieß und aus Liebe gegen ihren Vater, um ihn anzusehen und seine Wünsche aufzufangen. Zuletzt sagte dieser im halben Zorn: »Du willst dich sonach an das Steißbein und Rückgrat des Kutschers lehnen und läßt ruhig deinen alten Vater wie ein Weberschiffchen von einem Kissen zum andern werfen, he?«

Da erhielt er endlich an seiner hinüberschreitenden Tochter seinen Füllstein, zur höchsten Freude des rücksässigen Edelmanns, dessen Blicke sich nun wie ein paar Fliegen um ihre Augen und Wangen setzen konnten.

ACHTE SUMMULA

Beschluß der Abreise

Sie fuhren ab ...

... Aber jetzo fängt für den Absender der Hauptpersonen, für den Verfasser, nicht die beste Zeit von Lesers Seite an; denn da dieser nun alle Verwicklungen weiß, so wird er mit seiner gewöhnlichen Heftigkeit die sämtlichen Entwicklungen in den nächsten Druckbogen haben wollen und die Foderung machen, daß in den nächsten Summuln der Rezensent ausgeprügelt werde, dessen Namen er noch nicht einmal weiß – daß Hr. v. Nieß seine Larve, als sei er bloß ein Freund Theudobachs, abwerfe und dieser selber werde – und daß Theoda darüber erstaune und kaum wisse, wo ihr der Kopf steht, geschweige das Herz. Tu ich nun dem Leser den Gefallen und prügle, entlarve und verliebe, was dazu gehört: so ist das Buch aus, und ich habe erbärmlich in wenig Summuln ein Feuerwerk oder Luftfeuer abgebrannt, das ich nach so großen Vorrüstungen zu einem langen Steppenfeuer von unzähligen Summuln hätte entzünden können. Ich will aber Katzenberger heißen, entzünd ichs nicht zu einem.

Von jetzt an wird sich die Masse meiner Leser in zwei große Parteien spalten: die eine wird zugleich mich und die andere und diesen Druckbogen verlassen, um auf dem letzten nachzusehn, wie die Sachen ablaufen; es sind dies die Kehraus-Leser, die Valetschmauser, die Jüngstentag-Wähler, welche an Geschichten, wie an Fröschen, nur den Hinterteil verspeisen und, wenn sie es vermöchten, jedes treffliche Buch in zwei Kapitel einschmelzten, ins erste und ins letzte, und jedem Kopfe von Buch, wie einem aufgetragenen Hechte, den Schwanz ins Maul steckten, da eben dieser an Geschichten und Hechten die wenigsten Gräten hat; Personen, die nur so lange bei philosophierenden und scherzenden Autoren bleiben, als das Erzählen dauert, wie die Nordamerikaner nur so lange dem Predigen der Heidenbekehrer zuhorchen, als sie Branntwein bekommen. Sie mögen denn reisen, diese Epilogiker! Was hier bei mir bleibt – die zweite Partei –, dies sind eben meine Leute, Personen von einer gewissen Denkart, die ich am langen Seile der Liebe hinter mir nachziehe. Ich heiße euch alle willkommen; wir wollen uns lange gütlich miteinander tun und keine Summuln sparen – wir wollen auf der *Bad-Reise* die Einheit *des Ortes* beobachten, so wie die des Interesse, und häufig uns vor Anker legen. Langen wir doch nach den längsten verzögerlichen Einreden und Vexierzügen endlich zu Hause und am Ende an, wo die Kehraus-Leser hausen: so haben wir unterwegs alles, jede Zoll- und Warntafel und jeden Gasthofschild, gelesen und jene nichts, und wir lachen herzlich über sie.

NEUNTE SUMMULA

Halbtagfahrt nach St. Wolfgang

Theoda konnte unmöglich eine Viertelstunde vor dem Edelmanne sitzen, ohne ihn über Inner- und Äußerlichkeiten seines Freundes Theudobach, von dem Zopfe an bis zu den Sporen, auszufragen. Er schilderte mit wenigen Zügen, wie einfach er lebe und nur für die Kunst, und wie er ungeachtet seiner Lustspiele ein gutmütiges liebendes Kind sei, das ebensooft geliebt als betrogen werde; und im Äußern habe er so viel Ähnlichkeit mit ihm selber, daß er darum sich oft Theudobachs Körper nenne. Himmel! mit welchem Feuer schauete die Begeisterte ihm ins Gesicht, um ihren Autor ein paar Tage früher zu sehen! »Ich habe doch in meinem Leben nicht zwei gleichähnliche Menschen gesehen«, sagte Theoda, der einmal in einem glänzenden Traume Theudobach ganz anders erschienen war als sein vorgebliches Nachbild. »Soll er meiner Tochter gefallen.« bemerkte der Doktor, »so muß die Nasenwurzel des Poeten und der Nasen-knorpel samt dem Knochenbau etwas stärker und breiter sein als bei Ihnen, nach ihren phantastischen Voraussetzungen aus seinen Büchern.« Wenn also der Schleicher etwa, wie ein Doppeladler, zwei Kronen durch seine Namen-Maske auf den Kopf bekommen wollte, eine jetzige und eine künftige: so ging er sehr fehl, daß er den Menschen ein paar Tage vor dem Schriftsteller abgesondert vorausschickte; denn jener verhärtete in Theodas Phantasie und ließ sich spröde nicht mehr mit diesem verarbeiten und verquicken, indes umgekehrt bei einer gleichzeitigen ungeteilten Vorführung beider das Schriftstellerische sogleich das Menschliche mit Glimmer durchdrungen hätte.

Nieß warf ohne Antwort die Frage hin, wie ihr sein beziehlichbestes Stück, »Der Ritter einer bessern Zeit«, gefallen, mit welchem er eben in Maulbronn die deklamatorische Akademie anfangen wolle. Da ein Autor bei einem Leser, der ihn wegen eines halben Dutzend Schriften anbetet, stets voraussetzt, er habe alle Dutzende gelesen: so erstaunte er ein wenig über Theodas Freude, daß sie etwas noch Ungelesenes von ihm werde zu hören bekommen. Sie mußte ihm nun – so wenig wurd er auf seinem Selberfahrstuhl von Siegwagen des schönen Aufzugs satt – sagen, was sie vorzüglich am Dichter liebe. »Großer Gott«, versetzte sie, »was ist vorzüglich zu lieben, wenn man liebt? Am meisten aber gefällt mir sein Witz – am meisten jedoch seine Erhabenheit – freilich am meisten sein zartes, heißes Herz – und mehr als alles andere, was ich eben lese.« – »Was lesen Sie denn eben von ihm?« fragte Nieß. – »Jetzo nichts«, sagte sie.

Der Edelmann brauchte kaum die Hälfte seiner feinen Fühlhörner auszustrecken, um es dem Doktor abzufühlen, daß er mit seinem verschränkten Gesichte ebensogut unter dem Barbiermesser freundlich lächeln könnte als unter einem für ihn so widerhaarigen Gespräche; er tat daher – um allerlei aus ihm herauszureizen, worüber er bei der künftigen Erkennszene recht erröten sollte – die Frage an ihn, was er seinesorts vom Dichter für das Schlechteste halte. »Alles«, versetzte er, »da ich die Schnurren noch nicht gelesen. Mich wunderts am meisten, daß er als Edelmann und Reicher etwas schreibt; sonst taugen in Papiermühlen wohl die groben Lumpen zu Papier, aber nicht die seidnen.« Nieß fragte, ob er nicht in der Jugend Verse gemacht. »Pope«, gab er zur Antwort, »entsann sich der Zeit nicht, wo er keine geschmiedet, ich erinnere mich derjenigen nicht, wo ich dergleichen geschaffen hätte. Nur einmal mag ich, als verliebter Geßners-Schäfer und Primaner, so wie in Krankheiten sogar die Venen pulsieren, in Poetasterei hineingeraten sein, vor einem dummen Ding von Mädchen – Gott weiß, wo die Göttin jetzt ihre Ziegen melkt. – Ich stellte ihr die schöne Natur vor, die schon dalag, und warf die Frage auf: ›Sieh, Suse, blüht nicht alles vor uns wie wir, der Wiesenstorchschnabel und die große Gänseblume und das Rindsauge und die Gichtrose und das Lungenkraut bis zu den Schlehengipfeln und Birnenwipfeln hinauf? Und überall bestäuben sich die Blumen zur Ehe, die jetzt dein Vieh frißt?‹ – Sie antwortete gerührt: ›Wird Er immer so an mich denken, Amandus?‹ – Ich versetzte wild: ›Beim Henker, an uns beide; wohin ich künftig auch verschlagen und verfahren werde, und in welchen fernen Fluß und Bach ich auch einst schauen werde – es sei in die Schweine in Meiningen – oder in die Besau und die Gesau im Henneberg – oder in die wilde Sau in Böhmen – oder in die Wampfe in Lüneburg – oder in den Lumpelbach in Salzburg – oder in die Starzel in Tirol – oder in die Kratza oder in den Galgenbach in der Oberpfalz –, in welchen Bach, ich, schwör ich dir, künftig schauen werde, stets werd ich darin mein Gesicht erblicken und dadurch auf deines kommen, das so oft an meinem gewesen, Suse.‹ – Jetzt freilich, Herr v. Nieß, sprech ich prosaischer.«

Nieß griff feurig nach des Doktors Hand und sagte: das scherzhafte Gewand verberge ihm doch nicht das weiche Herz darunter. »Ich muß auch durchaus früherer Zeit zu weich und flüssig gewesen sein«, versetzte dieser, »weil ich sonst nicht gehörig hart und knöchern hätte werden können; denn es ist geistig wie mit dem Leibe, in welchem bloß aus dem Flüssigen sich die Knochen und alles Harte erzeugt, und wenn ein Mann harte Eiszapfenworte ausstößt, so sollte dies wohl der beste Beweis sein, wieviel weiche Tränen er sonst vergossen.« – »Immer schöner!« rief Rieß. – »O Gott nein!« rief Theoda im gereizten Tone.

Der Edelmann schob sogleich etwas Schmeichelndes, nämlich einen neuen Zug von Theudobach ein, den er mit ihm teile, nämlich den Genuß der Natur. »Also auch des Maies?« fragte der Doktor; Nieß nickte. Hierauf erzählte dieser: darüber hab er seine erste Braut verloren; denn er habe, da sie an einem schönen Morgen von ihren Maigenüssen gesprochen, versetzt, auch er habe nie so viele gehabt als in diesem Mai, wegen der unzähligen Maikäfer; als er darauf zum Beweise einige von den Blättern abgepflückt und vor ihren Augen ausgesogen und genossen: so seit er ihr seitdem mehr greuels- als liebenswürdig vorgekommen, und er habe durch seine Röselschen Insektenbelustigungen Brautkuchen und Honigwochen verscherzt und vernascht.

Nieß, aber, sich mehr zur Tochter schlagend, fuhr kühn mit dem Ernste des Naturgenusses fort und schilderte mehre schöne Aussichten ab, die man sah, und von manchen erhabenen Wolken-Partien lieferte er gute Rötelzeichnungen: – als endlich die Partien zu regnen anfingen und selbst herunterkamen. Sogleich rief der Doktor den langröckigen Flex in den Wagen herein, als einen Füllstein für Nieß. Diesem entfuhr der Ausruf: »Dies zarte Gefühl hat auch unser Dichter für seine Leute, Theoda!« – »Es ist«, antwortete ihr Vater, »zwar weniger der Mensch da als sein langer Rock zu schonen; aber zartes Gefühl äußert sich wohl bei jedem, den der Wagen verdammt stößt.« Bald darauf kamen sie in St. Wolfgang an.

ZEHNTE SUMMULA

Mittags-Abenteuer

Gewöhnlich fand der Doktor in allen Wirtshäusern bessere Aufnahme als in denen, wo er schon einmal gewesen war. Nirgends traf er aber auf eine so verzogne Empfangs-Physiognomie als bei der verwittibten, nett gekleideten Wirtin in St. Wolfgang, bei der er jetzt zum zwölften Male ausstieg. Das zweite Mal, wo sie in der Halbtrauer um ihre eheliche Hälfte und in der halben Feiertag-Hoffnung auf eine neue ihrem medizinischen Gaste mit Klagen über Halsschmerzen sich genähert, hatte dieser freundlich sie in seiner

Amtssprache gebeten: sie möge nur erst den Unterkiefer niederlassen, er wolle ihr in den Rachen sehen. Sie ging wütig-erhitzt und mit vergrößerten Halsschmerzen davon und sagte: »Sein Rachen mag selber einer sein; denn kein Mensch im Hause frißt Ungeziefer als Er.« Sie bezog sich auf sein erstes Dagewesensein. Er hatte nämlich zufolge allgemein bestätigter Erfahrungen und Beispiele, z.B. de la Landes und sogar der Dlle. Schurmann – welche nur naturhistorischen Laien Neuigkeiten sein können –, im ganzen Wirtshause (dem Kellner schlich er deshalb in den Keller nach) umher gestöbert und gewittert, um fette, runde Spinnen zu erjagen, die für ihn (wie für das obengedachte Paar) Landaustern und lebendige Bouillon-Kugeln waren, die er frisch aß. Ja, er hatte sogar – um den allgemeinen Ekel des Wirtshauses womöglich zurechtzuweisen – vor den Augen der Wirtin und der Aufwärter reife Kanker auf Semmelschnitte gestrichen und sie aufgegessen, indem er Stein und Bein dabei schwur – um mehr anzuködern –, sie schmeckten wie Haselnüsse.

Gleichwohl hatte er dadurch weit mehr den Abscheu als den Appetit in betreff der Spinnen und seiner selbst vermehrt, und zwar in solchem Grade, daß er selber der ganzen Wirtschaft als eine Kreuz-Spinne vorkam und sie sich als seine Fliegen. Als er daher später einmal versuchte, dem Kellner nachzugehen, um unten aus den Kellerlöchern seine *mensa ambulatoria*, sein Kanarienfutter zu ziehen: so blickte ihn der Pursche mit fremdem, wie geliehenem Grimme an und sagte: »Fress Er sich wo anders dick als im Keller!« –

Nichts bekümmerte ihn aber weniger als saure Gesichter; der gesunde Sauerstoff, der den größeren

Bestandteil seines in Worte gebrachten Atems ausmachte, hatte ihn daran gewöhnt.

Die Wirtin gab sich alle Mühe, unter dem frohen Gastmahle ihn von Theoda und Nieß recht zu unterscheiden zu seinem Nachteile; er nahm die Unterscheidung sehr wohl auf und zeigte große Lust, nämlich Eßlust; und ließ, um weniger der Wirtin als seinen Leuten etwas zu schenken, diesen nichts geben als seine Tafelreste. Die Wirtin ließ er zusehen, wie er mit derselben Butter zugleich seine Brotscheiben und seine Stiefel-Glatzen bestrich, und wie er den Zuckerüberschuß zu sich steckte unter dem Vorwande, er hole aus guten Gründen den Zucker erst hinter dem Kaffee nach im Wagen.

Dennoch schlug ihm eine feine Krieglist, von deren Beobachtung er durch Verhaßtwerden abzuziehen suchte, ganz fehl. Er hatte nämlich unter einer Winkeltreppe ein schätzbares Katzennest entdeckt, aus welchem er etwa ein oder zwei Nestlinge auszuheben gedachte, um sie abends im Nachtlager, wo er so wenig für die Wissenschaft zu tun wußte, aufzuschneiden, nachdem er vorher ihnen in der Tasche aus Mitleiden zum Abwenden aller Kerkerfieber die Köpfe einigemal um den Hals gedreht hatte. Es mußte aber wohl von seinem elften Besuche, wo die Wirtin gerade nach seiner Entfernung auch die Entfernung einer treuen Mutter mehrer Kätzchen wahrnahm, hergekommen sein, daß sie, überall von weitem ihn wie einen Schwanzstern beobachtend, gerade in der Minute ihm aufstoßen konnte, als er eben ein Kätzchen einsteckte. – »Hand davon, mein Herr!« schrie sie, »nun wissen wir doch alle, wo voriges Jahr meine Kätzin geblieben – und ich war so dumm und sah das liebe Tier in Ihrer Tasche arbeiten – o Sie – –«

Den Beinamen verschluckte sie als Wirtin. Aber wahrhaft gefällig nahm er statt des Kätzchens ihre Hand und ging daran mit ihr in die Stube zurück. »Sie soll da besser von mir denken lernen«, sagte er. Und hier erzählte er weitläufig, mit Berufen auf Theoda, daß er selber mehre Katzenmütter halte und solche, anstatt sie zu zerschneiden, väterlich pflege, damit er zur Ranzzeit gute, starke Kater durch die in einer geräumigen Hühnersteige seufzenden Kätzinnen auf seinen Boden verlocke und diese Siegwarte neben dem Klostergitter ihrer Nonnen in Teller- oder Fuchseisen zu fangen bekomme; denn er müsse als Professor durchaus solche Siegwarte, teils lebendig, teils abgewürgt, für sein Messer suchen, da er ein für die Wissenschaft vielleicht zu weiches Herz besitze, daß er keinen Hund totmachen könne, geschweige lebendig aufschneiden, wie Katzen. Die Wirtin murmelte bloß: »Führt den Namen mit der Tat, ein wahrer, abscheulicher Katzen-Berger und -Würger.« – Nieß fragte nicht viel danach, sondern da das erste, was er an jedem Orte und Örtchen tat, war, nachzusehen, was von ihm da gelesen und gehalten wurde: so fand er zu seiner Freude nicht nur im elenden Leihbücher-Verzeichnis seine Werke, sondern auch in der Wirtsstube einige geliehene wirkliche. Sich gar nicht zu finden, drückt berühmte Männer stärker, als sie sagen wollen. Nieß erteilte seinen Leihwerken, aus Liebe für den wolfgangischen Leihbibliothekar, auf der Stelle einen unbeschreiblichen Liebhaber-Wert (*pretium affectionis*) bloß dadurch, daß ers einem Voltaire, Diderot und d'Alembert gleich tat, indem er, wie sie, Noten in die Werke machte mit Namens-Unterschrift; – die künftige Entzückung darüber konnte er sich leicht denken.

Während Theoda zwischen dem Dichter und der Freundin hin und her träumte: kam auf einmal der Mann der letzten, der arme Mehlhorn, matt herein, der nicht den Mut gehabt, seinen künftigen Gevatter um einen Kutschensitz anzusprechen. Der Zoller war zwar kein Mann von glänzendem Verstande – er traute seiner Frau einen größern zu –, und seine Ausgaben der Langenweile überstiegen weit seine Einnahme derselben; aber wer Langmut im Ertragen, Dienstfertigkeit und ein anspruchsloses, redliches Leben liebte, der sah in sein immer freudiges und freundliches Gesicht und fand dies alles mit Lust darin. Theoda lief auf ihn entzückt zu und fragte selbvergessen, wie es ihrer Freundin ergangen, als sei er später abgereiset. Er verzehrte ein dünnes Mittagmahl, wozu er die Hälfte mitgebracht. »Man muß wahrhaftig«, sagt' er sehr wahr, »sich recht zusammennehmen, wenn man noch zwei Stunden nach *Huhl* hat und doch nachts wieder zu Hause sein will; es ist aber kostbares Wetter für Fußgänger.«

Theoda zog ihren Vater in ein Nebenzimmer und setzte alle weibliche Röst-, Schmelz- und Treibwerke in Gang, um ihn so weit flüssig zu schmelzen, daß er den Zoller bis nach Huhl mit einsitzen ließe. Er schüttelte kaltblütig den Kopf und sagte, die Gevatterschaft fürchtend: »Auch nähm ers am Ende gar für eine Gefälligkeit, die ich ihm etwa beweisen wollte.« Sie rief den Edelmann zum Bereden zu Hülfe; dieser brach – mehr aus Liebe für die Fürsprecherin – gar in theatralische Beredsamkeit aus und ließ in seinem Feuer sich von Katzenberger ganz ohne eines ansehen. Dem Doktor war nämlich nichts lieber, als wenn ihn jemand von irgendeinem Entschlusse mit tausend beweglichen Gründen abzubringen anstrebte; seiner eignen Unbe-

weglichkeit versichert, sah er mit desto mehr Genuß
zu, wie der andere, jede Minute des Ja gewärtig, sich
nutzlos abarbeitete. Ich versinnliche mir dies sehr,
wenn ich mir einen umherreisenden Magnetiseur und
unter dessen Händen das Gesicht eines an menschli-
chen Magnetismus ungläubigen Autors, z.B. Biesters,
vorstelle, wie jener diesen immer ängstlicher in den
Schlaf hineinzustreichen sucht, und wie der Bibliothe-
kar Biester ihm unaufhörlich ein aufgewecktes Gesicht mit blickenden Augen still entgegenhält. »Gern
macht ich selber«, sagte Nieß, »noch den kurzen Weg
zu Fuß.« – »Und ich mit«, sagte Theoda. – »O!« sagte
Nieß und drückte recht feurig die Katzenbergerische
Hand, »ja, es bleibt dabei, Väterchen, nicht?« – »Natürlich«, versetzte letztes, »aber Sie können denken,
wie richtig meine Gründe sein müssen, wenn sie sogar
von Ihnen nicht überwogen werden.« Man schien auf
seiten des Paars etwas betroffen. »Auch möcht ich den
guten Umgelder ungern verspäten«, setzte der Doktor
hinzu, »da wir erst nach dem Pferde-Füttern aufbre-
chen, er aber sogleich fortgeht.«

Als sie sämtlich zurückkamen, stand der Mann
schon freundlich da, mit seinem Abschiede reisefertig
wartend. Theoda begleitete ihn hinaus und gab ihm
hundert Grüße an die Freundin mit und den Schwur,
daß sie schon diesen Abend das Tagebuch an sie an-
fange. »Könnt ich für Sie gehen, guter Mann!« sagte
sie; und er schied mit einem langen Dankpsalm, ohne
sie sonderlich zu verstehen, so wie sie selber, setz ich
dazu, ebensowenig den Doktor. Sie wußt es aus langer
Erfahrung, daß er zudringende Bitten gewöhnlich
abschlug, als Anfälle auf seine Freiheit; sie tat sie aber
doch immer wieder und brachte vollends heute den
Auxiliar-Poeten mit. Mehlhorn war ihm nicht am mei-

sten als Gevatterbitter verdrießlich, sondern als eine
Art Ja-Herr gegen die Frau und ein Ja-Knecht gegen
alle Welt. Schwachmütige Männer aber, sogar gutmütige, konnt er nicht gut sich gegenüber sehen, besonders einen halben Tag lang auf dem Rücksitz.

Bald darauf, als die Pferde abgefüttert waren und
die Gewinn- und Verlustrechnung abgetan, gab Katzenberger das Zeichen des Abschieds; – es bestand
darin, daß er heimlich die Körke seiner bezahlten Flaschen einsteckte. Er führte Gründe für diese letzte
Ziehung aus der Flasche an: es sei erstlich ein Mann in
Paris bloß dadurch ein Millionär geworden, daß er
auf allen Kaffeehäusern sich auf ein stilles Korkzie-
hen mit den Fingern gelegt, wobei er freilich mehr
ans Stehlen gedacht als an erlaubtes Einstecken; zweitens sei jeder, der eine Flasche fodere, Herr über den
Inhalt derselben, wozu der Stöpsel, als dessen Anfang, am ersten gehöre, den er mit seinem eigenen
Korkzieher zerbohren oder auch ganz lassen und mitnehmen könne, als eine elende Kohle aus dem nieder-
gebrannten Weinfeuer. – Darüber suchte Nieß zu lächeln ohne vielen Erfolg.

EILFTE SUMMULA

Wagen-Sieste

Im ganzen sitzt ohnehin jeder Kutschenklub in den
ersten Nachmittagstunden sehr matt und dumm da;
das junge Paar aber tat es noch mehr, weil Katzenbergers Gesicht, seitdem er dem armen Schreckens-Ge-
vatter die Wagentüre vor der Nase zugeschlagen, kein
sonderliches Rosental und Paradies für jugendlich-

gutmütige Augen war, in das Gesicht hinein- und auf den sandigen Weg hinaussahen. Er selber litt weniger; ihn verließ nie jene Heiterkeit, welche zeigen konnte, daß er sich den Stoikern beigesellte, welche verboten, etwas zu bereuen, nicht einmal das Böse. Indes ist dieser höhere Stoizismus, der den Verlust der unschätzbaren höheren Güter noch ruhiger erträgt als den der kleinern, bei Gebildeten nicht so selten, als man klagt.

Nach einigen Minuten Sandfahrt senkte Katzenberger sein Haupt in Schlaf. Jetzo bekränzte Theoda ihren Vater mit allen möglichen Redeblumen, um dem Freund ihres Dichters ihre Tochter-Augen für ihn zu leihen. Besonders hob sie dessen reines Feuer für die Wissenschaft heraus, für die er Leben und Geld verschwende, und beklagte sein Los, ein gelehrter einsamer Riese zu sein. Da der Edelmann gewiß voraussetzte, daß die Augen-Sperre des Riesen nichts sei als ein Aufmachen von ein Paar Dionysius-Ohren, wie überhaupt *Blinde* besser *hören*: so fiel er ihr unbedingt bei und erklärte, er staune über Katzenbergers Genie. Dieser hörte dies wirklich und hatte Mühe, nicht aus dem Schlafe heraus zu lächeln wie ein Kind, womit Engel spielen. Des blinden optischen Schlafes bediente er sich bloß, um selber zu hören, wieweit Nieß sein Verlieben in Theoda treibe; und dann etwa bei feurigen Welt- und Redeteilen rasch aufzuwachen und mit Schnee und Scherz einzufallen. Jetzo ging Theoda, die an den Schlummer glaubte, weil ihr Vater sich selten die Mühe der Verstellung gab, noch weiter und sagte dem Edelmanne frei: »Sein Kopf lebt zwar dem Wissen, wie ein Herz dem Lieben, aber Sie springen zu ungestüm mit seiner Natur um. – In der Tat, Sie legen es ordentlich darauf an, daß er sich

über Gefühle recht seltsam und ohne Gefühle ausdrücke. Täte dies wohl Ihr Theudobach?« – »Gewiß«,
sagt' er, »aber in meinem Sinne. Denn Ihren Vater,
liebreiche Tochter, nehm ich viel besser als der Hau-
fe. Mich hindert seine satirische Enkaustik nicht, dahinter ein warmes Herz zu sehn. Recht geschliffnes
Eis ist ein Brennglas. Man ist ohnehin der alltäglichen
Liebfloskeln der Bücher so satt! O dieser milde Schlä-
fer vor uns ist vielleicht wärmer, als wir glauben, und
ist seiner Tochter so wert!« Katzenberger, eben warm
und heiß vom nahen Nachmittagschlummer, hätt etwas darum gegeben, wenn ihm sein Gesicht von
einem Gespenste wäre gegen den Rücken und das
Kutschen-Fensterchen gedreht gewesen, damit er ungesehen hätte lächeln können; wenigstens aber
schnarchte er.

Theoda indes, nie mit einer lauen oder höflichen
Überzeugung zufrieden, suchte den Poeten für den
Vater noch stärker anzuwärmen durch das Berichten,
wie dieser, bei dem Scheine einer geizigen Laune,
ganz uneigennützig als heilender Arzt Armen öfter
als Vornehmen zu Hülfe eile und dabei lieber in den
seltensten, gefahrvollsten als in gefahrlosen Krankheiten der Schutzengel werde. Jedes Wort war eine
Wahrheit; aber die Tochter, voll kindlicher und jeder
Liebe, kam freilich nicht dahinter, daß ihm eigentlich
die Wissenschaft, nicht der Kranke höher stand als
Geld, und daß er mit einer gewaltigen Gegnerin von
kranker Natur am liebsten das medizinische Schach
spielte, weil aus der größern Verwicklung die größere
Lehrbeute zu holen war; ja, er würde für eine stich-
haltige Versicherung der bloßen Leichenöffnung jeden umsonst in die Kur genommen haben aus Liebe
zur Anatomie.

»Vollends aber die Güte, womit mein genialer Vater alle Wünsche erfüllt, mit welchen ich nicht gerade seinen wissenschaftlichen Eifer störe, und was er alles für meine Bildung getan, kann ich als Tochter leichter in meinem Herzen verehren, als durch Worte andern enthüllen; aber schmerzen muß es mich jederzeit, wenn ich ihn bei andern, da er Stand und fremdes Urteil gar zu wenig achtet, ordentlich darauf ausgehen sehe, verkannt zu werden.« – Du warme Verblendete! – So wie wir alle merken, bildet sie sich ein, den Poeten Nieß durch Preisen für ihren Vater zu gewinnen, für einen Mann, der ihm doch ins Gesicht gesagt, seine Nasenwurzel sei zu dünn. Schwerlich sind *Wurzel*wörter eines solchen Ärgers je auszuziehen, und aus der Nasenwurzel wird ein Nieß – da es etwas andres sein würde, wenn statt der Eitelkeit bloß sein Stolz beleidigt worden – immer etwas Stechendes gegen den Doktor wachsen lassen.

Dafür aber zog sich aller Weihrauch, den die Tochter für den Vater verbrannte, auf sie selber zurück in Nießens Nase, und am Ende konnt er sie kaum anhören vor Anblicken; so daß ihm nichts fehlte zu einer poetischen Umhalsung Theodas als der wahre Schlaf des alten Fuchses. Indes ging er auf andere Weisen über, Lieben auszusprechen, und legte solche an einem bekannten Theudobachischen Schauspiel, »Die scheue Liebe«, zergliedernd auseinander. Ein Bühnen-Dichter vieler Stücke oder ein Kunstrichter aller Stücke hat oder ist leicht eine Schiff- und Eselbrücke in ein Weiberherz. Darüber versank doch der Doktor vor Langweile aus dem vorgeträumten Schlaf in einen echten, und zwar bald nach Nießens schönen wahren Worten: »Jungfräuliche Liebe schlummert wohl, aber sie träumt doch.«

Als er ganz spät aufwachte, sagt' er halb im Schlafe: »Natürlich schläft sie und träumt darauf.« Nur Nießen war dieser ihm zugehörige Sinnspruch deutlich und erinnerlich, und er dachte leise: »Seht den Dieb!«

Eben watete ihnen im Sande ein Bekannter der Familie entgegen, der sogleich sich umkehrte und in die Taschen griff, als er den Wagen erblickte. Es ist bekannt, daß es der Winkel-Schul-Direktor *Würfel* war, ein feines Männchen. Der Doktor ließ ihm schnell nachfahren, um das Umwenden zu begreifen. Eingeholt, kehrte der Direktor sich wieder um und verbeugte sich stufenweise vor jedem. Der Doktor fragte, warum er immer so umkehre. Er sei, sagte er, so unglücklich gewesen, sein Taschenbuch in *Huhl* zu vergessen; und jetzt so glücklich geworden, indem ers hole, eine solche Gesellschaft immer vor Augen, wenn auch von weitem, zu haben. – »So nehmen Sie hier Rücksitz und Stimme«, sagte der Doktor zu Nießens Verwunderung.

Der Winkel-Schul-Direktor war lange, wohl zehnmal, adeliger Haus- und Schloß-Lehrer gewesen – hatte mehr als hundert Hausbällen zugeschaut und getraute sich, jede adelige Schülerin noch anzureden, wenn sie mannbar geworden – wie der alte Deutsche im Trunke keusch blieb, so war er stets mitten unter den feinsten Dessertweinen nicht nur keusch, sondern auch nüchtern geblieben, weil er den schlechtesten bekam – und war überhaupt an den Tischen seiner Herrn tafelfähig, wenn auch nicht stimmfähig gewesen. Dieses Durchwälzen durch die feine Welt hatt an ihm so viele elegante Sitten zurückgelassen, als er zu oft an Spezial-, ja an Generalsuperindententen vermißte; so daß ihm öfter nichts zum vollständigsten feinsten *Fat* fehlte als der Mut; aber er glich dem Prediger, welcher auf der Kanzel mitten zwischen seinen heiligsten Erhebungen über die Erde und deren Gaben von Zeit zu Zeit die Dose aufmacht und schnupft. Dabei hatte er durch langes Erziehen fast alle Sprachen und Wissenschaften samt übriger Bildung in den Kopf bekommen, die ihm, wie einem armen Postknechte Reichtümer und Prinzen, zu nichts halfen, als daß er sie weiterzuschaffen hatte. Da er indes kein Wort sagte, das nicht schon einen Verleger und Verfasser gehabt hätte: so hörte man seine Schüler lieber als ihren Lehrer.

Dieser Winkel-Schul-Direktor hatte nun einst mit Theoda Theudobachs Stücke ins Englische und sich dabei (da sie nur eine Bürgerliche war) in einen Liebhaber und in den Himmel übertragen. Eben deshalb hatte ihm der Doktor, der in Herzsachen Scherz verstand und suchte, einen Sitz neben dem zweiten Liebhaber Nieß ausgeleert: »Ich sehe«, sagte er, »nichts lieber miteinander spielen als zwei Hasen, ausgenommen den Fuchs mit dem Hasen.«

Es ging anders. Theoda stellte vor allen Dingen den Vielwisser Würfel – dem sie freudig alles schenkte, sich ausgenommen – unserem Freunde des ins Englische verdolmetschten Dichters vor. Da fing das lange Zergliedern des Dichters (Nieß war der Prosektor) an, jedes Glied wurde durch kritisches Zerschneiden vervielfacht und vergrößert und zum Präparat der Ewigkeit ausgespritzt und mit Weingeist beseelt. Bloß der Hör-Märterer Katzenberger litt viel bei der ganzen Sache und war der einzige Mann in diesem feurigen Ofen, der sich nicht mit Singen helfen konnte. Nieß zeigte überall die leichte Weltmanns-Wärme eines feurigen Juwels. Würfel zeigte eine Schmelzofenglut, als wären in seiner die poetischen Gestalten erst fertig zu gießen; Theoda zeigte eine Französin, eine Deutsche und eine Jungfrau und ein Sich. Indes sah der helle Edelmann aus jedem Worte Würfels, wie dieser den Theudobachischen Sockus und Kothurn nur in ein Fahrzeug verkehre, um darin auf einer von den schönen Freundschaft-Inseln Theodas anzulanden; je mehr daher der Direktor den Dichter erhob, desto mehr erboste sich der Edelmann. Doch blieben beide, Nieß und Theudobach, so fest und fein und studierten die Menschen und wollten weniger die Schuldner einer (dichterischen) Vergangenheit sein als einer (prosaischen) Gegenwart; Nieß wollte zugleich als Münzer und als Münze gelten.

Vom Dichten kommt man leicht aufs Lieben, und indem man ideale Charaktere kritisiert, produziert man leicht den eigenen, und ein gedruckter Roman wird das Getriebe und Leitzeug eines lebendigen. Würfel stach hier mehr durch Feinheit hervor, Nieß durch Keckheit. Jener zeigte einen Grad von romantischer Delikatesse, der seinen Stand verriet, nämlich den mittlern. Ich kann hier aus eigner Erfahrung die Weiber der höhern Stände versichern, daß, wenn sie eine romantischere, zärtere Liebe kennen wollen als die galante, höhnende, atheistische ihrer Weltleute, die solche in meinem Stande finden können, wo mehr Begeisterung, mehr Dichter-Liebe und weniger Erfahrung herrscht; und es sollte diese Bemerkung mich um so mehr freuen, wenn ich durch sie zum Glücke manches Hofmeisters und dessen hoher Prinzipalin etwas beigetragen hätte; meines wäre mir dann Belohnung genug.

Niemand war wiederum in der Kutsche zu bedauern als der Blutzeuge Katzenberger, dem solche Diskurse so mild in die Ohren eingingen wie einem Pferde der Schluck Arznei, den man ihm durch die Nasenlöcher einschüttet. Um aber mit irgend etwas seinem Ohre zu schmeicheln, brachte er einen feinen Iltispinsel heraus und steckte ihn in den rechten Gehörgang bis nahe ans Paukenfell und wirbelte ihn darin umher; er versicherte die Zuschauer, hierin sei er ganz der Meinung der Sineser, wovon er die Sitte entlehne, welche diesen Ohrenkitzel und Ohren-Schmaus für den Himmel auf Erden halten.

Da aber die Menschen immer noch links hören, wenn sie in Lust-Geschäften rechts taub sind: so vernahm er noch viel vom Gespräch. Er fiel daher in dieses mit ein und berichtete: auch er habe sonst als Unverheirateter an Heiraten gedacht und nach der damaligen Mode angebetet – was man zu jener Zeit Adorieren geheißen –; doch sei einem Manne, der plötzlich aus dem strengen mathematisch-anatomischen Heerlager ins Kindergärtchen des Verliebens hinein gemußt, damal zumute gewesen wie einem Lachse, der im Lenze aus seinem Salz-Ozean in süße Flüsse schwimmen muß, um zu laichen. Noch dazu wäre zu seiner Zeit eine bessere Zeit gewesen – damal habe man aus der brennenden Pfeife der Liebe polizeimäßig nie ohne Pfeifendeckel geraucht – man habe von der sogenannten Liebe nirgend in Kutschen und Kellern gesprochen, sondern von Haushalten, von Sich-Einrichten und Ansetzen. So gesteh er z.B. seinerseits, daß er aus Scham nicht gewagt, seine Werbung bei seiner durch die ausgesognen Maikäfer entführten Braut anders einzukleiden als in die wahrhaftige Wendung: nächstens gedenke er sich als Geburthelfer zu setzen in Pira, wisse aber leider, daß junge Männer selten gerufen würden und schwache Praxis hätten, solange sie unverehlicht wären. – »Freilich«, setzte er hinzu, »war ich damals hölzern in der

Liebe, und erst durch die Jahre wird man aus weichem Holze ein hartes, das nachhält.«

»Bei der Trennung von Ihrer Geliebten mag Ihnen doch im Mondscheine das Herz schwer geworden sein?« sagte der Edelmann. – »Zwei Pfund – also halb so schwer als meine Haut – ist meines wie Ihres bei Mond- und bei Sonnenlicht schwer«, versetzte der Doktor. – »Sie kamen sonach über die empfindsame Epoche, wo alle junge Leute weinten, leichter hinweg?« fragte Nieß. – »Ich hoffe«, sagte er, »ich bin noch darin, da ich scharf verdaue, und ich vergieße täglich so viele stille Tränen als irgendeine edle Seele, nämlich vier Unzen den Tag; nur aber ungesehen (denn die Magenhaut ist mein Schnupftuch); unaufhörlich fließen sie ja bei heilen guten Menschen in den knochigen Nasenkanal und rinnen durch den Schlund in den Magen und erweichen dadrunten manches Herz, das man gekäuet, und das zum Verdauen und Nachkochen daliegt.«

Ich weiß nicht, ob ich mich irre, aber mir kommt es vor, als ob der Doktor seit dem schlafwachen Anhören der Lobreden, welche Theoda seinem liebereichen Herzen vor dem Poeten Nieß gehalten, ordentlich darauf ausginge, mehr Essigsäure, d.h. Sauersauer, zu zeigen; – ähnlich säh ihm dergleichen ganz, und lieber schien er, aus Millionen Gründen, härter als weicher.

Als daher Nieß, um den seltnen Seefisch immer mehr für seine dichterische Naturalienkammer aufzutrocknen, eine neue Frage tun wollte: fuhr Theoda ordentlich auf und sagte: »Herr von Nieß, Sie sind im Innerlichen noch härter als mein Vater selber.« – »So«, sagte der Doktor, »noch härter als ich? Es ist wahr, die weibliche Sprache ist, wie die Zunge, weich und linde zu befühlen, aber diese sanfte Zunge hält sich hinter den Hundzähnen auf und schmeckt und spediert gern, was diese zerrissen haben.« Hier sucht der feine Würfel auf etwas Schöneres hin abzulenken und bemerkte, was bisher Theoda nicht gesehen: dort schreite schon lange Hr. Umgelder Mehlhorn so tapfer, daß ihn der Kutscher schwerlich auf dem höckerigen Wege überhole. Als dies der Kutscher vernahm, dem schon längst der nicht einzuholende Zoller eine bewegliche Schandsäule und Höllenmaschine gewesen: so fuhr er galoppierend in die

ZWÖLFTE SUMMULA

- die Aventüre -

hinein und warf an einem schiefgesunknen Grenzstein leicht, wie mit einer Wurfschaufel, den Wagen in einen nassen Graben hinab. Katzenberger fuhr als *primo Ballerino* zuerst aus der Schleudertasche des Kutschers, griff aber im Fluge in die Halsbinde des Schuldirektors wie in einen Kutschen-Lakaien-Riemen ein, um sich an etwas zu halten; – Würfel seinesorts krallte nach Flexen hinaus und in dessen Fries-Ärmel ein und hatte unten im Graben den mitgebrachten Fries-Aufschlag in der Hand; – Nieß, das Gestirn erster Größe im Wagen, glänzte unten im Drachenschwanze seiner Laufbahn, nahm aber mehr die Gestalt eines Haarsterns an, weil er die Theodasche Perücke nach sich gezogen, an die er sich, laut wehklagend, unterwegs hatte schließen wollen; – Theoda war, durch kleines Nachgeben gegen den Stoß und durch Erfassen des Kutschenschlages, diagonal im

Wagen geblieben; – Flex ruhte, den Kutscher noch recht umhalsend, bloß mit der Stirn im Kote, wie ein mit dem Gipfel vorteilhaft in die Erde eingesetzter Baum.

Erst unter im Graben, und als jedermann angekommen war – konnte man, wie in einem Unterhause, auf Herauskommen stimmen und an Einhelligkeit denken. Katzenberger votierte zuerst, indem er die Hand aus Würfels Halsbinde nahm und dann auf dem Rückgrate des Schuldirektors, wie auf einer flüchtigen Schiffbrücke, wegging, um nachher auf Flexen aufzufußen und – sich von da, wie auf einem Gaukler-Schwungbrett, leicht ans Ufer zu schwingen. Es gelang ihm ganz gut, und er stand droben und sah hernieder.

Hier konnte er nicht ohne wahre Ruhe und Lust so leicht bemerken, wie die andern Hechte im Graben-Wasser schnalzten aus Verlegenheit. Flexens Rückgrats-Wirbel wurden ein allgemeines, aber gutes Trottoir, und der Schuldirektor schlug willig diesen Weg ein. Am Ufer zog der Doktor ihn an der Halsbinde nach kurzem Erwürgen ans Ufer, wo er unaufhörlich sich und seinen Kleider-Bewurf besah und zurückdachte. Auch der untergepflügte Dichter bekroch Flexen und bot dem Doktor die Hand, an deren Ohrfinger dieser ihn mit kleiner Verrenkung dadurch aufs Trockne zog, daß er selber sich rückwärts bog und umfiel, als jener aufstand. Was noch sonst aus dem Nilschlamme halb lebendig aufwuchs, waren nur Leute; aber diese waren am nötigsten zum Aufhelfen, sie waren die Flügel, die Maschinen-Götter, die Schutzheiligen, die Korkwesten des Wagens im Wasser.

Mehlhorn für seine Person war herbeigesprungen

und stand auf dem umgelegten Kutscherschlage fest, in welchen er unaufhörlich seinen Hülf-Engels-Arm umsonst Theodan hineinreichte, um sie um den Schlag herum- und aufzuziehen – bis ihn der Kutscher von seinem Standort wegfluchte, um den Wagen aufzustellen.

Delikate Gesellschaftknoten werden wohl nie zärter aufgelöset als von dem Wurfe in einen Graben, gleichsam in ein verlängertes Grab, wobei das allgemeine Interesse wenig verliert, wenn noch dazu Glieder der Mitglieder verrenkt oder verstaucht sind oder beschmutzt. Die Freude ging allgemein wie eine Luna auf; das Städtchen *Huhl* lag vor der Nase, und jeder mußte sich abtrocknen und abstäuben und deshalb vorher übernachten. Nur Würfel, der aus dem Örtchen sein Taschenbuch zurückzuholen hatte, mußte verdrüßlich daraus heimeilen mit der nassen Borke am besten Vorderwestchen; eine halbe Nacht und einen ganzen Weg voll Nachtluft mußt er dazu nehmen, um so trocken anzulangen, als er abgegangen. Katzenberger machte weniger aus dem Kot, von welchem er seine eigne Meinung hegte, welche diese war, daß er ihn bloß als reine Adams-Erde, mit heiligem Himmelwasser getauft, darstellte und dann die Leute fragte: was mangelt dem Dreck? Bloß den dachsbeinigen Flex schalt er über dessen schweres Schleppkleid so: »Fauler Hund, hättest du dich nicht stracks aufrichten können, sobald ich von dir aufgesprungen war? Warum ließest du dich von allen immer tiefer eintreten? Und warum gabst du dem unbedachtsamen Würfel nicht nach und ließest dich vom Bocke herunterreißen anstatt meines Livrei-Aufschlags? He, Mensch?« – »Das weiß ich nicht«, versetzte Flex, »das fragen Sie einen andern.«

DREIZEHNTE SUMMULA

Theodas ersten Tages Buch

Die Destillation hinabwärts (*dest. per descens.*), wie der Doktor den Grabenfall nannte, brachte manches Leben in den Abend. Er selber behielt alles an und war sein Selb-Trockenseil.

Nieß konnte die Einsamkeit der abwaschenden Wiedergeburt zum Nachschüren von neuem Brennstoff für Theoda verwenden. Er sann nämlich lange auf treffliche Sentenzen über die Liebe und grub endlich folgende in die Fenstertafel seines Zimmers: »Das liebende Seufzen ist das Atmen des Herzens. – Ohne Liebe ist das Leben eine Nacht in einer Mondverfinsterung; wird aber diese Luna von keiner Erde mehr verdeckt, so verklärt sich mild die Welt, die Nachtblumen des Lebens öffnen sich, die Nachtigallen tönen, und überall ist Himmel. Theudobach, im Junius.«

Theoda schrieb eiligst folgende Tagebuchblätter, um sie dem Mehlhorn noch mitzugeben.

»Du treues Herz, wie lange bin ich schon von dir weggewesen, wenn ich Zeit und Weg nach Seufzern messe? – Und wann werd ich in Dein Haus springen oder schleichen? Gott verhüte letztes! Ein Zufall – eigentlich ein Fall in einen Graben – hält uns alle diese Nacht in *Huhl* fest; leider kommen wir dann erst morgen spät in Maulbronn an; aber ich habe doch die Freude, Deinem guten Manne mein Geschreibsel aufzupacken. Der Gute! Ich weiß wohl, warum Du mir nichts von seiner gleichzeitigen Reise gesagt; aber Du hast nicht recht gehabt. Mein Vater setzte auf eine Stunde den raffinierten Zuckerhut Würfel in den Wagen; seine Weste litt sehr beim Umwerfen. Insofern war mirs lieb, daß Dein Mann nicht mitgefahren; wer steht für die Wendungen des Zufalls? – Ich habe, Herzige, Deinen Rat – denn in der Ferne gehorcht man leichter als in der Nähe – treu befolgt und heute fast nichts getan als Fragen an den Edelmann über den Dichter. Dieser ist selber – höre! bloß die beste erste Ausgabe seiner Bücher, eine Prachtausgabe, wenn nicht besser, wenigstens milder, als seine Stachelkomödien. Niemand hat sich vor seinem Auge oder Herzen zu scheuen. Er lief schon als Kind gern auf Berge und in die Natur; und so war er auch schon als Kind vor seinem neunten Jahre unsterblich verliebt. Närrisch ists doch, daß man dergleichen an großen Menschen als so etwas Großes nimmt, da man ja bei sich und andern nicht viel daraus macht. – Hr. v. Nieß erzählte mir eine köstliche, längst abgeschloßne Geschichte von seiner ersten Liebe, als eines Knaben voll Zärte und Glut und Frömmigkeit; sie soll Dir einmal wohltun, wenn ich sie Dir in Dein Wochenbett hineinwerfe. Nur machts der liebe Vater durch Mienen und Worte jedem gar zu schwer, dergleichen vorzutragen – anzuhören weniger, denn ich bin an ihn gewöhnt –; er wirft oft, wie Du ja weißt, Eisspitzen ins schönste Feuer, auf die niemand in ganz Pira gefallen wäre, und bringt damit den Gerührtesten zum Lachen. Er nennt unser ewiges Sprechen über unsern Dichter ein holländisch-langes Glockenspiel. Freilich kennt ihn Hr. v. Nieß nicht oder will es nicht; so seltsam fragt er ihn an. Ich habe Dir ihn überhaupt noch nicht gemalt, so mag er mir denn sitzen auf dem Kutschenkissen. Recht klug wird man nicht aus ihm; er wirft nicht sich, aber das Geld weg (fast zu sehr). – Er schimmert und schneidet, wie der Demant in seinem Ringe; und ist doch weich dabei und stets auf der Jagd nach warmen Augenblicken. – Ein Held ist er auch nicht, ja nicht einmal eine Heldin; vor dem kleinsten Stachelchen fährt er in die Bienenkappe – wie ich Dir nachher meine eigne Perücke als Beweis und Bienenkappe vorzeigen will. – Übrigens hat er alle nachgiebige Bescheidenheit des Weltmannes, der sich auf die Voraussetzung seines Werts verläßt – und dabei fein-fein und *sonst mehr*. – Dies ist aber eben der Punkt; von sich spricht er fast kein Wort, unaufhörlich von seinem Jugendfreunde, dem Dichter, gleichsam als wäre sein Leben nur die Grundierung für diese Hauptfigur. Auffallend ists, daß er nicht mit dem feurigen Gefühl, wie etwan ich, von ihm redet, sondern fast ohne Teilnahme (er berichtet bloß Tatsachen), so daß es scheint, er wolle nur meinem Geschmacke zu Gefallen reden und dabei unterderhand für jemand anders den Angelhaken auswerfen als für unsern Theudobach. Zwischen diesem Namen und dem meinigen find er etymologisch, sagt' er, nur den Unterschied des Geschlechts, worüber ich ordentlich zusammenfuhr, weil ich nie darauf gefallen war. Aber warum sagt er mir solches angenehme Zeug, da er doch sieht, daß er mich nur durch ein ganz fernes Herz in Flammen setzt? Eilte Dein Mann nicht so fürchterlich: wahrlich, ich wollte vernünftig schreiben. Ich sage Dir Donnerstags alles, wenn es auch der Freitag widerlegt. In der Fremde ist man gegen Fremde (ja gegen Einheimische) weniger fremd als zu Hause; ich fragte geradezu Hrn. v. Nieß, wie der Dichter aussehe. ›Wie stellen Sie sich ihn denn vor?‹ fragt' er. – ›Wie die edleren Geschöpfe dieses Schöpfers selber‹, versetzt ich. ›Er soll und wird aussehen wie ein nicht zu junger Ritter der alten Zeit – vorragend auch unter Männern – Er muß Augen voll Dichter- und Kriegerfeuer haben und doch dabei solche Herzens-Lieblichkeit, daß er sein Pferd ebensogut streichelt als spornt und ein gefallnes Kindchen aufhebt und abküßt, eh ers der Mutter reicht – Auf seiner Stirn müssen ohnehin alle Welten stehen, die er geschaffen, samt den künftigen Weltteilen – Köstlich muß er aussehen – Der Bergrücken seiner Nase ... (Hier, Bona, dacht ich an Deinen Rat) – Nun, Sie haben ja die Nase selber gesehen, und ich gedenke, das auch zu tun.‹

Hierauf versetzte Hr. v. Nieß: ›Vielleicht sollt er, Demoiselle, diese Gestalt nach Maler-Ideal haben; aber leider sieht er fast so aus wie ich.‹

Gewiß hab ich darauf ein einfältiges Staun-Gesicht gemacht und wohl gar die Antwort gegeben: ›Wie Sie?‹ – Überhaupt schien meine zu lebhafte Vorschilderei seines Freundes ihn nicht sonderlich zu ergötzen. – ›Theoda und Theudobach‹, fuhr er fort, ›behalten ihre Ähnlichkeit sogar in der Statur; denn er ist so lang als ich.‹ – ›Nein,‹ unterfuhr ich, ›dann ist er kürzer als ich; eine Frau, die so lang ist als ein Mann, ist länger als ein Mann.‹ – Es schwollen beinahe Giftblasen mir auf, gesteh' ich gern. Es verdroß mich das ewige Prahlen mit der körperlichen Ähnlichkeit Theudobachs bei so wenig geistiger. Ich denke an seine unritterliche Furcht und an meine Perücke beim Wagen-Umwurf. Er wollte sich an meinen Kopf anhalten, um seinen zu retten. Raufen aber ist eine eigne Weise, einem Mädchen den Kopf zu verrücken. Mein Vater wird ihn mit dieser Perücke, womit er in die Grube gefahren, noch oft fegen, wie die Bedienten in Irland damit die Treppen kehren.

Freilich wars an ihn eine dumme Mädchenfrage, die ich nachher getan, wie ich Dir beichten will. Aber wer machts denn anders? Die Leserinnen eines Dichters sind alle seine heimlichen Liebhaberinnen – die Jünglinge machen es mit Dichterinnen auch nicht besser –; und wir denken bei einem Genie, der Ehre unseres Geschlechts wegen, zuerst an die Frau, die der große Mann uns allen vorgezogen, und die wir als die Gesandtin unseres Geschlechts an ihn abgeschickt. Auf seine Frau sind wir sogar neugieriger als auf seine Kinder, die er ja nur bekommen und selten erzieht. Ob ich mich gleich einmal tapfer gegen meinen Vater gewehrt, da er sagte, an einem Poeten zögen wir den Kniefall dem Silbenfall vor, ein Paar Freierfüße sechs Versfüßen, Schäferstunden den Schäferliedern und wären gern die Hausehre einer Deutschlands-Ehre: so hatt er doch halb und halb recht. – Die dumme Mädchenfrage war nämlich die: ob der Dichter eine Braut habe. – ›Wenigstens bei meiner Abreise noch nicht‹, versetzte Nieß. – ›O, ich wüßte‹, sagt' ich, ›nichts Rührenderes, als eine Jungfrau mit dem Edlen am Traualtar stehen zu sehen, welchen sie im Namen einer Nachwelt belohnen soll; sie sollte mir meine heiligste Schwester sein, und ich wollte sie lieben wie ihn.‹ – ›Wahrlich, Sie könnten es‹, sagte Nieß mit unnütz-feiner Miene.

O Gott, zanke nur hier über nichts, Du Hellseherin. Ach, mein Gesicht-Lärvchen – wahrlich, mehr eine komische als tragische Maske – gibt mir keine Einbildungen, weil ich doch damit keinem Manne gefallen kann als einem halbblinden, der, wie Du, nichts verlangt als ein Herz; aber der freilich sollte dieses denn auch ganz haben mit allen Kammern und Herzohren und Flämmchen darin und mein kleines Leben hinterdrein.

Ich wollt, es gäbe gar keine Männer, sondern die göttlichsten Sachen würden bloß von Weibern ge-

schrieben; warum müssen gerade jene einfältigen Geschöpfe so viel Genie haben und wir nichts? – Ach, wie
könnte man einen Rousseau liebhaben, wenn er eine
Frau wäre!

Gute Nacht, meine Seele! So viel Himmel als nur
hineingeht, komme in Dein Herzchen!   · Th.«

Vierzehnte Summula

Mißgeburten-Adel

Der Wirt, der die Gesellschaft immer hinter Büchern
und Schreibfedern sah, vermutete, er könne sie als
Ziehbrunnen benutzen und seinen Eimer einsenken;
er brachte ein Werk in Folio und eins in Oktav zum
Verkaufe getragen. Das kleinere war ein zerlesener
Band von Theudobachs »Theater«. Aber der Doktor
sagte, es sei kein Kauf für das Gewissen seiner Tochter, da das Buch vielleicht aus einer Leihbibliothek
unrechtmäßig versetzt sei. Auch fragt' er sie, ob sie
denn nicht glaube, daß in Maulbronn der Dichter selber sie als seine so warme Anbeterin und Götzen-Die-
nerin, mit einem schönen Freiexemplare überraschen werde, das er wieder selber umsonst habe vom
Verleger. »Ich komme ihm zuvor«, sagte Nieß, »ich
habe von ihm selber fünf Prachtexemplare zum Geschenk und gebe gern eines davon um den Preis hin,
den es mich kostet.« Theoda hatte Zweifel über das
Annehmen, aber der Vater schlug alle nieder und
sagte zum Edelmanne mit närrischen Grimassen:
»Herr v. Nieß, ich mache von so etwas Genießbarem
Nießbrauch sowie von allen kostspieligen Auslagen,
die Sie bisher auf der Reise vorschossen, weil Sie viel-

leicht wissen, daß ich ein schlechter Zahl- und Rechenmeister bin; aber am Ende der Reise, hoffe ich, sollen Sie mich kennenlernen.« Nieß bat Theoda, in sein Zimmer zu folgen, wo er ihr vom Dichter vielleicht noch etwas Lieberes zu geben habe als das Gedruckte.

Er führte sie vor die obengedachte Fensterscheiben-Inschrift. Als sie die Theudobachische Hand und die schönen Liebeworte erblickte und nun gewiß wußte, daß sie, den Boden und die Nachbarschaft mit ihrem Helden teilend, gleichsam in dessen Atmosphäre gekommen, wie die Erde in die der Sonne*: so zitterte das Herz vor Lust, und die Prachtausgabe verlor fast gegen die Fenster-Schrift. Nieß sah das feuchte Auge und hielt sich mit Gewalt, um nicht mit dem Bekenntnis seines zweiten Namens ihr ans Herz zu fallen; aber ihre Hand drückte er heftig und malte gerührt den Theaterstreich am Fenster nicht weiter aus.

Beide gingen halb trunken zum Doktor zurück. Dieser hatte eben teuer den Folioband vom Wirte erhandelt, nämlich Sömmerings »Abbildungen und Beschreibungen einiger Mißgeburten, die sich ehemals auf dem anatomischen Theater zu Kassel befanden«, Fol., Mainz 1791. Nicht nur das Paar, auch der Wirt sah, mit welchem Entzücken er die Mißgeburten verschlang. Da nun ein Wirt, wie jeder Handelmann, bei jedem Käufer ungern aufhört zu verkaufen, so sagte der Wirt: »Ich bin vielleicht imstande, einem Liebhaber mit einer der veritabelsten ausgestopften Mißgeburten aufzuwarten, die je auf acht Beinen herumgelaufen.« – »Wie, wo, wenn, was?« rief der Dok-

---

* Das Zodiakal-Licht wird für den in die Laufbahn der Erde hineinreichenden Dunstkreis der Sonne gehalten.

tor, auf den Gastwirt rennend. – »Gleich!« versetzte dieser und entschoß.

»Gott gebe doch«, fing Katzenberger an, gegen den Edelmann sich wendend, »daß er etwas wahrhaft Mißgebornes bringt. Ich weiß nicht, haben Sie meine *de monstris epistola* gelesen oder nicht; inzwischen habe ich darin ohne Bedenken die allgemeine Gleichgültigkeit gegen echte Mißgeburten gerügt und es frei herausgesagt, wie man Wesen vernachlässigt, die uns am ersten die organischen Baugesetze, eben durch ihre Abweichungen gotischer Bauart, lehren können. Gerade die Weise, wie die Natur zufällige Durchkreuzungen und Aufgaben (z.B. zweier Leiber mit einem Kopfe) doch organisch aufzulösen weiß, dies belehrt. Sagen Sie mir nicht, daß Mißgeburten nicht bestehen, als widernatürlich; jede mußte einmal natürlich sein, sonst hätte sie nicht bis zum Leben und Erscheinen bestanden; und wissen wir denn, welche versteckte organische Mißteile und Überteile eben auch Ihrem oder meinem Bestehen zuletzt die Ewigkeit nehmen? Alles Leben, auch nur *einer* Minute, hat ewige Gesetze hinter sich; und ein Monstrum ist bloß ein Gesetzbuch mehrer föderativen Staatkörperchen auf einmal; auch die unregelmäßigste Gestalt bildete sich nach den regelmäßigsten Gesetzen (unregelmäßige Regeln sind Unsinn). Ebendarum könnte aber aus Mißgeburten, als den höhern Haruspizien oder passiven Blutzeugen, bei geschickter Zergliederung mehr Einsicht gewonnen worden sein als aus allem Alltagvieh, sobald man nur besser diese Sehröhre und Operngucker ins Lebenreich hätte zu richten verstanden, und wenn man überhaupt, Herr v. Nieß, so seltene Cicerone und Zeichendeuter, die eben gerade, wie die Wandelsterne in ihren Verfinsterungen, am meisten geistig er-

leuchten, sorgfältiger aufgehoben hätte. Wo ist aber –
mein elendes ausgenommen – noch ein ordentliches
Mißgeburtenkabinett? Welcher Staat hat noch Preise
auf Einliefern von monstris gesetzt, geschweige auf
Erzeugung derselben, wie doch bei Blumen gesche-
hen? Geht ein Monstrum als ein wahrer Solitär der
Wissenschaft unter, so ist man noch gleichgültiger, als
wäre ein Schock leicht zu zeugender Werkeltagleiber
an der Ruhr verschieden. Wer kann denn aber eine
Mißgeburt, die sich so wenig als ein Genie fortpflanzt
– denn sie ist selber ein körperliches, eine Einzigperle
– nicht einmal ein Sonntagkind, sondern ein Schalt-
tagkind –, ersetzen, ich bitte jeden? Ich für meine Person könnte für dergleichen viel hingeben, ich könnte
z.B. mit einer weiblichen Mißgeburt, wenn sie sonst
durchaus nicht wohlfeiler zu haben wäre, in den
Stand der Ehe treten; und ich will dirs nicht verstek-
ken, Theoda – da die Sache aus reiner Wissenschaftliebe geschah und ich gerade an der Epistel de monstris schrieb –, daß ich an deiner seligen Mutter während ihrer guten Hoffnung eben nicht sehr darauf
dachte, aufrechte Tanzbären, Affen oder kleine
Schrecken und meine Kabinetts-Pretiosen fern von
ihr zu halten, weil sie doch im schlimmsten Falle bloß
mit einem monströsen Ehesegen mein Kabinett um
ein Stück bereichert hätte; aber *leider,* hätt ich beinah
gesagt, aber gottlob, sie bescherte mir dich, als eine
Bestätigung der Lavaterschen Bemerkung, daß die
Mütter, die sich in Schwangerschaft vor Zerrgeburten
am meisten gefürchtet, gewöhnlich die schönsten ge-
bären. Ein Monstrum ... o, du guter Wirt kommst!«
    Letzter kam an mit dem fast grimmig aussehenden
Stadtapotheker und dieser mit einem gut ausgestopften, achtbeinigen Doppel-Hasen, den er wie ein Wik-

kelkind im Arme trug und an die Brust anlegte. Der Doktor sah den Hasen fast mit geifernden Augen an und wollte wie ein Hasengeier auf ihn stoßen. »Ich bin«, sagte jener und sprang stirnrunzelnd seitwärts »Pharmazeutikus hiesiger Stadt und habe dieses *curiosum* in Besitz. Besehen darf es werden, aber unmöglich begriffen vor dem Einkauf. Ich will es aber auf alle Seiten drehen, und wie es mir gut dünkt; denn es ist seinesgleichen nicht im Lande oder auf Erden.« – »Um Verzeihung«, sagte der Doktor, »im königlichen Kabinett zu Chantilly wurde schon ein solcher Doppel-Hase aufbewahrt*, der sogar sich an sich selber, wie an einem Bratenwender, hat umdrehen und auf die vier Relais-Läufe werfen können, um auf ihnen frisch weiterzureisen, während die vier ausgespannten in der Luft ausruhten und selber ritten.« – »Das konnte meiner bei Lebzeiten auch«, sagte der Apotheker, »und Ihr anderes einfältiges Hasenstück hab ich gar nicht gesehen und gebe nicht einen Löffel von meinem darum.« Jetzo nannte er den Kaufschilling. Bekanntlich wurde unter dem minderjährigen Ludwig XV. der Greisenkopf auf den alten Louisdor von Ludwig XIV. bloß durch den Druck eines Rades in den noch lebendigen Kinderkopf umgemünzt; worauf sie 20 Livres statt 16 galten. Für ein solches Geld-Kopfstück, und zwar für ein vollwichtiges, wollte der Apotheker seinen Hasen mit 4 Löffeln, 2 Köpfen etc. hergeben. Nun hatte der Doktor wirklich ein solches bei sich; nur aber wars um viele Asse zu leicht und ihm gar nicht feil. Er bot halbsoviel an Silbergeld – denn ebensoviel – dann streichelte er dem Pharma-

---

* Unterhaltungen aus der Naturgeschichte. Die Säugetiere, 1. Bd., S. 34.

zeutikus am dürren Arme herab, um in seinem Heiß-
hunger nur, wie der blinde Angelo den Torso, so den
Pelz der Hasen zu befühlen, die er, wie ein Kalmucke,
göttlich verehrte. – Endlich zeigte er noch seinen langen Hakenstock vor und zog aus dessen Scheide, wie
einen giftigen Bienenstachel, einen langen befieder-
ten amerikanischen Giftpfeil vor und sagte, diesen
Pfeil, womit der Pharmazeutikus jeden Feind auf der
Stelle erlegen könnte, woll er noch dreinschenken.
Bisher hatte dieser immer drei Schritte auf und ab
getan, kopfschüttelnd und schweigend; jetzo trug er
ohne weiteres seinen Hasenvielfuß zur Tür hinaus
und sagte bloß: »Bis morgen früh steht viel feil ums
Goldstück; aber mittags katz ab!« – »Es ist mein Her-
zens-Gevatter«, sagte der Wirt, »und ein obstinater
Mann, aber dabei blitz-wunderlich; ich sage Ihnen
aber, Sie kriegen ebensowenig den Hasen einzupak-
ken als den Rathaus-Turm, wofern Sie kein solches
Kopfstück ausbatzen; er hat seinen Kopf darauf gesetzt.« – »Gibts denn«, sagte der Doktor, »einen größern Spitzbuben? Ich habe freilich eins, aber es ist zu
gut, zu vollötig für ihn – doch werd ich sehen.« – »So
tue«, sagte der Wirt, »doch unser Herrgott sein Bestes
und bringe zwei solche Herren zusammen!«

Der Poet Nieß hatte aus dem Vorfalle eine ganze
Theaterkasse voll Einfälle und Situationen erhoben
und auf der Stelle den Plan zu einer komischen Oper
entworfen, worin nichts als Mißgeburten handeln und
singen sollten.

Fünfzehnte Summula

Hasenkrieg

Der Doktor hatte eine unruhigere Nacht als irgendeiner seiner Heilkunden, weniger weil ein Goldstück
für das Natur-Kunstwerk zu zahlen war, als weil dasselbe sehr zu leicht war. Endlich fiel ihm gegen Mit-
ternacht der Kunstgriff eines christlichen Kauf-
manns bei, der zu leichten Goldstücken nicht jüdisch
durch Beschneidung, sondern vielmehr mit etwas
Ohrenschmalz, als Taufe und Ölung, das alte Gewicht zurückgab. Er stand auf und nahm seine
Gehörwerkzeuge und gab *Louis XIV et XV d'or* ohne
alle Rheims-Fläschchen so viele Salbung, bis er sein
Gewicht hatte. Frühmorgens schickte er durch den
Wirt die Nachricht in die Apotheke: er gehe den
Kauf ein und werde bald vor ihr mit seinem Wagen
halten. Man antwortete darauf zurück: »Gestern wär
es zwar ebensogut abzumachen gewesen; aber meint-
wegen!«

Der Doktor sann sich viele List- und Gewalt-Mittel
– d.h. Frieden-Unterhandlungen und Krieglisten –
aus, um die Föderativ-Hasen zu bekommen; und er
war, im Falle gute Worte, nämlich falsche, nichts ver-
fingen, zum Äußersten, zu Mord und Totschlag entschlossen; weshalb er seinen Arm mit dem giftigen
Gemshornstock armierte.

Vor der Apotheke befahl er, aus dem Wagen sprin-
gend, die Türe offen zu lassen und, sobald er gelau-
fen komme, fliegend mit ihm abzurennen. Er hatte
sich vorgenommen, anfangs dem Fuchse zu gleichen,
der so lange sich einem Hasen näher tanzt, bis der
Hase selber in den Tanz einfällt, worauf der Fuchs

ihn leicht in Totentänze hineinzieht*. Er stieg dann aus – hielt ein zweiköpfiges Goldstück bloß zwischen Mittelfinger und Daumen am Rande, um es mehr zu zeigen, und um nichts vom Folien-Golde wegzureiben – und war jedes Wortes gewiß, das er sagen wollte. Er konnte sich aber beim Eintritte nicht viel Vorteil für seine Anrede oder Benevolenz-Kaptanz von dem Umstande versprechen, daß gerade das Subjekt** und der Provisor giftigen Bilsensamen in Mörser stampften; da, nach allen Giftlehrern, dieses Giftkraut unter dem Stoßen und Kochen den Arbeiter unterderhand in ein toll-erbostes, bissiges Wesen umsetzt. Indes fing er – mit dem Goldstücke in der Hand, wie ein venedischer Sbirre mit einem auf der Mütze – sein freundschaftliches Anreden mit Vergnügen an, weil er wußte, daß er stets mit der sanften Hirtenflöte den, dem er sie vor tauben Ohren blies, leicht hinter dieselben schlagen konnte.

»Herr Amtbruder«, sagt' er, »meine *de monstris epistola* (Sendschreiben über Mißgeburten) kennen Sie wahrscheinlich früher als irgendein Protomedikus und Obersanitätrat in ganz größern Städten; sonst hätten Sie sich vielleicht weniger auf Mißgeburten gelegt. Ihr Monstrum, gesteh ich Ihnen gern – denn es ist zu sehr gegen meine Sinnesart, etwas herabzusetzen, bloß weil ich es erhandeln will –, ist, wie Sie selber trefflich sagten, ein *curiosum*; in der Tat ist Ihr Dioskuren-Hase (Sie verstehen mich leicht) wie ein Doppel-

---

* Der Verfasser weiß nicht gewiß, ob er diese naturhistorische Bemerkung aus Bechsteins Werken oder aus dessen Munde hat.
** Bekanntlich der Name eines pharmazeutischen Beigehülfen und Gesellen.

Adler gleichsam eine lebendige Sozietät-Insel, ein zusammengewachsenes Hasen-tête-à-tête. Sie wissen alles, wenn nicht mehr. Sie sehen aus meinem Goldstück in der Hand, ich gebe alles dafür; wär es nur deshalb, um neben meiner Wißbegierde noch die des Fürsten im Maulbronner Bad, meines intimen dicken Freundes, zu befriedigen; ich weiß zwar nicht, ob Sie bei ihm dabei verlieren, daß Sie den Doppel-Hasen früher aufgetrieben und besessen als ich; aber ich weiß, daß Sie dabei gewinnen, und daß ich ihm sagen werde, wie Sie sich schreiben, und daß nur Sie mir die Hasen abgelassen.«

»Ich will jetzt das Goldstück wägen«, versetzte der Apotheker und gab das Hasenpaar dem Professor hin, der es mit vorfechtenden Blicken als Schutzheiliger auf und ab trug. – Das Subjekt stieß feurig fort und sott ohne Not in eignen Augenhöhlen seine Eiweiß-Augen krebsrot. – Der Prinzipal stand im feuernden Krebs als Sonne und zitterte vor Hast, als er die Goldwage hielt. – Die ganze Apotheke war die Sakristei zu einer streitenden Kirche. –

Katzenberger aber zeigte sich mild und schien als kalte Sonne im Steinbock.

»Mein Gold«, sagt' er, da es etwas in die Höhe ging, »ist wohl überwichtig; denn Sie halten nicht fest genug, und so fliegts auf und ab.« –

– »Wenn nicht Harn dran ist, ders schwer macht«, sagte der Apotheker und berochs; worauf er das Goldstück versuchweise ein wenig am Oberrockfutter zu scheuern begann. Aber der Doktor fing seine Hand, damit er nicht die auf die Goldmünze aufgetragne Schaumünze wegfeile, und sagte ihm frei heraus: er halte ihn zwar für den ehrlichsten Mann in der ganzen Apotheke, aber er könne deshalb doch nicht vergessen, daß in verschiedenen Leipziger und Frankfurter Messen Juden gestanden, welche ein feines Reibeisen im Unterfutter eingenäht getragen, womit sie unter dem Vorwande der Reinigung von den besten Fürstend'or Goldstaub abgekratzt und dann mitgenommen.

»Fremder Herr! Mordieu! Ihr Geld«, sagte der Mann »wird ja immer leichter, je länger ich wäge. – Ein As ums andre fehlt.«

»Wir wollen beide nichts daraus machen, Herr Amtbruder«, sagte der Doktor und klopfte auf dessen spitze Achsel, »sondern als echte Freunde scheiden, zumal man hinter uns Bilsensamen stampft; Sie kennen dessen Einfluß auf Schlägereien, in denen ohnehin jeder Charakter, wie eine Sommerkrankheit, leicht einen gewissen biliösen oder gallichten Charakter annimmt. Wir beide nicht also!«

»Sacker, zehnmal zu leicht!« rief der Apotheker, die Goldwage hoch über den Kopf haltend. »An keinen Hasen zu denken!«

Aber der Doktor hatte schon daran gedacht; denn er hatte den aufs Gespräch horchenden Provisor mit dem Schnabelstocke, den er als ein Kammrad in dessen Zopf eingreifen lassen, rückwärts auf den Boden wie in einen Sarg niedergelegt und ihm im Umwerfen die Mißgeburt aus der Hand gezogen.

Wie ein Krebs trat er den Rückzug an, um mit dem Gemshornstock vorwärts in die Apotheke hineinzufechten. Der Landsturm darin organisierte sich bald. Wütig warf sich der Provisor herum und empor und feuerte (er konnte nicht wählen) mit Kräutersäckchen, Kirschkernsteinen, die erst zu extrahieren waren, mit alten Ostereiern voll angemalter Vergißmeinnicht dem Doktor auf die Backenknochen. – Der Apotheker hatte erstaunt das Goldstück fallen lassen und sucht' es unten mit Grimm. – Das Subjekt stocherte mit dem Stößel bloß auf dem Mörserrand und drehte sich selber fast den Kopf ab, um mehr zu sehen. –

Unten schrie der gebückte Apotheker: »Greift den Hasen, greift den Hund!« – »Nur auf ein ruhiges Wort, meine Herren!« rief Katzenberger ausparierend. »Das Bilsenkraut erhitzt uns alle, und am Ende müßte ich hier gar als Arzt verfahren und dagegen rezeptieren und geben, es sei nun, daß ich dem Patienten, der zu mir käme, entweder das Gemsenhorn meines äskulapischen Stabs als einen kühlenden Blutigel auf die Nasenflügel würfe, oder diese selber damit aufschlitzte, um ihm Luft zu machen, oder das Horn als einen flüchtigen Gehirnbohrer in seine Kopfnaht einsetzte. – – Aber den Hasen behalt ich, Geliebte!«

Nun stieg die Krieglohe gen Himmel. Der Apotheker ging auf ihn mit einer langen Papierschere los, sie, wie ein Hummer die seinigen, aufsperrend; – Katzenberger indes hob ihm bloß mit dem Skalpier-Stock leicht eine Vorsteclocke aus; – der Provisor schnellte eine der feinsten chirurgischen Splitterscheren ab, die zum Glück nur in den langen Ärmel weit hinterfuhr. – Katzenberger aber ließ auf ihn durch den Druck einer Springfeder sein Gemsenhorn, woran noch die Vorsteclocke des Vorgesetzten hing, abfahren und schoß damit die ganze linke Brustwarze des Provisors zusammen, wiewohl die Welt, da er mit ihr nichts säugte, dabei weniger verlor als er selber. – Das Subjekt hielt im Nachtrabe den Stößel in die Lüfte aufgehoben und drohte nach Vermögen. – –

Aber jetzt ersah der Pharmazeutikus den langen amerikanischen Giftpfeil nackt vorstechend und wollte hinter den Subekts-Hintergrund zurück. – »Um Gottes willen, Leute«, rief der Doktor, »rettet euch – springt insgesamt zurück – auf wen ich diesen Giftpfeil zuwerfe, der fällt auf der Stelle tot nieder, eh er nur meinen Steiß erblickt!«

Da der Mensch stets *neue* Waffen und Gefahren mehr scheut als die *gefährlichsten* bekannten: so ging die ganze pharmazeutische Fechtschule rückwärts; und der Doktor ohnehin, bis er auf diese Weise mit seinem Hasen und dem zielenden Wurfspieß und seinem Rücken an den Fußtritt seines Wagens gelangte. Darauf fiel zwar die erhitzte Apotheke wieder von ferne aus – der Apotheker begleitete den Siegwagen, wie einen römischen, mit Schimpfworten – der Provisor schleuderte präparierte Gläser voll Kühltränke dem Hasendiebe nach und zerrte vor Wut, um die Brustwarze und die Splitterschere gebracht zu sein, mit beiden Zeigefingern die beiden Mundwinkel bis an den Backenbart auseinander, um allgemeines Grausen auszubreiten – und das Subjekt hieb in der Weite mit der Mörserkeule heftig in das Stein-Pflaster und kegelte noch mit den Füßen Steine nach; inzwischen Katzenberger und die Hasen fuhren ab, und er lachte munter zurück.

So aber, ihr Menschen, schnappen öfters Krieg-Trubeln passabel ab, und am Friedenfeste sagt der eine: ich bin noch der alte und wie neugeboren – und der zweite: verflucht! wir leben ja ordentlich wieder auf – und der dritte: ich hätte mehr wissen sollen, ich hätte mich weniger gefürchtet; denn mein Herz sitzt wohl auf dem rechten Fleck – und der vierte: aber die Hasen haben wir doch in diesem Kriege verloren.

Indes hat darin, außer dem Doktor, der nicht durch einen Doppeladler, sondern einen Doppeladler selber gewann, noch eine Person viel erbeutet, welche dem Leser die nächste ist, nämlich ich hier. Zweite Auflagen haben den Vorzug, daß man darin Sachen sagen kann, welche durchaus in keiner ersten vorzubringen sind; so konnt ich in der ersten dieses Werks gar nicht die schöne Nachricht mitteilen, daß der berühmte Zergliederer Johann Friederich Meckel in Halle – der Erbe und Mehrer des Reiches vom väterlichen Ruhm – mir im Jahr 1815 seinen *de duplicitate monstrosa commentarium* nicht nur geschenkt, sondern auch zugeeignet, und zwar in einem schönern Latein, als ich noch erlernen kann. Niemand aber habe ich diese lateinische Triumphpforte zu verdanken als – laut der Zueignung – den Grundsätzen und Krieglisten des Dr. Katzenbergers, der jetzo den kenntnisvollen und scharfsinnigen *Commentarius* längst in Händen haben und sich über Buch und mich erfreuen muß. Und hiemit erhalte Meckel nach dem geschriebenen Dank auch den gedruckten für sein Foliobändchen über den organischen Dualis oder die monströse Doppelheit, die an Körpern ebenso selten als widrig ist, indes die häufigere Doppelheit an Seelen weit angenehmer wirkt und sich auf die Zunge einschränkt durch Doppelzüngigkeit, Doppelsinn usw.

SECHZEHNTE SUMMULA

Ankunft-Sitzung

Niemand fuhr wohl jemals froher mit Hasen als Katzenberger mit seinen. Es war ihm ein leichtes und ein Spaß, mit seiner Mißgeburt im Arm jedes Wort auszudauern, das Nieß von erster Jugendliebe, dem Frühgottesdienst gegen weibliche Göttinnen und von Theudobachs seligmachendem Glauben an diese ihm an die Ohren warf; denn er wußte, was er hatte. Süßlich durchtastete er den Hasen-Zwilling und weidete ihn geistig aus. Seinem Kutscher·befahl er, jetzt am wenigsten umzuwerfen, weil er sonst die Hasen bezahlen müßte und nachher aus dem Dienst gejagt würde ohne Livrei.

Nun schlug er der Gesellschaft, eigentlich dem Edelmanne, die Frage zur Abstimmung vor, ob man schon die nächste Nacht sehr spät in Maulbronn anlangen wolle oder lieber in *Fugnitz* verbleiben, der Zäckinger Grenzstadt, wenige Stunden von Maulbronn. Theoda bestand auf schnelle Ankunft; sie wollte wenigstens mit dem schlafenden Dichter in demselben Gelobten Lande und unter *einer* Wolke sein. Der Edelmann sagte, er habe den eigennützigen Wunsch, erst morgen anzukommen, weil ein Wagen enger vereinige als ein Baddorf. Die heimlichern Gründe seines Wunsches waren, am Tage vom Turm herab mit dem Bade-Ständchen angeblasen zu werden – ferner sich den Genuß des Inkognitos und das Hineinfühlen in Theodas wachsende Herzspannung zu verlängern – und endlich, um mit ihr abends durch das gewachsene Mondlicht spazierenzuwaten. Der Doktor schlug sich mit Freuden zu ihm; Nieß trug mit dichterischer Großmut die Frachtkosten für ihn und kürzte aus dichterischer Weichlichkeit alles Reise-Gezänk durch Doppel-Gaben ab, um auch die kleinsten Himmelstürmer von seinem Freuden-Himmel fernzuhalten. Ohnehin, sagte der Doktor, müß er in *Fugnitz* eine neue Scheide für seinen gefährlichen Giftpfeil machen lassen; und er reise ja überhaupt nur nach dem Bad-Neste, um da einen unreifen Re-

zensenten, den er nicht eher nenne, bis er ihn inju-
riert habe, auf jene Weise zu versüßen, wie man nach
Dr. Darwin unreife Äpfel süß mache, nämlich durch
Zerstampfen; wiewohl er sich beim Manne nur auf
Prügel einschränke.

Siebzehnte Summula

Bloße Station

Ihr Wirtshaus war ein Posthaus, und zwar glücklicherweise für den Doktor. Denn während der Posthalter
sich mit der Mißgeburt abgab: fand jener Gelegenheit, einen dicken unfrankierten Briefwürfel, an sich
überschrieben, ungesehen einzustecken als Selb-
Briefträger.

Nicht etwa, daß er stehlen wollte – was er am liebsten getan hätte, wäre nicht der unschuldige Posthalter dadurch doppelt schuldig geworden, einmal an
Ruf, dann an Geld –, sondern er nahms, um es ehrlich
wieder hinzulegen, wenn ers mit zarter Hand aufge-
macht, um zu erfahren, was darin sei, und ob der
Bettel das Porto verlohne, oder ob er außen auf den
Umschlag zu schreiben habe: »*retour*, wird nicht angenommen.« Vor der Nase des Briefträgers konnt er
nicht, ohne zu bezahlen, erbrechen; ob er gleich das
Aufmachen, in der Hoffnung, einen recht gelehrten
und bloß der Sicherheit wegen unfrankierten Brief zu
gewinnen, selten lassen konnte. Indes der Schreck,
daß er vor einigen Wochen eine schwere, grobe Brief-
hülse und Schale aufgeknackt, woraus er für sein
Geld nichts herauszuziehen bekommen als die grüne
Nuß von einer Pränumerantenwerbung für einen

Band poetischer Versuche samt einigen beigelegten, dieser Schreck fuhr ihm bei jedem neuen Briefquader in die Glieder. – Zum Unglück aber war in dem fein geöffneten Brieftestament diesesmal eine herrliche Erbschaft von den wichtigsten, mit kleinster Schrift geschriebenen Bemerkungen über alle seine Werke, und zwar von Dr. Semmelmann, fürstlichem Leibarzt in Maulbronn. Auf der Stelle versiegelte er entzückt das Paket und legt' es auf den alten Platz zurück, um eine Viertelstunde darauf vor dem Posthalter sich anzustellen, als säh er eben ein an sich adressiertes Briefschreiben, das er sofort auslösen und bezahlen wolle.

Aber der kurzstirnige Posthalter gabs durchaus nicht her; er halt es als Posthalter postfest, sagte er, bis auf die Station, und da könn es der Herr selber holen, wenn er keine posträuberische Absichten habe, was ein Posthalter nicht riechen könne. Nie bereute Katzenberger seine Ehrlichkeit aufrichtiger als diesesmal; aber in die dicke Kurzstirn war kein Licht und kein Blitz und kein Donnerkeil zu treiben: und Katzenberger hatte von seinen Wünschen nichts weiter, als daß der Posthalter, über ein so unsinniges Ansinnen erbittert, ihm die Zeche verdoppelt anschrieb und er selber zwischen Fortreisen nach Maulbronn und zwischen Umkehren, dem Semmelmannischen Pakete hintennach, ins Schwanken geriet.

Im ganzen bewahrte Katzenberger sich durch einen gewissen Egoismus vor allem Nepotismus. Eigentlich ist jede Menschenliebe, sobald sie auf besonderes Beglücken, nicht auf ruhiges Liebhaben anderer ausgeht, vom Nepotismus wenig unterschieden, da alle Menschen ja von Adam her Verwandte sind. Daher auch Männer in hohen Posten den Schein eines solchen Nepotismus gegen adamitische Verwandte so

sehr fliehen. Übrigens lässet gerade diese Verwand-
schaft von Jahr zu Jahr mehr ruhige, kalte Behand-
lung der Menschen hoffen; denn mit jedem Jahrhundert, das uns weiter von Adam entfernt, werden die
Menschen weitläuftigere Anverwandte voneinander
und am Ende nur kahle Namenvettern, so daß man
zuletzt nichts mehr zu lieben und zu versorgen
braucht als nur sich.

Achtzehnte Summula

Männikes Seegefecht

Um den Leser nicht durch zuviel Ernst und Staat-Ge-
schichte zu überspannen, möge ein unbedeutendes
Seegefecht im Städtchen *Höflein,* wo die Pferde Ve-
sperbrot und Vesperwasser bekamen, hier eine kurze
Unterbrechung gewähren dürfen, ohne dadurch den
Ton des Ganzen zu stören.

Der Wasserspringer *Männike* hatte nämlich den
ganzen Höfleiner Adel und Pöbel auf die Brücke des
Orts zusammengeladen, damit beide sähen, ob er auf
dem Wasser so viel vermöge und gewinne als die Bri-
ten-Insel, diese Untiefe und Klippe des strandenden
Europas. Der Springer, der sowohl bemitleidet als bewundert zu werden wünschte, und der unten im Nassen recht in seinem Elemente sein wollte, hatte dem
Städtchen versprochen, im Wasser Tabak zu rauchen,
mit einem Schiebekarren zu fahren, anderthalb Klaf-
ter hoch Freudenwasser wie Freudenfeuer zu speien,
gleich einem Flußgotte von Stein, und dann im Stro-
me noch größere Kunststücke für morgen der er-
staunten Brücke zu versprechen.

Die Reisegesellschaft, die Pferde ausgenommen, begab sich gleichfalls auf die Brücke und machte gern einer herfliegenden gebratenen Taube den Mund auf.

Der Wasserspringer tat in der Tat, soweit Nachrichten reichen, das Seinige und den Rittersprung vom Geländer ins Wasser zuerst und stahl sich in viele Herzen. Inzwischen stand auf der Brücken-Brüstung ein längst in Höflein angesessener Hallore aus Halle, der mehrmals murmelte: »Die Pestilenz über den Hallpursch!« Er wollte sich wahrscheinlich in seiner Sprache ausdrücken und sich so Luft verschaffen, da er durch den Nebenbuhler unten im Wasser so lange auf dem Geländer gelitten. Katzenberger neben ihm zeigte mit dem Finger wechselnd auf Männike und den Halloren, als woll er sagen: Pavian, so spring nach! Endlich hielt der Hallore es auch nicht mehr aus – sondern warf seinen halben Habit hinter sich, die Leder-Kappe, – fuhr wie ein Stechfinke auf das Finken-Männchen in seinem Wassergehege – und machte den Sprung auf Männikes Schienbeine herunter, als dieser eben zurückliegend sein Freudenwasser aufwärts spie und, den offnen Himmel im Auge, anfangs gar nicht wußte, was er von der Sache halten sollte, vom Kerl auf seinen Beinen. Aber sein Nebenmann und Badegast zündete eilig Licht in seinem Kopf an, indem er den letzten bei den Haaren nahm und so – die Faust sollte den Raufdegen oder Raufer spielen – geschickt genug das Lusttreffen einleitete. Denn da diese neue Seemacht die Knie als Anker auf Männikes Bauchfell auswarf und zuvörderst die Zitadelle der Festung, nämlich den Kommandanten, d.h. dessen Kopf, besetzt und genommen hatte: so mußte sich für jedes Herz auf der Brücke ein anmutiges Ve-

sperturnier anfangen oder eine flüchtige republikani-
sche Hochzeit, folglich deren Scheidung auf dem nassen Wege. In der Tat prügelte jeder von beiden den
andern genug – keiner konnte im lauten Wasser sein
eignes Wort hören, geschweige Vernunft; nicht nur
nach Lebensluft des Lebens, sogar nach Ehren-Wind
der Fama mußten beide schnappen – die schönsten
Taten und Stöße entwischten der Geschichte. Glücklicherweise stieß der Hallore und Fluß-Mineur unten
auf den Schiebkarren, womit Männike, als auf einem
Triumphkarren, vor wenigen Minuten wie ein glän-
zender Wassermann oder wäßriges Meteor gefahren
war und sich von der Brücke hatte mit Lob beregnen
lassen. – Der Hallore faßte den Vorspringer und
stülpte ihn so abgemessen auf den Karren, daß dessen
Gesicht aufs Rad hinaussah und die beiden Beine mit
den Zehen auf die Karren-Gabel festgeheftet lagen.
So schob er den verdienten Artisten ans Ufer hinaus,
wo er erwartete, was die Welt zu seiner Fischgerech-
tigkeit, Fischer zu fangen, sagen würde.

Die Freude war allgemein; Hr. Männike wünschte
während derselben auf dem terminierenden Teller
Brückenzoll im schönern Sinne einzufodern; aber die
Höfleiner wollten wenig geben. Der Doktor nahm
sich der Menge an und sagte: mit Recht! Jeder habe,
wie er, bloß dem guten eingepfarrten ansässigen Halloren, ders umsonst getan, zugesehen, weiter keinem;
am wenigsten Herrn Männike, dem spätern Nebenre-
genbogen des Hallensers. »Ich selber«, beschloß er,
»gebe am wenigsten, ich bin Fremder.« Da nun das
Wenigste nichts ist: so gab er nichts und ging davon; –
und der Ketzer-Glaube, gratis zugesehen zu haben,
fraß auf der Brücke auffallend um sich.

Mondbelustigungen

Auf der kurzen Fahrt nach Fugnitz wurde sehr ge-
schwiegen. Der Edelmann sah den nahen Lunas-
Abend mitten im Sonnenlichte schimmern; und der
Mondschein mattete sich, aus dieser Seelen-Ferne ge-
schauet, zu einem zweiten, zärtern ab. Theoda sah die
niedergehende Sonne an und ihr Vater den Hasen.
Die stille Gesellschaft hatte den Schein einer verstimm-
ten; gleichwohl blühte hinter allen äußern Knochen-
Gittern ein voller hängender Garten. Woher kommts,
daß der Mensch – sogar der selber, der in solchem
Dunkel überwölbter Herzens-Paradiese schwelgt und
schweigt – gleichwohl so schwer Verstummen für Entzücken hält, als fehle nur dem Schmerz die Zunge, als
tue bloß die Nonne das Gelübde des Schweigens, nicht
auch die Braut, und als geb es nicht ebensogut stumme
Engel wie stumme Teufel?

Im Nachtquartiere traf sichs für den Edelmann
sehr glücklich, daß in die Fenster der nahe Gottesakker mit getünchten und vergoldeten Grabmälern
glänzte, von Obstbäumen mit Zauberschatten und
vom Mond mit Zauberlichtern geschmückt. Es wurd
ihm bisher neben Theoda immer wohler und voller
ums Herz; gerade ihr Scherz und ihr Ungestüm, womit ihre Gefühle wie noch mit einer Puppen-Hülse
ausflogen, überraschten den Überfeinerten und Ver-
wöhnten; und die Nähe eines entgegengesetzten Vaters hob mit Schlagschatten ihre Lichter; denn er
mußte denken: wem hat sie ihr Herz zu danken als
allein ihrem Herzen? – Hätte er die Erfahrung der
Soldaten und Dichter nicht gehabt, zu siegen wie Cä-

sar, wenn er käme und – gesehen würde oder gar gehört – wie denn schon am Himmel der *Liebestern* sich nie so weit vom dichterischen *Sonnengott* verliert, daß er in Gegenschein oder Entgegensetzung mit ihm geriete –, wäre dies nicht gewesen, Nieß würde anders prangen in dieser Geschichte.

Im Fugnitzer Wirtshaus geriet er mit sich in folgendes Selbgespräch: »Ja, ich wag es heute und sag ihr alles, mein Herz und mein Glück. – Blickt sie neben mir allein in den stillen Mond und auf die Gräber und in die Blüten: so wird sie das Wort meiner Liebe besser verstehen; o, dann soll das reine Gemüt den Lohn empfangen und der geliebte Dichter sich ihm nennen. Wenn sie aber nein sagte? – Kann sie es denn? Geb ich ihr nicht meinen Stand und alles und mein Herz? Und bist du denn so unwert, du armes Herz? Schlägst du nicht für fremde Freuden und Leiden stark? Und noch niemand hab ich unglücklich machen wollen. Nicht stark genug ist mein unschuldiges Herz, aber ich hasse doch jede Schwäche und liebe jede Kraft. O, wären nur meine *Verhältnisse* anders, und hätt ich meine Seelenzwecke erreicht: ich wollte leicht trotzen und sterben. Woraus schöpft ich denn meinen ›Ritter größerer Zeit‹ als aus meiner Brust? – Meinetwegen! – Sagt sie doch nein und verkennt mich und liebt nur den Autor, nicht den Menschen: so bestraf ich sie im Badeort und nenne mich – und dann verzeih ich ihr doch wieder von Herzen.«

Am Ende, und zumal hier nach dem Lesen dieses Selbgesprächs, werf ich mir selber vor, daß ich vielleicht meinem fatalen Hange zum Scherztreiben zu weit nachgegeben und den guten Poeten in Streiflichter hineingeführt, in denen er eigentlich lächerlich aussieht und fast schwach. Kann er denn so viel dafür, daß seine Phantasie stärker als sein Charakter ist und Höheres ihm abfodert und andern vormalt, als dieser ausführen kann? Und soll denn ein Petrus, weil er einmal dreimal verleugnete, darum keine zwei Episteln Petri schreiben? – Freilich von Eitelkeit kann ich ihn nicht losschwören, aber diese bewahrte (wie Hautausschläge vor der Pest) ihn vor Beulen des Hochmuts und Geschwulst des Stolzes. – Denn was sonst Theoda betrifft, die er so sehr lieben will, und zwar auf alle seine Kosten, so täte wohl jeder von uns dasselbe, wenn er nicht schon eine hätte, oder gar etwas Besseres.

Wir kommen nun wieder auf die Sprünge seiner Freierfüße zurück. Er schlug, als das Glück die Gabe verdoppelt, nämlich den Doktor ausgeschickt hatte, Theodan den Nachtgang ins rechte Nachtquartier der Menschen, in den Gottesacker, vor. Sie nahm es ohne Umstände und Ausflüchte an; so gern sie lieber ihre heutige Herz-Enge nur einsam ins Weite getragen hätte; Furcht vor bösen Männern vorher und vor bösen Zungen nachher war ihr ungewohnt. Als nun beide im Mond-Helldunkel und im Kirchhofe waren und Theoda heute beklommener als je fortschritt und sie vor ihm mit dem neuen Ernste (einem neuen Reize) dem alten Scherze den weichen Kranz aufsetzte, und als er den Mond als eine Leuchtkugel in ihre Seelen-Feste warf, um zu ersehen und zu erobern: so hört' er deutlich, daß hinter ihm mit etwas anderm geworfen wurde. Er schaute sich um und sah gerade bei dem Gitter-Pförtchen einige Totenköpfe sitzen und gaffen, die er gar nicht beim Eintritte bemerkt zu haben sich entsinnen konnte. Inzwischen je öfter er sich umkehrte, desto mehr erhob sich die Schädelstätte empor. Sehr gleichgültige und verdrießliche Gespenster-Gedanken wie diese bringen um den halben Flug, und Nieß senkte sich.

Katzenberger – von dem kam alles – hatte sich nämlich längst in unschuldiger Absicht auf den Gottesakker geschlichen, weniger um Gefühle als um Knochen einzusammeln, das einzige, was der Menschenfresser, der Tod, ihm zuwarf unter den Tisch. Zufällig war das Beinhäuschen, worin er aus einer Knochen-Ährenlese ein vollständiges Gerippe auszuheben arbeitete, am Eingangs-Gitterpförtchen gelegen und hatte mehr den Schein eines großen Mausoleums als eines kleinen Gebeinhauses. Katzenberger hörte das dichterische Eingehen und zwei bekannte Stimmen, und er sah durch das Gitter alles und erhorchte noch mehr. Die Natur und die Toten schwiegen, nur die Liebe sprach, obwohl keine Liebe zur andern. Für den wissenschaftlichen Katzenberger, der eben mitten unter der scharfen Einkleidung des Lebens wirtschaftete, war daher der Blick auf Nieß, der, wie der Doktor sich in einem bekannten Briefe ausdrückte, »seinen Kopf, wie ein reitender Jäger den Flintenlauf, immer gen Himmel gerichtet anhängen hatte«, kein sympathetischer Anblick, obwohl ein antipathetischer. Bei ihm wollte das Wenige, das Nieß über Tote und vermählte Herz-Paradiese auf dem Wege hatte fallen lassen, sich wenig empfehlen. Vor allem Warmen überlief gewöhnlich des Doktors innern Menschen eine Gänsehaut; kalte Stichworte hingegen rieben, wie Schnee, seine Brust und Glieder warm und rot. Übrigens verschlang sich seine Seele ziemlich mit der Nießischen, so wie der Werboffizier bei dem Rekruten schläft und immer einen Schenkel oder Arm auf ihn legt, um ihn zu behalten im Schlafe. Er nun hatte die Köpfe und Ellenbogen am Pförtchen angehäuft. – Endlich ließ er gar ein rundes Kinderköpfchen nach dem Dichter laufen, als nach seinem Kegelkönig. Aber hier nahm Nieß aus übermäßiger Phantasie Reißaus und schwang sich auf einen nahen Birnbaum an der niedern Gottesackermauer, um allda – weil das Knochenwerk als Floßrechen und gestachelter Herisson die Pforte versperrte – ins Freie zu sehen und zu springen. Umsonst rief die über seinen Schrecken erschrockne Theoda bange nach, was ihn jage, ihr Vater sammle nur Skelette. Nun trat der Doktor selber aus seinen Schießscharten heraus, ein wohlerhaltenes Kindergerippe wie eine Bienenkappe auf den Kopf gestülpt, und begab sich unter den Birnbaum und sagte hinauf: »Am Ende sind Sie es, die selber droben sitzen, und wollen den Gottesacker und die Landschaft besser übersehen?« Aber Nieß, längst verständigt, war während des Hinaufredens des Doktors schon um die Mauer herum und durch das Pförtchen zurückgerannt und erfaßte jetzo, mit zwei aufgerafften Armknochen in Händen, hinten den Doktor an den Achselknochen, worüber er die bleichen ragen ließ, mit den Worten: »Ich bin der Tod, Spötter!« Katzenberger drehte sich selber ruhig um; da lachte der Poet ungemein, mit den Worten: »Nun, so haben wir beide unsern lustigen Zweck einer kleinen Schrecken-Zeit verfehlt; nur aber Sie zuerst!« – »Ich für meine Person fahre gern zusammen«, versetzte der Doktor, »weil Schrecken stärkt, indes Furcht nur schwächt. In Hallers Physiologie* und überall können Sie die Beispiele zusammenfinden, wie durch bloßen starken Schrecken – weil er dem Zorne ähnlich wirkt – Lähmung, Durchfall, Fieber gehoben worden, ja wie Ster-

* Im fünften Bande.

bende durch auffliegende Pulverhäuser vom Aufflug nach dem Himmel gerettet worden und wieder auf die Beine gebracht –; und ganze matte Staaten waren oft nur zu stärken durch Erschrecken. *Furcht* hingegen, Herr v. Nieß, ist, wie ihre Leiberbin und Verwandte, die *Traurigkeit,* nach demselben Haller und den nämlichen andern, wahres Lähmgift für Muskeln und Haut, Hemmkette des umlaufenden Bluts, macht Wunden, die man sich durch eigne Tapferkeit oder von fremder geholt, erst unheilbar und überhaupt leicht toll, blind und stumm. Es sollte mir daher leid tun, wenn ich Sie mit meinen Versuchen in Furcht anstatt in Schrecken und Zusammenschaudern mit Haarbergan gesetzt hätte; und Sie werden mich belohnen, wenn Sie mir sagen, ob Sie gefürchtet haben oder nur geschaudert.« –

»Ich bin ein Dichter und Sie ein Wissenschaft-Weiser; dies erklärt unsern Unterschied«, versetzte Nieß. Theoda aber, die ihren eignen Mut bei Männern verdoppelt voraussetzte, glaubte ihm gern. Aber ihr Vater hatte seine Gedanken, nämlich satirische. – Übrigens ging er selig mit doppelten Gliedern (wie ein Englisch-Kranker), mit mehren Köpfen und Rückgraten behangen, die er aus der Trödelbude und Rumpelkammer des Todes geholt, nach Hause.

ZWANZIGSTE SUMMULA

Zweiten Tages Buch

In der Nacht schrieb Theoda an ihre Freundin: »Vor Verdruß mag ich Dir vom dummen Heute gar nichts erzählen (das ohne Menschenverstand bleibt) bis morgen früh, wenn wir in Maulbronn einfahren. Denke, wir nachtlagern noch drei Stunden davon. Himmel, wie göttlich könnt ich morgen dort aufwachen und meinen Kopf aus dem Fenster stecken in die Aurora und in alles hinein! Aber dieses Feindschaft-Stückchen hab ich bloß dem Freundschaft-Stückchen zu danken, daß Hr. v. Nieß nach mir etwas fragt, ob ich ihm gleich meine Person und Seele so komisch geschildert habe, daß er selber lachen mußte. Aber sieh, so kann eine Mädchenseele dem Männer-Poltergeist auch nicht unter einem Kutschenhimmel nahekommen, ohne wund gezwickt zu werden. Gib dem Teufel ein Haar, so bist Du sein, gib einem Manne eines, so zerrt er Dich daran so lange, bis er das Haar samt dem Kopfe hat. Der Bienenstich wird sonst mit Honig geheilt; aber diese Wespen geben Dir erst die Honigblase und dann die Giftblase. Ich wollt, ich wär ein Mann, so duellierte ich mich so lange, bis keiner mehr übrig wäre, und legte einer Frau den Degen mit der Bitte zu Füßen, mich zu erstechen. Aber wir Weiber sind alle schon ein paar Jahre vor der Geburt verwahrloset und verbraten, und eh wir nur noch ein halbes Nadelköpfchen von Körper umhaben, sind wir schon voraus verliebt in die künftige Räuberbande und liebäugeln mit dem Taufpastor und Taufpaten.

Wieviel weißt Du so? – Es ist aber überhaupt nicht viel. Nämlich den ganzen Reisetag hindurch hatt es Theudobachs *angeblicher* Freund (merke, ich unterstreich es) darauf angelegt, mein Gehirnchen und Herzchen in allen acht Kämmerchen ordentlich glühend zu heizen durch Anekdoten von ihm, durch Ausmalerei unserer dreifachen Zusammenkunft und sogar durch das Versprechen, noch abends vor dem stillen Monde, der besser dazu passe als das laute Räderwerk, mich näher mit seinem Freunde bekannt zu machen. Ich dachte dabei wahrlich, er würde mich nachts auf dem Gottesacker dem Dichter auf einmal vorstellen. Dazu kam mittags noch etwas Närrisches. Er brachte mir meinen Schal, mit unlesbarer Kreideschrift bedruckt; da er sie aber gegen den Spiegel hielt, so war zu lesen: ›Dein Namenvetter, schöne Th–da, wird Dir bald für Deinen Brief zum zweiten Male danken‹; worauf er mich hinab zu einer Birke führte, von deren Rinde wirklich er diese Zeile von des Dichters Hand am Tuche abgefärbt hatte. Am Ende mußt ich gar noch oben in seinem Zimmer auf den Fensterscheiben eine herrliche Sentenz vom Dichter finden, die ich Dir auf der Rückreise abschreiben will. Seltsam genug! Aber abends wars doch nichts; und mein Vater brach gar mit einem Spaße darein.

Du Klare errietest nun wohl am frühesten, was Hr. v. N. bisher gewollt – nicht mich, sondern (was auch leichter zu haben ist) sich. Er kokettiert. – Wahrlich, die Männer sollten niemals kokettieren, da unter 99 Weibern immer 100 Gänse sind, die ihnen zuflattern; indes weibliche Koketterie weniger schadet, da die Männer, als kältere und gleichsam kosmopolitische Spitzbuben, selten damit gefangen werden, wenn sie nicht gar zu jung und unflügge im Neste sitzen. – Wahrlich, ein Mädchen, das ein Herz hat, ist schon halb dumm und wie geköpft.

Der Zärtling steckt seinen Freund als Köder an die Angel, um damit eine verdutzte Grundel zu fangen; er, der, wenn auch kein Narr, doch ein Närrchen ist, und welcher schreit, wenn ein Wagen umfällt.

Gott gehab Dich wohl! Vergib mein Austoben! Ich bin doch allen Leuten gut und habe selber mit dem

Teufel Mitleid, solang er in der Hölle sitzt und nicht
auf der Erde streift. Der weichste Engel bringe Dich
über Deine Hügel hinüber!

Th.«

Einundzwanzigste Summula

Hemmrad der Ankunft im Badeorte / Dr. Strykius

Als man am Morgen, nachdem der Doktor schon seine Flaschen-Stöpsel eingesteckt hatte (worunter zufällig ein gläserner), neuerfrisch von dem letzten Siegen
über alle Anstoßsteine, eben einzusitzen und heiter
auf den breiten, beschatteten, sich durchkreuzenden
Kunststraßen dem Badeorte zuzufahren gedachte: so
stellte sich doch noch ein dicker Schlagbaum in den
Weg, nämlich ein Galgen. Es hatte nämlich Katzenberger unten in der Wirtstube von einem Durchstrom
froher Leute, die abends zum glücklichen Wirte zu-
rückkommen und länger dableiben wollten, wenn sie
alles gesehen, die Nachricht vernommen, daß diesen
Vormittag in Potzneusiedl (auch in Ungarn gibt es
eines) ein Posträuber gehangen werde, und daß er
selber, wenn er nur einige Meilen seitwärts und halb
rückwärts umfahre, gerade zu rechter Zeit zum Henken kommen könne, um abends noch zeitig genug in
Maulbronn einzutreffen. Himmel, wie so aufgeheitert im Angesicht wie das ganze Morgenblau brachte
Katzenberger zu Tochter und Nieß seine heitere Ne-
benaussicht hinauf, den Abstecher nach Potzneusiedl
zum Postdiebe zu machen. –

Aber von welchen Wolken wurde sein helles Berg-
haupt umschleiert, umhüllt, nicht bloß vom Nein des

Reise-Bündners Nieß, der durchaus noch am Morgen in Maulbronn einpassieren wollte, sondern noch mehr von dem heftig-bittenden Nein seiner Tochter, deren Herz durchaus sich zu keinem Einnehmen einer solchen Mixtur von Brunnenbelustigungen und Abwürgung bequemen konnte! Am Ende fand der Doktor selber einen Umweg über eine Richtstätte zum Lustort für eine Weiberseele nicht zum anmutigsten und stand zuletzt, aus Liebe für die sonst selten flehende Tochter, wiewohl unter mehr als einem Schmerze, von einem lachenden Seitenwege ab, wo ihm ein Galgenvogel als eine gebratne Taube in den Mund geflogen wäre, indem er am Diebe das Henken beobachten, vielleicht einige galvanische Versuche auf der Leiter nachher und zuletzt wohl einen Handel eines artigen Schaugerichts für seine Anatomiertafel hätte machen können. Der Gehenkte wäre dann eine Vorsteckrose an seinem Busen auf der ganzen Reise ins Maulbronner Rosental gewesen. – –

So aber hatt er nichts, und der Potzneusiedler Dieb hing, wie eine Tantalusfrucht, unerreichbar vor seiner Seele, und er mußte sichs auf der Landstraße von Stunde zu Stunde bloß schwach vormalen: jetzo wirft das Gericht die Tische um – jetzo fährt der Räuber seinem Galgen zu – jetzo hängt er ruhig herab – und er pries die Potzneusiedler glücklich, die um den Rabenstein stehen und alles genießen konnten.

Es war eigentlich nicht sehr zum Aushalten mit ihm an diesem Morgen, und er merkte an, nur um verdrießliche Dinge vorzubringen, es gebe schmerzhafte Erinnerungen, die man so wenig vergesse wie die erste Liebe; so könn er z.B., erzählte er, bis diesen Morgen nicht ohne vieles Schmerzgefühl daran denken, daß er einmal in Holland, auf einer Treckschuyte fahrend, einem Hering den Kopf abgebissen, um den Rumpf aufzuspeisen, aber im Vergreifen den köstlichen Hering selber am Schwanze ins Wasser geschleudert und nichts behalten habe als den Kopf: »Nach diesem Hering sehn ich mich ewig«, sagte er. – »Mir ganz denkbar«, sagte Nieß, »denn es ist traurig, wenn man nichts behält als den – *Kopf.*«

Als sie alle endlich in dem unmittelbaren Fürstentümchen *Großpolei* (jetzo längst mediatisiert) den letzten Berg hinabfuhren ins Bad Maulbronn, das ein Städtchen aus Landhäusern schien, und als man ihnen vom Turme gleichsam wie zum Essen blies: so mußte den drei Ankömmlingen, wovon jede Person sich bloß nach ihrer Ziel-Palme scharf umsah, nämlich:

> die erste, um angebetet zu werden,
> die zweite, um anzubeten,
> die dritte, um auszuprügeln,

ganz natürlicherweise die präludierende Bad-Ouvertüre der ersten Person, Nieß, als eine Famatrompete erklingen, der zweiten, Theoda, als ein Verwandel- oder Meßglöckchen zum Niederfallen und der dritten, Katzenberger, als eine Jagd- oder auch Spitzbubenpfeife zum Anfallen.

Wenn sie freilich Flexen mehr als ein Vogelschwanzpfeifchen vorkam, weil sein Herz nur sein Vor-Magen war und er erst alles von hinten anfing, so ist dieser Einleg-Riese, wie man Einleg-Messer hat, viel zu klein, um hier angeschlagen zu werden.

Indes zeigt dieses widertönige Quartett, wie verschieden dieselbe Musik in Verschiedene einwirke. Da sie aber dies mit allem in der Welt und mit dieser selber gemein hat: so mag für sie besonders der Wink gegeben werden, daß ihr weites Ätherreich mit demselben Blau und mit derselben Melodie *einen* Jammer und *einen* Jubel trage und hebe.

Der Doktor bezog zwei Kammern in der sogenannten großen Badewirtschaft – bloß sein Herz war noch in Potzneusiedl unter dem Galgen –, und Nieß mietete ihm gegenüber eines der niedlichsten grünen Häuserchen.

Aber der rechte Musik-Text fehlt vorderhand der begeisterten Theoda; auf der Badeliste, wonach sie zuerst fragte, erschien noch kein angelangter Theodobach. Doch hatte sie die Freude, in der Großpoleischen Zeitung angekündigt zu lesen: der durch mehre Werke bekannte Theodobach, habe man aus sicherer Hand, werde dieses Jahr das Maulbronner Bad gebrauchen. Die Hand war sicher genug, denn es war seine eigne.

Der Doktor fragte, ob der Brunnenarzt Strykius da sei; und ging, als man ihm ein feines, um das Brunnen-Gelände flatterndes Männchen zeigte, sogleich hinab.

Dieser Strykius, ein gerader Abkömmling vom berühmten Juristen Strykius – dem er absichtlich die lateinische Namens-Schleppe nachtrug, um dem deutschen Strick zu entgehen –, war bekanntlich eben der Rezensent der Katzenbergerschen Werke gewesen, den ihr Verfasser auszustäupen sich vorgesetzt. Auf Musensitzen – wie in Pira –, die zugleich rezensierende Musenvätersitze sind, ists sehr leicht, da alle diese Kollegien untereinander kommunizieren, den *Namen* des apokalyptischen *Tiers* oder Untiers zu erfahren: bloß in Marktflecken und Kleinstädten wissen die Schulkollegen von nichts, sondern erstaunen.

Mehr als durch alle Strykischen Rezensionen in der »Allgemeinen Deutschen Bibliothek«, in der »Oberdeutschen Literaturzeitung« usw. war der milde Katzenberger erbittert geworden durch lange, grobe, hämische und späte Antworten auf seine gelehrten Antikritiken. Denn dem Doktor wars schon im Leben bloß um die Wissenschaft zu tun, geschweige in der Wissenschaft selber. Da er indes eine unglaubliche Kraft zu passen besaß: so sagte er ein akademisches Semester hindurch bloß freundlich: »Ich kochs«, und tröstete sich mit der Hoffnung, den Brunnenarzt persönlich in der Badezeit kennen zu lernen.

Diese sehnsüchtige Hoffnung sollte ihm heute erfüllt werden, so daß ihm statt des potzneusiedlischen Galgenstricks wenigstens der Maulbronner Strick oder Strykius zuteil wurde. Er traf unten an dem Brunnenhause – dem Industriekontor und Marktplatze eines Brunnenarztes – den verlangten. Der Brunnenarzt lief, da er mit der gewöhnlichen Neugier dieses kürzesten Amtes schon Katzenbergers Namen erjagt hatte, ihm entgegen und konnte, wie er sagte, die Freude nicht ausdrücken, den Verfasser einer *Haematologia* und einer *Epistola de monstris* und *de rabie canina* persönlich zu hören und zu benützen und ihm womöglich irgendeinen Dienst zu leisten. Der größte, versetzte der Doktor, sei dessen Gegenwart, er habe längst seine Bekanntschaft gewünscht. – Strykius fragte: wahrscheinlich hab er seine schöne Tochter als ihr bester Brunnenmedikus hierher begleitet, wenn sie das Bad gebrauche.

Nicht eines zu gebrauchen, antwortete er, sondern einem Badegaste eines zuzubereiten und zu gesegnen, sei er angelangt. – »Also auch im Umgange der scherzhafte Mann, als den ich Sie längst aus Ihren *epistolis* kenne? Doch Scherz beiseite«, sagte Strykius und wollte fortfahren. – »Nein, dies hieße Prügel beiseite«, sagte der Doktor. »Ich bin wirklich gesonnen, einen kritischen Anonymus von wenig Gewicht, den ich hier finden soll, aus Gründen, solange wir beide, nämlich er und ich, es aushalten, was man sagt, zu prügeln, zu dreschen, zu walken. Indes will ich als ein Mann, der sich beherrscht, nur stufenweise verfahren und früher seine Ehre angreifen als seinen Körper.«

»Nun, diesen Scherz-Ernst abgetan«, sagte der Brunnenarzt, sich totlachen wollend, »so versprech ich Ihnen hier wenigstens fünf Freunde des Verfassers der Hämatologie, Männer vom Handwerk.«

»Es soll mich freuen«, sagte der Doktor, »wenn einer darunter mich rezensiert hat, weils eben das Subjekt ist, dem ich, wie ich Ihnen schon anvertraut, so viel Hirn ausschlagen will, als ein Mensch ohne Lebensgefahr entbehren kann, welches, wie Sie wissen, bis auf zwei Unzen steigt, es müßte denn sein, daß ich aus Liebe mich auf bloßes Einschlagen der Hirnschale einzöge. – Wenn schon jener Festung-Kommandant jeder davonlaufenden Schildwache fünfundzwanzig Streiche aufzählen ließ, die einen *Geist* gesehen: wieviel mehr kann ich einer kritischen geben, die keinen *Geist* in meinen Werken gesehen! Wie?«

»Tun Sie, was Sie wollen, Humorist; nur seien Sie heute mit Ihrer blühenden Tochter mein Gast im großen Brunnensaale«, sagte Strykius; er fand seine Bitte gern gewährt und schied mit einem eiligen Handdruck, um einem verdrüßlichen Grafen zu antworten, der eben gesagt: »*Franchement, Mr. Médecin*, ich habe bisher von dem detestabeln Gesöff nur die

Hälfte Ihrer vorgeschriebenen Gläser verschluckt; ich verlange nun durchaus bloß diese Hälfte verordnet.«

»Gut«, versetzte er, »von morgen an dürfen Sie keck mit der bisherigen Hälfte fortfahren.«

Diese Antwort vernahm noch der Doktor mit unsäglichem Ingrimm; er, der sich von keinem Generale und Ordens-Generale und Kardinale nur eine einzige von 1000 verordneten Merkurialpillen hätte abdingen lassen. Strykius' milde Höflichkeit verdroß ihn mehr, als die größte Grobheit getan hätte, auf die er zufolge der anonymen in den Rezensionen so gewiß gezählet hatte; einen rauhen, widerhaarigen, stämmigen Mann hatte er zu finden gehofft, dem der Kopf kaum anders zu waschen ist als durch Abreißen oder Abhaaren desselben, wenigstens einen Mann, der, wie ein Teich, unter seinen weißen Wasser-Blüten scharfgezähnte Hechte verbärge – – aber er, ein so gebognes, wangenfettes, gehorsamstes, untertänigstes Zier-Männchen, das noch niemand ein hartes Wort gesagt als etwa Frau und Kindern, gegen niemand ein Elefant als gegen Elefanten-Käfer und Elefant-Ameisen! ... Nichts erbittert mehr als anonyme Grobheit eines abgesüßten Schwächlings!

Allerdings gibt es ein oder das andere Wesen in der Welt, das Gott selber kaum stärken kann ohne den Tod – das sich als ewiger Bettelbrief gern auf- und zubrechen, als ewiges Friedeninstrument gern brechen läßt – das eine Ohrfeige empfängt und zornig herausfährt, es erwarte nun, daß man sich bestimmter ausdrücke – das nicht sowohl zu einem armen Hunde und Teufel als zu einem niesenden fürstlichen mit Silberhalsband sagt: Gott helf! oder: *contentement* – dessen Zunge der ewig geläutete Klöppel in einer Leichenglocke ist, welche ansagt: ein *Mann* ist gestorben; aber schon ungeboren – das erst halb, ja dreiviertels erschlagen sein will, bevor es dem Täter geradezu heraussagt auf dem Totenbette im Kodizill, es sei dessen erklärter Todfeind – das jeder so oft zu lügen zwingen kann, als er eben will, weil es sich gern widerspricht, sobald man ihm widerspricht – und dem nur der Feind gern begegnet und nur der Freund ungern. – –

Indem ich ein solches Wesen mir selber durch den Pinsel und das Gemälde näher vor das Auge bringe: erwehr ich mich doch nicht eines gewissen Mitleidens mit solchen tausendfach eingeknickten Seelen, die nun Gott einmal so dünnhalmig in die Erde gesäet hat, und welchen, obwohl am wenigsten durch schnelles Aufschrauben, doch auch nicht durch schweres Niederdrücken aufzuhelfen ist, sondern vielleicht durch allmähliches Ermuntern und Aufwinden und durch Abwenden der Versuchung.

Aber an das letzte war bei Katzenberger nicht zu denken. Des Brunnenarztes Sprech- und Tat-Marklosigkeit neben seiner harten, heißen Schreib-Strengflüssigkeit im Richten setzten in ihm nun den Vorsatz fest, den Badearzt auf eine ausgedehnte Folterleiter von Ängsten und Ehren-Giften zu setzen und ihn erst auf der obersten Stufe zu empfangen mit dem Prügel. Strykius war der erste Patient, den er durch Heilmittel nicht heilen wollte, so sehr war er ergrimmt; und er war entschlossen, ihn durch zuvorkommende Unhöflichkeiten wömöglich zu einer zu zwingen und als umrollender Weberbaum das hin- und herfliegende Weberschiffchen zu bearbeiten. Es ist indes oft ebenso schwer, manche grob zu machen als andere höflich.

Zu Hause setzte er in Strykius' Namen einen öffentlichen Widerruf von dessen Rezensionen auf, den er ihn zu unterschreiben und herauszugeben in der Prügelstunde zwingen wollte.

Zweiundzwanzigste Summula

Nießiana

Hr. v. Nieß lud auf abends gegen ein unbedeutendes Einlaßgeld die Badegesellschaft zu seinem musikalischen Deklamatorium des besten Theudobachischen Stückes, betitelt »Der Ritter einer größern Zeit«, auf Zetteln ein, die er schon fertig gedruckt mitgebracht hatte bis auf einige leere Vakanz-Rahmen oder Logen, welche er mit Inhalt von eigner Hand besetzen wollte. Funfzig solcher Zettel ließ er austeilen und sagte mit inniger Liebe gegen jeden und sich: »Warum wollt ich so vielen Menschen aus entgegengesetzten Winkeln Deutschlands, denen ein Buchstabenblättchen von mir vielleicht eine ewige Reliquie ist und zwei geschriebene Worte vielleicht mehr als tausend gedruckte von mir, warum sollt ich ihnen diese Freude nicht mit nach Hause geben?«

Aber aus Liebe gegen Theoda, die dem Dichter, als einem Sonnengott, wie eine Memnonstatue zutönte mit heitern Nachtmusiken und Ständchen, setzte er sich nieder und schrieb, um ihr den Aufschub seiner Götter-Erscheinung oder seines Aufgangs zu versüßen, eigenhändig in Theudobachs Namen ein Briefchen an Hrn. v. Nieß, worin er sich selber als einem Freund berichtete: er komme erst abends in Maulbronn an, doch aber, hoff er, nicht zu spät für den

Besuch des Deklamatorium; und nicht zu früh, wünsch er, für unsre Dame. Er steckte dies Blättchen in einen mit der Bad-Post angelangten Briefumschlag und ging zu Theoda mit entzücktem Gesicht. Daß er nicht log, war er sich bewußt, da er eben vorhatte, unter dem Deklamieren (um das Loben ins Gesicht zu hemmen) aufzustehen und zu sagen: »Ach, nur ich bin selber dieser Theudobach.« Ehe der Edelmann kam, hatte sie soeben folgendes ins Tagebuch geschrieben. »Endlich bin ich da, Bona, aber niemand anders (außer einige Schocke Badegäste), sogar auf der Badeliste fehlt Er. Bloß in der Großpoleischen Zeitung wird er gewiß angekündigt. Ich wollte, ich hätte nichts, wohinter ich mich kratzen könnte; aber die Ohren müssen mir lang auf der Fahrt gewachsen sein, weil ich so fest voraussetzte, der erste, auf den man vor der Wagentüre stieße, sei bloß der Poet. Wohin ich nur vom Fenster herabblickte auf die schönen Badegänge: so seh ich doch nichts als den leeren Strickrahmen, worauf ihn meine Phantasie zeichnet, nichts als den Paradeplatz seiner Gestalt und seiner Throngerüste. Wahrlich, so wird einem Mädchen doch so ein Mensch, den man liebt, es mag nun ein Bräutigam oder ein Dichter sein, zu jedem Gestirn ein Gebirg, gleichsam zum Augengehenk, und hinter allen steckt der Mensch, daß es ordentlich langweilig wird. Man sollte weniger nach einem Schreiber fragen, da man ja nach unserm Herrgott genug hätte, der doch das ganze Schreiber-Volk selber geschaffen hat.

Ich merke wohl, ich werde allmählich eher toller als klüger; am besten schreib ich Dir nichts mehr über mein Aufpassen, als bis der Messias erschienen ist; denn ausstreichen, was ich einmal an Dich geschrieben, kann ich aus Ehrlichkeit unmöglich; ich sage Dir ja alles und nehme mir kein Blatt vors Maul, warum ein Blatt vors Blatt ...«

Da erschien Nieß und wollte seine eben erhaltene Nachricht übergeben. Sie empfing ihn in der vaterlosen Einsamkeit mit keinem größerem Feuer, wie er doch gedacht, sondern mit einigem Maireif, der aus dem Tagebuche auf das Gesicht gefallen war. Sofort behielt er seinen Selbbriefwechsel in der Tasche und beschenkte sie und ihren abwesenden Vater bloß mit der Einladung, mittags seine Gäste und abends seine Zuhörer zu sein. Auch wunderte er sich innerlich sehr, warum er nicht früher darauf gefallen, ihr das Blättchen erst an der Tafel zu geben und dadurch der Tafel zugleich; »ein Briefwechsel mit dem Dichter selber«, dachte er, »müßte, sollt ich denken, dem Deklamator desselben vorläufig Ehre und nachlaufende Zuhörer eintragen.«

Eben versprach Theoda seinem Tische sich und ihren Vater, als dieser eintrat und das Nein vorschüttelte und sagte: er habe sich dem Handwerksgesellen Strykius versprochen, um das Band der Freundschaft immer enger zusammenzuziehen bis zum Ersticken; das Mädchen könne aber tun, was es wolle. Dies tat sie denn auch und blieb ihrem Wort und Nießen getreu. Sie saß nämlich, damit ich alles erkläre, an öffentlichen Orten gern so weit als tunlich von ihrem Vater ab, als Tochter und als Mädchen; sie kannte seine Luthers-Tischreden. Der Edelmann wendete diese Wendung ganz anders: »O! sie hat schon recht, die Zarte«, dachte er; »jetzt in Gegenwart eines Fremden, nämlich des Vaters, verbirgt sie ihre Wärme weniger; neben dem einsamen Geliebten scheuet die einsame Liebende jedes Wort zu sehr und wartet auf fremde kühlende Nachbarschaft; o Gott, wie errat ich dies so sehr und doch leider mich kein Hund!«

Endlich, hoff ich, ist Hoffnung da, daß mittags gegessen wird in Maulbronn, in der 23sten Summel.

Dreiundzwanzigste Summula

Ein Brief

Herr v. Nieß führte seine schöne Tischgenossin in die glänzenden Eßzirkel an eine Stelle, wohin das väterliche Ohr nicht langte. Der Eßsaal war die grüne Erde, mit einem von Laubzweigen durchbrochenen Stückchen Himmel dazu. Lustbeklommen überflog Theoda mit dem scheuen Auge die wallende Menge, in der weiblichen Hoffnung, ob doch nicht zufällig daraus der Gehoffte aufflöge. Ihr Seele quälte, sehnte sich immer heftiger und immer unverständiger; ihr war, als müsse er überall gehen und sitzen. In diesen Frauen-Rausch hinein reichte nun der Edelmann den Brief, den Theudobach an ihn geschrieben. Mehr bedurfte ihre Seele nicht, um den Tisch-Trompeten leise nachzuschmettern, um das Erden-Leben für Sonnenstern-Leben zu halten und um außer sich zu sein.

Nun standen alle Rosenknospen als glühende Rosen aufgebrochen da. Sie drückte Nießens Hand im Feuer, und er freuete sich, daß er keinen andern Nebenbuhler hatte als sich selber. Die Neuigkeit lispelte sich bald von seiner zweiten Nachbarin die Tafel hinab. Er brachte deswegen, da er schon als Freund eines Groß-Autors Aufmerksamkeit gewann, mehre Sentenzen teils laut, teils gut gedreht hervor, weil leicht auszurechnen war, wie sie vollends umlaufen würden, wenn er mit dem Dichter in eins zusammengeschmolzen. Die Tischlustbarkeit stieg zusehends. Das Brunnen-Essen ist, ungleich dem Brunnen-Trinken, die beste Brunnen-Belustigung und ohnehin froher als jedes andere; außer der Freiheit wirkt noch darin, daß man da keinen andern Arbeittisch kennt als den Eßtisch und keine Schmollwinkel als die Badewanne.

VIERUNDZWANZIGSTE SUMMULA

Mittagtischreden

Aber unten, am entgegengesetzten Tafel-Ausschnitt, wo Katzenberger neben seinem gastfreien Rezensenten saß, nahm man von Zeit zu Zeit auf den Damengesichtern von weitem verschiedene Querpfeifer-Muskel-Bewegungen und Mienen-Vielecke wahr. Der Doktor hatte nämlich bei der Suppe seinen Wirt gebeten, ihn mit den verschiedenen Krankheiten bekannt zu machen, welche gerade jetzt hier vertrunken und verbadet würden. Strykius wußte, als ein leise auftretender Mann, durchaus nicht, wie er auf deutsch (zumal da außer dem eignen Namen wenig Latinität in ihm war) zugleich die Ohren seines Gastes bewirten und die der Nachbarinnen beschirmen sollte. »Beim Essen«, sagte eine ältliche Landjunkerin, »hörte sich dergleichen sonst nicht gut.« – »Wenn Sie es des Ekels wegen meinen«, versetzte der Doktor, »so biet ich mich an, Ihnen, noch ehe wir vom Tisch aufstehen, ins Gesicht zu beweisen, daß es, rein genommen, gar keine ekelhafte Gegenstände gebe; ich will mit Ihnen Scherzes halber bloß einige der ekelhaften durchgehen und dann Ihre Empfindung fragen.« Nach einem allgemeinen, mit weiblichen Flachhänden unternommenen Niederschlagen dieser Untersuchung stand er ab davon.

»Gut«, sagt' er, »aber dies sei mir erlaubt zu sagen, daß unser Geist sehr groß ist und sehr geistig und unsterblich und immateriell. Denn wäre dieser Umstand nicht, so waltete die Materie vor, und es wäre nicht denklich; denn wo ist nur die geringste Notwendigkeit, daß bei Traurigkeit sich gerade die Tränendrüse, bei Zorn die Gallendrüse ergießen? Wo ist das absolute Band zwischen geistigem Schämen und den Adernklappen, die dazu das Blut auf den Wangen eindämmen? Und so alle Absonderungen hindurch, die den unsterblichen Geist in seinen Taten hienieden teils spornen, teils zäumen? In meiner Jugend, wo noch der Dichtergeist mich besaß und nach seiner Pfeife tanzen ließ, da erinner ich mich noch wohl, daß ich einmal eine ideale Welt gebauet, wo die Natur den Körper ganz entgegengesetzt mit der Seele verbunden hätte. Es war nach der Auferstehung (so dichtete ich); ich stieg in größter Freude aus dem Grabe, aber die Freude, statt daß sie hienieden die Haut gelinde öffnet, drückte sich droben bei mir und bei meinen Freunden durch Erbrechen aus. Da ich mich schämte wegen meiner Blöße, so wurde ich nicht rot, sondern sogenannt preußisch-grün, wie ein Grünspecht. – Beim Zorn sonderten sämtliche Auferstandne bloß *album graecum* ab. – Bei den zärtern Empfindungen der Liebe bekam man eine Gänsehaut und die Farbe von Gänse-Schwarz, was aber die Sachsen Gänse-Sauer nennen. – Jedes freundliche Wort war mit Gallergießungen verknüpft, jedes scharfe Nachdenken mit Schlucken und Niesen, geringe Freude mit Gähnen. –

Bei einem rührenden Abschied floß statt der Tränen viel Speichel. – Betrübnis wirkte nicht, wie bei uns, auf verminderten Pulsschlag, sondern auf Wolf- und Ochsen-Hunger und Fieber-Durst, und ich sah viele Betrübte Leichentrunk und Leichenessen zugleich einschlucken. – Die Furcht schmückte mit feinem Wangenrot. – Und feurige, aber zarte Zuneigung der Ehegatten verriet sich, wie jetzt unser Grausen, mit Haarbergan, mit kaltem Schweiß und Lähmung der Arme. – Ja, als ...«

Aber hier lenkte der vorsorgende Brunnenarzt den ungetreuen Dichterstrom durch die Frage seitwärts: »Artig, sehr artig, und, wie Haller, wahrer Dichter und Arzt zugleich. – Aber Sie haben sich gewiß vorhin in der Wirklichkeit schöner gefühlt, da Sie aufmerksam unsern schönen Damenzirkel durchliefen?« – »Allerdings«, versetzte er, »und ich tue es auch in jeder neuen Gesellschaft, in der Hoffnung, endlich einmal ein Monstrum darunter zu finden. Denn jetzt bin ich der blühende, schwärmerische Jüngling nicht mehr, der sonst vor jeder schönen Gestalt oder Brust außer sich ausrief: ›Rumpf einer Göttin! Brustkasten für einen Gott! Und das feine Hautwarzensystem und das Malpighische Schleimnetz und die empfindsamen Nervenstränge darunter! O ihr Götter!‹ – Auch Sie, wie alle Schwärmer, haben sich gewiß sonst nicht schwächer ausgesprochen; jetzo freilich wird der Ausdruck immer lahmer. Um aber auf die Mißgeburten zurückzukommen, nach denen ich mich hier nach dem ersten Komplimente vergeblich umgesehen: so sag ich dies: eine Mißgeburt ist mir als Arzt eigentlich für die Wissenschaft das einzige Wesen von Geburt und Hoch- und Wohlgeboren; denn ich lerne mehr von ihm als vom wohlgeborensten Manne. Aus demselben Grunde ist mir ein Fötus in Spiritus lieber als ein langer Mann voll Spiritus; und Embryonengläser sind meine wahren Vergrößer-Gläser des Menschen. – Ach, wohl in jedem von uns«, fuhr er feuriger fort, »sind einige Ansätze zu einem Monstrum, aber sie werden nicht reif; mit dem Rückgrat-Ende, dem Steißbein, setzen wir z.B. zu einem Affenschwanz an, und auf dem neugebornen Kindskopfe erscheint, nach Buffon, eine hornartige Materie zu einem Gehörne, die man leider sauber wegbürstet; aber jeder will wahrlich nur seinesgleichen sehen, ohne nur im geringsten sich um die schon fürs Auge köstliche Mannigfaltigkeit zu bekümmern, welche z.B. an dieser Badtafel genossen würde, wenn jeder von uns etwas Verdrehtes an sich hätte, und wenn z.B. der eine statt der Nase einen Fuchsschwanz trüge, der andere einen Zopf unter dem Kinn, der dritte Adlerfänge, der vierte ordentliche, nicht etwa abgenutzte mythologische Eselohren. Ich für meine Person, darf ich wohl bekennen, ginge mit Jauchzen vor einer mißgebornen Knappschaft und Mannschaft an der Spitze, als verzerrter Flügelmann und monströses Muster, und würde Gott danken, wenn ich (nämlich körperlich) nicht wäre wie andere Leute, sondern wenn auf mir etwa Kamel und Dromedar, also drei Höcker zugleich verkettet wären zur Gebirgkette, oder wenn die Natur mir hinten eine angeborne Frau aufgesetzt hätte samt zwölf Fingern vorne, oder wenn ich sonst mit vielen *Curiosis* für mich und andere begabt wäre, insofern mir nämlich bei diesem lebendigen Naturalienkabinett auf mir mein gewöhnlicher medizinischer Verstand gelassen würde, der sich wie eine Biene auf alle Blumen-Monstrosen setzen müßte und könnte. Was hat aber jetzt mein Geist davon, daß mein Leib wohlgestaltet ist und die gemeinsten Reize für Volkaugen umherspreitet? – Nichts hat er; er sieht sich nach bessern um. Aber ich entsinne mich noch recht gut meiner Jugend, wo ich mehr idealisierte und weniger auf Erden als im Himmel wandelte, da weidete ich mich an geträumten, noch höhern Mißgeburten, als das teuere schwache Hasenpaar ist, das ich gestern gekauft; da war es mir ein leichtes, ganz ineinander hineingewachsene Sessionen geboren und zu Kauf zu denken, die ich dann nach dem Ableben leicht in einem Spiritus-Glase bewahrte und bewegte nach Lust – oder einen Knaben mit einem angebornen vollständigen fleischernen Krönungshabit – oder einen tafelfähigen Edelmann mit zweiunddreißig Steißen besetzt – und doch sind das nicht ganz arkadische Träume. Sonst wurden ja wirklich Menschen mit lebendigen Pluderhosen und Fontangen geboren, zum Abschrecken vor genähten; warum könnte nicht unsern Zeiten der Fang zufallen, daß ihnen das Glück einen Incroyable mit pulsierenden Hutkrempen und Schnabelstiefeln und fleischernen Krawatten-Zacken bescherte, frag ich?«

Der Brunnenarzt schwitzte, während er pries, mehre Schweiße von verschiedener Temperatur darüber, daß er einen Flügel seiner Patienten, zumal den weiblichen, eine Landjunkerin, eine Konsistorialrätin, eine halb bleich-, halb gelbsüchtige Zärtlingin, und am Ende sich selber in die Hör- oder Stech-Weite eines solchen geistigen Raufdegens gebracht als Wirt. Gern hätte er verschiedene kaltsinnige Mienen dabei geschnitten, wenn er versichert gewesen wäre, daß ihn der Doktor nicht als Rezensenten kenne und darum schärfer angreife. Doch tat er das Seinige und sprang von den Mißgeburten auf die Katzenbergerischen Geburten, um vorzüglich dessen Hämatologie zu huldigen, worin, sagt' er, Paragraphen wären, ohne welche er manche glückliche Bemerkungen gar nicht hätte machen können. »Schön«, versetzte der Doktor, »so denkt wohl nur ein äußerst parteiischer und guter Mann wie Sie; – denn außer Ihnen gibts nur noch einen Leser, der gern alles redlich tut, was ihm Bücher vorschreiben, nämlich den Buchbinder, der jedes Wort an den Buchbinder befolgt – aber Sie sollten meinen Hund von Rezensenten kennen und dagegen halten. Himmel, wie bellt der Zerberus, zwar nicht mit drei Köpfen, aber aus sieben Hundhütten und an sieben Ketten, gegen mich! – – Ich wollt, ich hätte ihn da; ich wollte jetzt alles tun, da ich eben getrunken, was ich ihm längst geschworen, nämlich meine Blut-Machlehre (die *haematologia)* an ihm selber erproben. – Oder gibt es etwas Sündlicheres, als wenn ein Narr – bloß weil er sieben Zeitungen dazu frei hat, wie zu sieben Türmen – die sieben Weisen spielt und sieben Todsünden begeht, um als einziger Zeuge vermittelst einer bösen literarischen Heptarchie seinen Ausspruch zu besiebnen? Ich kann von der bösen Sieben gar nicht los; aber ich werde, sollt ich denken, in jedem Falle den Mann ausprügeln, erwisch ich ihn. Hier faß ich zum Glück den redlichen Stryk an der Hand, der denkt wie ich, wenn nicht zehnmal besser. Diesem Magen übergeb ich mich – denn ich meine *Magus,* nicht *Stomachus* -, und er entscheide; für mich ist er der große *Thor* (ich spreche zwar nach einem Glas Wein, aber ich weiß recht gut, daß *Thor* unser erster altdeutscher heilender Gott gewesen) – der sage hier ... was wollt ich denn sagen? Nun, mir gilts sehr gleich, und die Sache ist ohnehin klar und fest genug. Kurz – –«

»Ich errate unsern guten Autor«, sagte Strykius, »denn vielleicht kann ich, als alter Leser seiner witzreichen Werke, ihn wenigstens zum Teil würdigen. Man kennt diesen tiefen Mann, er verzeihe mir sein Lob ins Gesicht, nur wenig, wenn man nicht seine gelehrte und seine witzige Seite zugleich bewundert und unterscheidet, die er beide so eng verschmelzt; aber er hat nun einmal, um spaßhaft-gemein zu sprechen, Haar im Mund.« – »Aber ich habe sie eben zwischen den Zähnen«, versetzte er, einen Truthahn-Hals an der Gabel aufhebend; »ich wünschte, mancher hätte soviel Haarwuchs auf dem Kopfe als der Truthahn hier am Halse, und solche herrliche Haarzwiebeln wären auf eine bessere Haut und Glatze gesäet, als ich eben käuen muß.«

»Ich tadle aber doch die Sauce dabei«, fiel ein ältlicher, mehr blöd- und fünfsinniger als scharfsinniger Posthalter ein, »sie will mir fast wie abgeschmackt schmecken; aber jeder hat freilich seinen Geschmack.« – »Abgeschmackt, Herr Posthalter«, sagte der Doktor und hielt lange inne, »nennen die Physiologen alles, was weniger Salz enthält als ihr eigner Speichel; daher sind Sie, wegen des Ungesalzenen, wahrscheinlich ein Mann von Salz, ich meine den Speichel.« –

Eine schwergeputzte Landjunkerin, die ihren Kahlschädel mit einem Prunk- und Titular-Haar gekrönt, merkte (aber nicht leise genug, weil sie es französisch sagte) gegen ihre Tochter an: »Fi! Welch ein Mensch! Wer kann dabei essen?« – Der Posthalter, der ihn schlecht verstand und gut aufnahm, wollte es höflich erwidern und fragte: »Wie gefallen Sie sich hier, Herrrr ... ich weiß Ihren werten Charakter nicht?« – »Ich mir selber?« versetzte der Doktor. »Sehr!«

Eben bekamen er und die Landjunkerin kleine, etwas klumpige Pasteten auf den Teller. Er schob seinen weit in den Tisch hinein, bemerkend: gerade in solchen Pasteten würden gewöhnlich die Frauen-Perücken ausgebacken, wie hier mehre an der Tafel säßen; indes find' er darum noch kein Haar aus Ekel darin, ja er ziehe, in Rücksicht des letzten, Pasteten den Perücken vor.

Die Edeldame brach mit Abscheu auf, um es zu keinen stärkern Ausbrüchen kommen zu lassen. Endlich taten es auch die übrigen. Wohlgemutet drückte Katzenberger dem Rezensenten die Hand und prophezeite sich die Freuden, die ihn erwarteten, könn er öfter so mit ihm zusammenhausen, und beschenkte ihn mit der Herz-Ergießung: »Ich habe am Ende (und nur mit Gewalt verschieb ichs) sagen wollen zu Ihnen: Du!«

FÜNFUNDZWANZIGSTE SUMMULA

Musikalisches Deklamatorium

Die Leser finden um 7 Uhr alle Maulbronner von Bildung in Nießens Deklamiersaal. – Das musikalische Vorspiel hat schon ausgespielt – Nieß geht, mit dem »Ritter einer größern Zeit« in der Hand, ihn drittels deklamierend, drittels lesend, drittels tragierend, langsam zwischen der weiblichen und männlichen Kompaniengasse auf und ab und hält bald vor diesem Mädchen still, bald vor jenem. Auch Katzenberger ging auf und ab, aber einsam im Vorsaal, teils um den reinen Musik-Wein ohne poetischen Bleizucker einzuschlürfen, teils weil es überhaupt seine Sitte war, im Vorzimmer eines Konzertsaales unter unaufhörlicher Erwartung des Billetteurs, daß er seine Einlaßkarte nehme, so lange im musikalischen Genusse gratis versunken hin und her zu spazieren, bis alles vorbei war. – Der Vorleser steht schon bei den größten lyrischen Katarakten seiner dichterischen Alpenwirtschaft, und die Musik fällt (auf kleine Finger-Winke) bald vor, bald nach, bald unter den Wasserfällen ein, und alles harmoniert. –

Der Charakter des Ritters einer größern Zeit war endlich so weit vorgerückt, daß viele Zuhörerinnen seufzten, um nur zu atmen, und daß Theoda gar ohne Scheu vor den scharfgeschliffenen Frauen-Blicken darüber in jene Traualtar- oder Brauttränen (ähnlich den männlichen Bewunderungtränen) zerschmolz, welche freudig nur über Größe, nicht über Unglück fließen. Der geschilderte blühende Ritter des Gemäldes, schamhaft wie eine Jungfrau, liebend wie eine Mutter, schlagend und schweigend wie ein Mann und ohne Worte vor der Tat und von wenigen nach der Tat, stand im Gemälde eben vor einem alten Fürsten, um von ihm zu scheiden. Es war ein prunkloses Gemälde, das ein jeder leicht hätte übertreffen wollen. Der ältliche Fürst war weder der Landesherr noch Waffenbruder des Jünglings; er hatte sich bloß an ihn gewöhnt, aber jetzo mußt er ihn ziehen lassen, und dieser mußte ziehen. Beide sprachen nun in der letzten Stunde bloß wie Männer, nämlich nicht über die letzte Stunde, sondern wie sonst, weil nur Männer der Notwendigkeit schweigend gehorchen; und so gingen beide, so sehr auch in jedem der innere Mensch schwere Tränen in den Augen hatte, wortkarg, ernst, mit ihren Wunden und mit einem »Gott befohlen« auseinander.

So weit war die Vorlesung einer größern Zeit schon vorgerückt, als noch die Türe aufging und wie ein fremder Geist ein Mann eintrat, der, wie auferstanden aus dem Gottesacker der Ritterzeiten, ganz dem Ritter an Blick und Höhe glich und die Hör-Gesellschaft fast ebensosehr erschreckte als erfreuete ...

SECHSUNDZWANZIGSTE SUMMULA

Neuer Gastrollenspieler

Jetzt in den Monaten, wo ich die 26ste Summel für die Welt bereite und würze, ist es freilich sogar der Welt bekannt, wer ankam; aber am beschriebenen Abende war noch Maulbronn selber darüber dumm.

Der eintretende Mann schrieb sich Herr von Theudobach, Hauptmann in preußischen Diensten. Nach altdeutschem Lebens-Stil war er noch ein Jüngling, das heißt dreißig Jahre alt – und nach seinem blühenden Gesicht und Leben war ers noch mehr. Seine dunkeln Augen glühten wie einer wolkigen Aurora nach, weil er sie bisher noch auf keine andere Figuren geworfen als auf mathematische in Euler und Bernoulli, und weil er bisher nichts Schöneres zu erobern gesucht, als was Koehorn, Rimpler und Vauban gegen ihn befestigt hatten. Unter diesem mathematischen Schnee schlief und wuchs sein Frühlings-Herz ihm selber unbemerkt. Vielleicht gibt es keinen pikantern Gegenschein der Gestalt und des Geschäfts, als der eines Jünglings ist, welcher mit seinen Rosenwangen und Augenblitzen und versteckten Donnermonaten der brausenden Brust sich hinsetzt und eine Feder nimmt und dann keine andere *Auflösung* sucht und sieht als eine – algebraische. Gott! sagen dann die Weiber mit besonderem Feuer, er hat ja noch das ganze Herz, und jede will seinem gern so viel geben, als sie übrig hat von ihrem. Dieser Hauptmann hatte nun auf seiner Reise durch das Fürstentum Großpolei zufällig in der Zeitung gelesen: der durch seine Schriften bekannte Theudobach werde das Maulbronner Bad besuchen. »Daß ich doch nicht wüßte!« sagte der Hauptmann, weil er von sich gesprochen glaubte, indem er mehre kriegmathematische Werkchen geschrieben. Von Nießens Namenvetterschaft und Dichtkunst wußt er kein Wort. Unter allen Wissenschaften bauet keine ihre Priester so sehr gegen andere Wissenschaften ein als die sich selber genügsame Meßkunst, indes die meisten andern die Meßrute selber als eine blühende Aarons-Rute entlehnen, die ihnen bei Priesterwahlen raten helfen soll. Ich kann mir Mathematiker gedenken, die gar nicht gehöret haben, daß ich in der Welt bin, und die also nie diese Zeile zu Gesicht bekommen. »Es sind folglich«, schloß der Hauptmann, »nur zwei Fälle denkbar: entweder irgendein literarischer Ehrenräuber gibt sich für mich aus, und dann will ich ihm öffentlich die Meßrute geben – oder es treibt wirklich noch ein Wasserast und Nebensprößling meines Stammbaumes, was mir aber unglaublich, – in jedem Falle sind fünf Meilen Umweg soviel als keiner für einen solchen Prüfung-Zweck.«

Sein Erstaunen, aber auch sein Zürnen – denn das Zornfeuer der Ehre hatte bisher ganz allein in ihm neben dem wissenschaftlichen Feuer und Lichte gebrannt – erstieg einen hohen Grad, da er in Maulbronn von seinem entzückten Wirte hörte: ein Hr. v. Nieß habe schon heute, nach einem Brief, den er von

Hrn. v. Theudobach erhalten, dessen Ankunft angesagt, und alles werde sich im Deklamatorium über seinen Eintritt entzücken, zumal da eben etwas von ihm vorgelesen werde. Der Wirt trug sogar Vorsorge, ihm unter dem Deckmantel eines Wegweisers seinen Sohn mitzugeben, welcher der Wirttochter, weil sie belesen und mit darin war, sogleich das ganze Signalement des neuen Zuhörers durch drei Worte ins Ohr zustekken sollte.

Als der Hauptmann eintrat, blickten ihn die übrigen weiblichen Augen an, ausgenommen nur ein Paar; Theoda sah unter dem Vorlesen keine Gesichter als – ihre innern und bloß zu den poetischen Höhen hinauf. Noch ehe die Wirttochter die Nachricht von Theudobachs Ankunft wie einen elektrischen Funken hatte durch die Weiber-Ohrenkette laufen lassen: hatten sich schon alle Augen an den Hauptmann festgeschraubt. Denn immerhin halte Christus auf einem Berge seine Predigt oder auf dem Richterstuhle sein Jüngstes Gericht: es ist unmöglich, daß die Frauen, die davon erbaut oder gerührt werden, nicht mehre Minuten den Heiland vergessen und sich alle an den ersten Kirchengänger und Verdammten heften, der eben die Gesellschaft verstärkt; sie müssen sich umdrehen und schauen und einander etwas sagen und wieder nachschauen.

Ich will setzen, mein zweiter Satz wäre wahr, daß für das Weiberherz ein Federbusch auf dem Manneskopfe mehr wiege als ein ganzer Bund gelehrter Federn hinter dem Ohre, weil mein erster richtig wäre, daß *interna non curat Praetor,* oder, wörtlich übersetzt, daß eine Frau vor allen Dingen gern wissen will, wie ein Mann von außen aussieht: so hätt ich ziemlich erklärt, warum der junge Mann, mit seinem Federbusch-Hut in der Hand, mit seinem Jünglingblicke und seiner Mannkraft und selber mit einigen Krieg- und Blatternarben, ja sogar mit dem düstern Feuer, womit er dem Vorleser nachsah und nachhörte, den ganzen weiblichen Hör- und Sitz-Kreis wie in *einem* Hamen gefangen und schnalzend aus dem Wasser emporhob. Jetzo schlug vollends die Nachricht der Wirttochter von einem beringten Ohre zum andern: der da seis, der Dichter.

Theoda hörte es, sah auch hin – und sie und ihr Leben wurden wie von einem ausgebreiteten Abendrote überzogen. Wie ein stiller Riese, wie eine stille Alpe stand er da; und ihr Herz war seine Alpenrose. – Irgendeinmal findet auch der geringste Mensch seinen Gottmensch, und in irgendeiner Zeit findet er ein wenig Ewigkeit; Theoda fands.

Der Vorleser, den die fremde Bewunderung seines Lesestücks hinriß in eigne, und der unter allen Empfindungen diese am innigsten mit dem Hör-Kreis teilte, hatte jetzo, wo die eigentliche Höhe und Bergstraße seiner Schöpfung erst recht anging, gar nicht Zeit, die Ankunft, geschweige die Gestalt und die Einwirkung des Kriegers wahrzunehmen. Er stand eben an der zweiten Hauptstelle seines Gesangs (der Anfang war die erste), am Schwanengesange, am Ende-Triller; denn wie im Leben die Geburt und der Tod, im Gesellschaftzimmer der Eintritt und der Austritt die beiden Flügel sind, womit man steigt oder fällt, so im Gedichte. – Nieß konnte also nicht unaufhaltsam genug stürmen und laufen und deklamieren und sich begleiten lassen von Musik, um, wie ein Gewitter, gerade den stärksten und entzündendsten Schlag beim Abzuge zu tun.

Indes hören mitten in diesem Gerassel von poetischen Streit- und Siegwagen Vorleser eigner Sachen gleichwohl manches leise Wort, das darüber ausfliegt. Nieß vernahm mitten im Dichter-Sturm sehr gut Theodas Wort: »Ja, er ists und hat sich selber kopiert im Ritter.« – »Und tut doch immer«, sagte die Nachbarin »als ginge ihm das ganze Gedicht nichts an.« Es war Nießen auf keine Weise möglich, bei solchen Aussprüchen, daß er da sei und sich im alten Ritter selber getroffen habe, und bei dem allgemeinen Klatschen und Anblicken und Anfragen der Bewunderung sich etwa in den Kopf zu setzen, er sei gar nicht gemeint, nur der neue Soldat. Sondern eine wärmere Minute und höhere Stelle, um sich zu enthüllen und zu entwölken – dies sah er wohl ein –, könnte kein Sternseher für ihn errechnen, als der Kulmination- und Scheitelpunkt war, den er eben vor sich hatte, um die Wolke des Inkognito seinem Phöbus auszuziehen. Zum Glück war er früher darauf gerüstet und hatte daher – da er längst wußte, daß die Menschen die ersten Worte eines großen Mannes, sogar die kahlsten, länger behalten und umtragen als die besten nach einem Umgange von Jahren – schon auf der Kunststraße, zehn Meilen vom Lesesaal, folgende improvisierende Anrede ausgearbeitet:

»Ehrwürdige Versammlung, fänd ich nur die ersten Worte! Auf eine solche Sympathie einer so gebildeten Gesellschaft mit mir durft ich ohne Eigenliebe nicht rechnen. Aber eine Herzergießung verdient die andere, und ich gebe mich willig dem Ungestüm der Augenblicke preis. Möge, ihr Herrlichen, euch jeder Schleier des Lebens so abgehoben werden als jetzt, und nie decke sich euch ein Leichenschleier statt eines Brautschleiers auf. – Ich war nämlich mein eigner Vorläufer; denn ich bin wirklich der Theodobach, dessen Ankunft ich auf heute in Briefen ansagte.«

»Der sind Sie nicht, mein Herr«, sagte der Hauptmann, »ich heiße von Theudobach – Sie aber, wie ich höre, Herr von Nieß. – Was Sie für Ihre Werke ausgeben, sind ganz andere und die meinigen.«

Nieß blickte ihm ganz erstarrt ins Gesicht. – Besonnener springt der Mensch plötzlich zu hoch als zu tief – Theudobach stand fast gebietend mit seinem Macht-Gesicht, Krieger-Auge, hohen Wuchs neben dem zu kurzen Dichter, von welchem nun jedes Weiber-Auge abfiel; aber er ermannte sich und sagte: »Ich kenne Sie nicht, aber Deutschland mich.« – – »Herr von Nieß, versetzte Theudobach, »dasselbe ist gerade mein Fall«.

Unversehens trat Theoda, welche längst vor Begeisterung unbewußt aufgestanden war, aus der verblüfften Schwester-Gemeinde heraus vor Theudobach und sagte zu ihm im hohen Zürnen gegen den vieldeutigen Nieß: »Sie sind der Mann, den wir alle achten, oder aller Glaube lügt.« Der Hauptmann sah das kühne Feuer-Mädchen verwundert an und wollte erwidern; aber Nieß rief zornig dazwischen: »An mich haben Sie geschrieben, nicht an diesen Herrn, meld ich jetzt; und ich an Sie.« – »O Gott, ich?« sagte Theoda.

»Mein Name Theudobach, Herr von Nieß, ist kein angenommener, ich habe nur *einen*; und es gibt nur meinen noch in der Welt; Sie führen eingestanden zwei, wovon ich nur den meinigen reklamiere und Ihnen den Ihrigen billig lasse. In der ›Allgemeinen Deutschen Bibliothek‹ können Sie meinen Namen Theudobach neben meinem rezensierten Werke finden. Jede andere Erklärung können wir uns an andern Orten geben«, setzte er mit einigen Blicken hinzu, die sehr gut als Funken auf das Zündpulver einer Pistole fallen konnten.

»Sehr gern!« versetzte Nieß, um nur zuerst auf der Adelprobe zu bestehen; aber auf das Vorhergehende konnte er kein Wort zurückgeben vor Überfülle von Antworten. Wer zu viel zu sagen hat, sagt meistens zu wenig. Nieß noch weniger.

Noch habe ich in der »Allgemeinen Weltgeschichte« von Essig und Zopf – die ohnehin mein Fach nicht ist, weil ich vielmehr selber eines in ihm füllen und fodern will – kein rechtes Beispiel (unter so vielen abgesetzten Günstlingen und Königen) aufgetrieben, das einigermaßen dazu taugen könnte, Nießens Falle und Verfalle die gehörige Beleuchtung zu geben, wenn jemand sehen wollte, wie einem Manne zumute gewesen, den man auf einmal vom Musenberge auf die Quartanerbank, vom Throne eines Sonnen-Gottes auf den Altar seiner Opfertiere, die er vermehren soll, oder von Allem zu Nichts herunterwirft – – Gehenkte, auf den Zergliederungstischen erwachend unter dem Messer anstatt im Himmel, sind nichts dagegen.

»O, ich bin stolz!« sagte Nieß und ging davon.

SIEBENUNDZWANZIGSTE SUMMULA

Nachtrag

Keine Seele bekümmerte sich um den davongelaufnen, von seinem Siegwagen herabgepurzelten Deklamator. Doch lachte man ihm allgemein nach. Ein Mann von Belesenheit – wenigstens im Junistück der

»Minerva« von 1804, wo die Notiz steht – sagte sehr laut: Nieß hab es mit seinem Namengeben gemacht wie die Einwohner von Nootka, welche Gott den Namen Quautz geben; der Mann hatte verbindlich für Theudobach reden wollen; aber in der Eile war ihm auf der Zunge das Lob in Essig umgeschlagen.

»Fährt man so fort«, sagte ein Korrespondent einer ungelehrten Gesellschaft, »so weiß am Ende keiner von uns, was er geschrieben, und der halbe Meusel sitzt im Sand.« –

Der Hauptmann nahm – mit einer kurzen Entschuldigung, daß er sich seines Geschlechtsnamens so öffentlich angenommen, und mit einer besondern Verbeugung an Theoda – schnell seinen Rückzug; – und die Menschen sahen seinem Kopfe nach.

Ungefähr tausendunddreihundert Siegkränze – folglich gerade so viel, als Theagenes von Thasus in den griechischen Spielen erbeutet – trug er auf seinem Kopfe, seinen Schultern und seinem Rücken davon; – aber warum?

Achtundzwanzigste Summula

Darum

Man hielt ihn für den großen Theater-Dichter, dessen Stücke die meisten gehört. Ich will eine kurze Abschweifung und Summel daranwenden, um zum Vorteil der Bühnen-Dichter zu zeigen, warum sie leichter größere Eitelkeit-Narren werden als ein anderer Autor. Wie fällt erstlich der letzte mit seinen verstreuten Leser-Klausnern – ein wenig verehrt von bloßen gebildeten Menschen – beklatscht in den hundert Meilen fernen Studier-Zimmerchen und zweimal hintereinander gelesen, nicht vierzigmal angehört, wie fällt ein solcher Ruhm-Irus und Johann ohne Land schon ab gegen einen Bühnen-Dichter, der nicht nur diese Lorbeer-Nachlese auch auf dem Kopfe hat, sondern ihr noch die Ernte beifügt, daß der Fürst und der Schornsteinfeger und jedes Geschlecht und Alter seine Gedanken in den Kopf und seinen Namen in den Mund bekommen – daß oft die erbärmlichsten Marktflecken, sobald glücklicherweise ein noch elenderes Maroden-Theater von Groschengaleristen einrückt, sich vor den knarrenden Triumphkarren vorspannen, worauf jene den Dichter nachführen, so daß, wenn gar der Dichter die Truppe selber dirigiert, er an jedem Orte, wo beide ankommen, den englischen Wahlkandidaten gleicht, die auf vielen Wagen (Lord Fardley auf funfzig) die Wahlmänner für den Sitz im Hause der Gemeinen an den Wahlort bringen lassen. – Noch hundert Vorteile könnt ich vermittelst der Auslaßfigur (*figura praeteritionis*) anführen, die ich lieber weglasse, solche z.B., daß einen Theaterautor (und oft steht er dabei und hört alles) eine ganze Korporation von Händen gleichsam auf den Händen trägt (daheim hat ihn nur ein Mann in seiner Linken und blättert mit der Rechten verdrießlich) – daß er auswendig gelernt wird, nicht nur von Spielern, sondern am Ende von deren Wiederkehr-Hörern – daß er in allen stehenden, obgleich langweiligen Theaterartikeln der Tag- und Monatblätter stets im selben Blatt von neuem gelobt wird, weil die Bühnen-Schelle immer als Taufglocke seines Namens und das Einbläser-Loch als sein Delphisches Loch wiederkommt. – Woraus noch manches folgt, z.B. daß ein gemeiner Autor, wie z.B. Jünger, ja Kotzebue, länger in seinen gehörten Stücken lebt als in seinen gelesenen Romanen. Daraus erklärt sich die Erscheinung, daß das kalte Deutschland sich für Schiller (und mit Recht, denn es sündigte von jeher nur durch Unterlassen, nie durch Unternehmen) so sehr und so schön anstrengt und für Herder so wenig. Denn mißt der Wert den Dank: so hätte wohl *Herder*, als der frühere, höhere, vielseitigere Genius, als der orientalisch-griechische, als der Bekämpfer der Schillerschen Reflexion-Poesie durch seine Volklieder, als der Geist, der in alle Wissenschaften formend eingriff, und der nur den Fehler hatte, daß er nicht mit allen Flügeln flog, sondern nur so wie jene Propheten-Gestalten, wovon vier ihn bedeckten und nur zwei erhoben, dieser Tote hätte ein Denkmal nicht neben, sonder *über Schiller* verdient, wären, wie gedacht, die Komödianten nicht gewesen oder das Publikum nicht, das für die Vielseitigkeit wenig anschließende Seiten mitbringt. Übrigens, wie man lieber von Personen als von Sachen hört, so steht auch der gewöhnlichste Theater-Dichter als ein Nacht-tisch-*Spiegel*, der dem Parterre Personen und dieses selber darstellt, schon darum dem Sachen-Dichter, als einem bloßen *Juwel*, voran, der nur Feuerfarben wirft und unverwüstlich nichts darstellt als sich und das Licht. Übrigens ist dies für uns andere Undramatiker eben kein Unglück; denn wir haben uns ebendarum zum schönen Lose einer leichtern, liebenswürdigen Bescheidenheit Glück zu wünschen, zumal wenn wir berechnen, was aus uns, da jetzo schon ein paar Zeitungen und einige Teetische uns (ich selber kenne mich oft kaum mehr) sichtbar aufblasen, vollends durch das Luftschiff der Bühne für trommelsüchtige Narren geworden wären, so wie Schweinblasen, die schon auf Bergen schwellen, auf Höhen der Luftbälle gar zerplatzen.

Neunundzwanzigste Summula

Herr von Nieß

Er kam nicht zum Abendessen.

Dreissigste Summula

Tischgebet und Suppe

Der Tumult der Erkenn- und Verkennszene mischte die Eßgäste schon auf dem Gange zur Tafel zu bunten Reihen der Freude zusammen. Der Sternenhimmel, Blasmusik und Bäume voll Lampen und hauptsächlich der abends angekommene und mitsoupierende große Mann bezauberte und vereinigte alles. Viele Mädchen, die Nießens Stücke aus Leihbibliotheken und auf Bühnen hatten kennen lernen, gingen unter dem Schirme wechselnder Schatten ganz nahe und anblickend neben seiner schönen Gestalt vorbei. Als er in seiner Uniform – dem weiblichen Jagd-Tuch oder Rebhühnergarn oder Frauen-Tiraß – und mit der hohen Feder (die auf dem Kopfe erhabner aussieht als hinter dem Ohre) so dahinschritt und die Menge überragte, wie der ursprüngliche Theudobach (nach Florus) seine Tropäe, und er als das Zwillinggestirn der Weiber, als Dichter und Krieger zugleich, sich durch seinen Himmel bewegte und mit Auge und Stimme so entschieden gegen männliche Wesen und doch mit beiden so scheu und bescheiden gegen weibliche einhertrat: so riß ein allgemeines Verlieben ein, und hinter ihm sah, da er mit dem fünfschneidigen Melpomenens-Dolch und mit dem Kriegerschwert alles schlug, der Weg wie eine weibliche Wallstatt aus; der einen war der Kopf, der andern das Auge, der dritten das Herz verwundet. Er aber merkte gar nichts von den sämtlichen Verwundeten, die er hinter sich nachführte. Bisher mehr astronomisch zu den Himmelsternen hinauf- als zu den weiblichen Augensternen herabzusehen gewohnt, zeigte er nicht den geringsten Mut vor einem ganzen Augensternhimmel; und vor einigen, welche den Busen mit nichts bedeckt hatten als mit ein paar Locken und Blumen, wollt er gar das Hasenpanier ergreifen. Jedoch schickte er seinen Blick heimlich nach dem Mädchen herum, das, ihm so unbekannt, dreist ihm vor einer Menge beigestanden hatte.

Theoda war aber längst durch das Gedränge zu ihrem Vater hingeeilt, wie unter dessen schirmende Fittiche gegen ihr Herz und das Volk. Sie war berauscht und beschämt zugleich, daß sie so öffentlich, mehr eine Leserin als ein Mädchen, sich in den Zweikampf von Männern als Sekundantin gemischt. Erst durch langes Bitten rang sie dem Vater die Erlaubnis ab, ihn dem Dichter vorzustellen, wiewohl ers ein Selber-Spektakelstück nannte.

Neben ihm stand sie, als sie ihren Lebens-Abgott, den bald Lichter, bald Schatten reizend bedeckten, herkommen sah und sie ihm aus der Ferne unbeschämter in das edle Antlitz schauen konnte. Sie stellte mit kindlicher Lust ihren Vater dem berühmten Genius vor. »Meine Tochter«, nahm Katzenberger leicht den Faden auf, »hat mich mit Ihrem Künstlerruhm bekannt gemacht; ich bin zwar auch ein *Artista*, insofern das Wort *Arzt* eine verhunzte Verkürzung davon ist; aber, wie gesagt, nur Menschen- und Vieh-Physikus. Daher denk ich bei einer Hauskrone und Lorbeerkrone mehr an eine Zahnkrone oder bei einem System sehr ans Pfortadersystem, auch Hautsystem, und ein Blasen- und ein Schwanenhals sind bei mir nicht weit genug getrennt. Mir sehen Sie dergleichen wohl nach! Dagegen weis ich Sie auf meine Tochter an.«

Der Hauptmann machte, d.h. zeigte die größten Augen seines Lebens; er fand in diesem Badeorte zu viel Wirrwarrs-Knoten. Doch aus Dankbarkeit gegen das Mädchen, das heute einen so kühnen Anteil an seinem Schicksale genommen, sagt' er nur: »Das schöne Fräulein, dem ich viel Dank schuldig bin, hat bloß Ihren Namen zu nennen vergessen.«

»So seid ihr Volk«, wandte sich der Vater an die Tochter; »wenn ihr nur eure Taufnamen habt, unter Briefen und überall; nach des Vaters Namen fragt ihr keinen Deut. – Ich und sie heißen Katzenberger, Herr von Theudobach!«

Der Hauptmann, der nach mathematischer Methode aus allen bisherigen Hindeutungen auf einen Briefwechsel mit ihm gar nichts heraussummiert hatte als den Heischesatz, daß man hier erst hinter manches kommen müßte, setzte, wie jeder Sternseher, fest: »Zeit bringt Rat; ein jeder Stern, besonders ein Bartstern, muß erst einige *Zeit* rücken, bevor man die Elemente seiner Bahn aufschreibt; folglich rücke der heutige Abendstern nur weiter, so weiß ich manches und rechne weiter.« Man setzte sich zu Tisch und Theoda sich neben den Hauptmann; Erdferne von ihm wäre ihr diesen Abend Wintertod gewesen. Sie hatte noch auf väterliche Nachbarschaft gerechnet; aber der Doktor, der sich von beiden Leuten nichts versprach als einen Abend voll dichterischer Sachen, einen Teich voll schwimmender Blüten ohne Karpfen und Karauschen und Hechte, hatte sich längst weggebettet unten hinab; und vom Doktor hatte sich wieder weit abgebettet der Brunnenarzt Strykius in einer geistigen Ehescheidung von Tische. Theoda schwieg lange neben dem geliebten Manne, aber wie voll Wonne und Reichtum! Und alles um sie her überfüllte ihre Brust! Über die Tafel wölbten sich Kastanienbäume – in die Zweige hing sich goldner Glanz, und die Lichter schlüpften bis an den Gipfel hinauf, über welchen die festen Sterne glänzten – unten im Tale ging ein großer Strom, den die Nacht noch breiter machte, und redete ernst herauf ins lustige Fest – in Morgen standen helle Gebirge, auf denen Sternbilder wie Götter ruhten – und die Ton-Feen der Musik flogen spielend um das Ganze hinunter, hinauf und ins Herz.

Theoda, durch jeden eignen Laut einen vom Dichter zu verscheuchen fürchtend und für ihre sonst scherzende Gesprächigkeit zu ernst bewegt, stimmte wenig mit der redelustigen Gesellschaft zusammen, welche desto lauter und herzhafter sprach, je mehr die Musik tobte; denn Tisch-Musik bringt die Menschen zur Sprache, wie Vögel zum Gesang, teils als Feuer- und Schwungrad der Gefühle, teils als ein Ableiter fremder Spür-Ohren.

Bloß der Hauptmann konnte sein Ich nicht recht mobil machen; er hatte so viele Fragen auf dem Herzen, daß ihm alle Antworten schwer abgingen. Theoda, welche schon nach Nießens Schilderung mehr Angrenzung an Nießische Leichtigkeit erwartet hatte, und vollends von einem Dichter, konnte sich die in

sich versenkte Einsilbigkeit nur aus einem stillen Ta-
del ihrer öffentlichen Anerkennung erklären; und sie
geriet gar nicht recht in den scherzenden Ton hinein,
den Mädchen oft leicht gegen ihre Schreibgötter,
auch aus einer mit Seufzern und Wonnen überhäuf-
ten Brust, anzustimmen wissen.

Der Brunnenarzt Strykius, der sich ihm mit einem
festgenagelten Anlächeln gegenübergesetzt, befiel
und befühlte ihn mit mehren Anspielungen und An-
spülungen seiner Werke; aber der Hauptmann gab –
bei seiner Unwissenheit über den Dichter und darüber, daß man ihn dafür hielt – unglaubliche Quer-
Antworten, ohne zu verstehen und ohne zu berichti-
gen. So gewiß hören die meisten Gesellschafter nur
einen, sich selber; – so sehr bringt jeder statt der Ohren
bloß die Zunge mit, um recht alles zu schmecken, was
über dieselbe geht, Worte oder Bissen. Hat sich ein
Mann verhört, folglich nachher versprochen und endlich darauf sich aufs Unrechte und Rechte besonnen:
so blickt er verwundert herum und will wissen, wie
man seinen zufälligen Unsinn aufgenommen; er sieht
aber, daß gar nichts davon vermerkt worden, und er
behält dann zornig und eitel den wahren Sinn bei
sich, ohne die fremden Köpfe wiederherzustellen in
das *Integrum* des eigenen. Daher verstehen sich wenig
andere Menschen als solche, die sich schimpfen, weil
sie von einerlei Anschauungen ausgehen.

– – Hier führt mich die lange vorstehende Bemerkung beinahe in die Versuchung, nach vielen Jahren
wieder

ein Extrablättchen

zu machen. Denn eben die gedachte Bemerkung hab
ich erst vor einigen Tagen im neuesten Bande des

»Kometen« gelesen; ja ob sie nicht gar (wie fast zu befürchten) noch in einem dritten Buche von mir sich heimlich aufhält, das weiß der Himmel, ich aber am wenigsten. Denn woher sollt ich nach ein paar Jahrzehenten wissen oder erfahren, was in meinen so zahl- und gedankenreichen Werken steht, da ich sie – ausgenommen unter dem Schreiben – fast gar nicht oder nur zu oberflächlich lese, sobald nicht zweite oder dritte Auflagen gefodert werden, in welchem letzten Falle ich mich sogar rühmen darf, daß ich den »Hesperus« dreimal (zweimal im achtzehnten Jahrhundert und einmal im neunzehnten) so aufmerksam durchgelesen als irgendein Mitleser aus einer Leihbibliothek, welcher exzerpiert. – Eben seh ich noch zum Glück, da ich, wie gesagt, mich auch unter dem Schreiben immer lese, daß ich den Satz oben fragweise angefangen, unten aber, wegen seiner unbändigen Länge, mit einem Fragzeichen zu schließen vergessen. – – Denn – um zurückzukommen – kann ich wohl bei der Menge wichtiger Bücher, welche die Vergangenheit und das Ausland aus allen Fächern liefern, und wovon ich noch dazu die besten, vor vielen Jahren gelesenen wieder durchgehen muß, weil ich sie jetzo besser verstehe, der neuen Supplementbibliotheken in jeder Messe gar nicht zu gedenken, – kann ich da wohl Lust und Zeit gewinnen, einen mir so alltäglichen und bis zur Langweile bekannten und auswendig gelernten Autor wie mich in die Hand zu nehmen? – Was in unserem Jahrhundert Gelehrte zu lesen haben, welche Berge und Bergketten von Büchern, leidet keine Vergleichung mit irgendeinem andern, ausgenommen mit dem nächsten zwanzigsten, wo sich die Sachen noch schlimmer zeigen, nämlich 200 neue Büchermessen mehr. Wahrlich, da brauch ich keine Sorbonne, welche mir, wie einmal dem Peter Ramus, das Verbot auflegt, die eignen Werke zu lesen. Aber warum fährt, bellt, schnaubt und schnauzt denn irgendein kritischer Schoßhund mich an, wenn ich statt des eignen Lesens nichts wiederhole als zuweilen eigne Gedanken? – Sinds aber vollends Gleichnisse: so möcht ich nur erst den fremden Mann kennen, der, bei meiner Überschwängerung damit, solche aus neunundfunfzig Bänden behielte; vollends nun aber der eigne Vater, welchem Gebornes und Ungebornes durcheinanderschießt, und der oft (der gute Mann!) zehn ungedruckte Geburten auf dem Papiere ungetauft liegen läßt und dafür eine alte, schon gedruckte unwissend wieder in die Kirche trägt und über das Becken hält. –

Da Strykius, wie gesagt, durch alle Halbantworten Theudobachs nicht aus seinem Mißverständnis, dieser sei der Dichter, herauskam, so ließ er sich auch durch nichts halten, er mußte der ganzen auf dem Gesichte des Hauptmanns konvergierenden Gesellschaft zeigen, daß er selber Verdienst schätze und besitze. – »Das Wetter«, dacht er bei sich, »soll den Dichter erschlagen, wenn er nicht merkt, daß ich mir etwas aus ihm mache.« – Er knüpfte daher von neuem so an: »Ich darf wohl unberufen im Namen der ganzen Gesellschaft unsere Freude über die Gegenwart eines so berühmten Mannes ausdrücken. – Sie haben zwar bessere Gegenden gezeichnet; aber auch unsere verdient von Ihnen aufgenommen zu werden.«
   Der Hauptmann, der, zum Genie-Korps gehörig, sich dabei nichts denken konnte als eine militärische Zeichnung zum Nachteil der Feinde, nicht eine poetische zum Vorteil der Freunde, gab, aufgemuntert,

weil er endlich doch ein vernünftiges, d.h. ein Handwerks-Wort, zu hören und zu reden bekam, zur Antwort: »Wenn hier eine Festung ist, so tu ichs; jede ist übrigens überwindlich, und mich wunderte besonders, in demselben Buche Anleitung zur unüberwindlichsten Verteidigung und zur sieghaftesten Belagerung anzutreffen, wovon ja eines *eo ipso* falsch sein muß.«

Hier lächelte Strykius verschmitzt, um dem Krieger zu zeigen, daß er die Allegorie ganz gut kapiere; ihm war nämlich, wie allen Prosa-Seelen, nichts geläufiger als die vermooste Ähnlichkeit zwischen Liebe und Krieg.

Der Hauptmann fuhr etwas verwundert fort: »Mich dünkt, durch Approchen, durch die dritte Parallele, wobei man über der Brustwehr fechten kann – durch falsche Angriffe« (hier nickte Strykius unaufhörlich zu und wollte immer lächelnder und schalkhafter aussehen) »– und am Ende durch den Generalsturm wird jede Jungfrau von Festung erobert.«

»Ich weiß nicht«, setzte der Hauptmann, ganz erbittert über den anlachenden Narren, hinzu, »ob Sie wissen, daß ich zum Genie-Korps gehöre.«

»O, wer wüßte es nicht von uns«, erwiderte er schelmisch, »und eben das Genie trägt den Köcher voller Liebepfeile.« Da wurde, wie von einem Schlagfluß, der Arzt aus seinem Anlächeln weggerafft durch des zürnend-roten Hauptmanns Wort: »Herr, Sie sind ein Arzt, und darum verstehen Sie nichts von der Sache.«

Ohne weiteres wandte er sich zu Theoda und fragte mit sanfter Stimme: »Sie, Vortreffliche, scheinen mich zu kennen, aber doch weiß ich nicht, wodurch.« – »Durch Ihre *Werke*«, sagte sie furchtsam. – »Sie hät-

ten die einen gesehen und die andern gelesen? ...«
sagte er und wollte über den Unterschied zwischen
seinen um die Festung *gebauten* Werken und seinen
darin *geschriebenen* noch ein Wort fallen lassen, als sie
ihre Augen gegen ihn aufhob und auftat, wie ein paar
Ehrenpforten ... Aber beide wurden unterbrochen.

Einunddreissigste Summula

Aufdeckung und Sternbedeckung

Theoda bekam ein versiegeltes Paket, mit der Bitte
auf dem Umschlag, es sogleich zu öffnen. Sie tats.
Anfangs kam bloß ein Band der »Allgemeinen Deutschen Bibliothek« heraus – dann in diesem, zwischen
dem Titelblatte und dem gestochenen Gesicht eines
berühmten Gelehrten, ein Briefchen von Nieß und
dann das Briefchen von Theoda an Theudobach. –
   Nieß schrieb: »Ich ehre Ihr Feuer. Ich verdamme
meines. Ich bin selber der Dichter, für dessen Freund
bloß ich mich leider unterwegs ausgegeben, und dessen Feind ich eigentlich dadurch geworden. Ich vergebe Ihnen gern Ihren öffentlichen Widerspruch gegen
den meinigen; aber als Gegengeschenk bitt ich Sie, mir
auch meine vielleicht indiskrete, doch abgedrungene
Eröffnung zu verzeihen, daß Sie an mich geschrieben.
Hier ist Ihr Brief, hier ist die Abschrift meiner Antwort darauf. Hier ist sogar noch mein, wenn nicht
getroffnes, doch zu erratendes Gesicht vor der ›Allgemeinen Deutschen Bibliothek‹ und dazu eine Rezension Seite 213 darin, worin freilich nichts Wahres ist
als die Namen Jagd, daß ich nämlich meinem Ge-
schlechtnamen Nieß den Vornamen Theudobach vor-

gesetzt. – Kurz, ich bin der Dichter der unbedeuten-
den Trauerspiele, die mir jetzo selber eines bereiten.
Ich verwünsche jede Minute, wo ich Ihnen etwas so
Gleichgültiges verbarg, als mein Name ist. Das Bessere
habe ich vielleicht zu wenig verfehlt. – Hier ist nun Ihr
Brief – meine Handschrift – mein Geständnis – sogar
mein Zerr-Bild. Am Himmel entfernt sich die Venus
nicht über 47 Grade vom Bilde des Dichtergottes; wollen Sie sich weiter entfernen?«

Schweigend gab Theoda dem Hauptmann Nießens Brief, Rezension und Kupferstich mit der Unter-
schrift: »Theudobach von Nieß«. Ihr Herz quoll, ihr
Auge quoll. »Was hatt ich ihm getan«, rief es in ihr,
»daß er mein Herz so nahe aushorchte – daß er mich
zu einem öffentlichen Irrtum verlockte, und daß ich
beschämt dem Volks-Lächeln preisgegeben bin; was
hatt er ihm getan?« Sie dauerte der edle Mann neben
ihr, als ob sie und der Poet zusammen ihm Lorbeer
und Genie abgeplündert hätten – und sie wollte, als
hätte sein Herz davon Risse bekommen, alle gern mit
ihrem ausfüllen. Wie anders klang und schnitt jetzt
die Musik in die Seele! Wie anders sahen die Riesen-
wache von Bäumen und die tollkühnen Nachtschmetterlinge an den Lichtern aus! So ist das Leben und
Schicksal immer nur ein äußeres Herz, ein wider-
scheinender Geist, und wie die Freude die Wolken zu
hohen, nur leichtern Bergen aufhebt, so verkehrt der
Kummer die Berge bloß zu tiefern, festern Wolken.
Theoda sah recht starr in die kleine Morgenröte des
heraufziehenden Mondes, um durch starkes Aufmer-
ken und Offenhalten das Zusammenrinnen einer
Träne zu verhindern; als aber der Mond heraufkam,
mußte sie die Augen abtrocknen.

ZWEIUNDDREISSIGSTE SUMMULA

Erkennszene

Der Hauptmann las sehr lange im Briefe und in der Rezension, um Licht genug zu bekommen. Lange durchsah er Nießens Bildnis vor der »Allgemeinen Deutschen Bibliothek«, dessen Ähnlichkeit ihm nicht recht einleuchten wollte; weil diese überhaupt Köpfe vorne vor dem Titelblatte nicht viel kenntlicher darstellte als im Werke selber. Doch wird damit nichts gegen den gebliebenen Wert eines Werkes gesagt, das von jedem guten Kopfe Deutschlands ohne Ausnahme wenigstens eine volle Seite, noch dazu mit Namens-Unterschrift, aufweist, nämlich die mit seinem Kopfe vorne vor dem Titelblatte. Der Hauptmann, der so plötzlich aus der Sonnenfinsternis in den hellen Mittag herabfiel, wandte sich gar nicht an Theoda, sondern zuerst an die Tischgesellschaft – erklärte laut, nicht er sei der große Dichter, sondern Hr. v. Nieß – er habe zwar etwas geschrieben, über die alte holländische Fortifikation – aber er ersuche also jeden, die Bewunderung, die er ihm zugedacht, zurückzunehmen und der Behörde zu schenken. – Darauf riß er ein Blättchen aus der Schreibtafel und schrieb an Hrn. v. Nieß: er nehme gern sein unschuldiges Mißverständnis zurück, stehe aber zu jeder andern Genugtuung bereit.

Als dies alles bekannt wurde – und dem Brunnenarzt zuerst –, so brachte dieser jeden Abgrund versilbernde Mondschein sogleich zwei laute Toast aus: »Einen Toast auf den Mathematiker von Theudobach! – einen Toast auf den Dichter Theudobach von Nieß!« rief er. – So tanzte der frohe Mann nicht nur

nach jeder Flöte, sondern, wie H–n, nach jeder Flöten-
uhr, die eben ausschlägt, und auf die vorige schnelle
Anrede des Hauptmanns an ihn, welche, aus der Ta-
felsprache in die Schlachtsprache übersetzt, doch nur
sagen wollte: krepiere! – – versetzte er freudig: auf Ihr
langes Leben! –

Jetzt endlich kehrte sich Theudobach an die Jungfrau, welche auf ihre Kosten ihn mit dem Sonnenlehn
eines großen Dichters belehnet hatte, und wand, indem er schmerzlich und vergeblich über Gutmachen
nachsann, die bittende Frage herauf: wie all diese
Mißverständnisse möglich gewesen. »Ich bitte Sie«,
sagte sie mit müder Stimme, »meinen Vater zu fragen,
der alles weiß.« Er schwieg. Trauerndes Nachdenken
auf dem starken Männergesicht rührte die Jungfrau
immer stärker; ihre Seele litt zu viel und konnte wieder nicht alle Zeichen verbergen, welche die fremde
Teilnahme vermehrten. Hastig stand sie endlich auf –
sagte ihrem Vater etwas ins Ohr – dieser nickte, und
sie verschwand.

Dreiunddreissigste Summula

Abendtisch-Reden über Schauspiele

Auch Katzenberger hatte unten einige Werthers-Lei-
den ausgelitten, und zwar schon bei der Krebssuppe,
weil da noch die ganze Tischgesellschaft, als eine nie-
dere Geistlichkeit, zum Kirchdienste für den Dichter-
Gott angestellt saß, welcher der Hauptmann zu sein
schien; wozu noch der Kummer stieß, daß er seinen
Strykius nicht vor sich hatte. Ein solcher Wirttisch war
für Katzenberger ein Katzentisch. Er erklärte deshalb

gern ohne Neid der nächsten Tisch-Ecke, daß er als Arzt über Bühnen-Skribenten seine eigne Meinung habe und folglich eine diätetische. Ein Lustspiel an und für sich, fuhr er fort, verwerfe niemand weniger als er; denn es errege häufig Lachen, und wie oft durch solches Lachen Lungengeschwüre, englische Krankheit, nach Tissot, Ekel (wenn auch nicht gerade der am Stücke selber), ja durch bloße Spaß-Vorreden Rheumatismen gehoben worden, wiß er ganz gut. – Ja, da Tissot eine Frau anführe, die nicht eher als nach dem Lachen Stühle gehabt, so halt er allerdings ernsthaft einen Sitz im Komödienhause für so gut als ein treibendes Mittel, so daß jeder aus seiner Leidengeschichte, wie man sonst bei einer andern getan, ein Lustspiel machen könne*. – Daher, wie der Quacksalber gern einen Hanswurst, so sehe der Arzt gern einen Lustspieldichter bei sich, damit beider Arzneien nach Verhältnis ihres Werts von gleichmäßigen Späßen unterstützt und eingeflößt würden.

»Das Trauerspiel aber, Herr Doktor?« fiel ein junger Mensch ein, der zu beantworten glaubte, wenn er befragte.

Gleichwohl glaub er, fuhr er ohne Antwort fort, Verstopfung und dergleichen ebenso leicht durch einige Sennes- und Rezeptblätter zu heben als durch ein vielblättriges Lustspiel, und ein Apotheker sei hier wenig verschieden von einem Hanswurst. – Er könne sich denken, daß man ihm hier das Trauerspiel einwerfe; aber entweder errege dieses gar nichts (dann gähnte man ebensogut und noch wohlfeiler in seinem warmen Bette), oder es errege wahre Traurigkeit,

---

* Die *Confrérie de la Passion 1380;* der Bischof von Angers machte für sie aus der Passion eine Komödie.

wenn auch nur halbstündige; nun aber sollten doch Dichter, dächte man, wie Kotzebue, und deren Kunstrichter so viel durch Aufschnappen aus der Arzneikunde zufällig wissen, daß Traurigkeit Leber-Verstopfung, folglich Gelbsucht – woher sonst der gelbe Neid der Trauerspieler gegeneinander? – zurücklasse, ferner entsalzten Urin, ein scharfes Tränen (der größte Beweis der Blut-Anstemmung in den Lungen) und sogar Darmkrämpfe. – – Auf letzte habe man sogar bei Wesen, die in gar kein Schauspiel gehen oder sonst Seelenleiden gehabt (denn es gebe keine andere, da nur die Seele, nicht der bloße Körper empfinde und leide), nämlich bei traurigen Hirschen* geschlossen aus den kleinen Knötchen in ihrem Unrate, als den besten Zeichen von Krämpfen.

»Erhärteten freilich«, fuhr er feurig fort, »Bühnen-Tränen, gleich Hirsch-Tränen, zu Bezoar: so schrieb ich wohl selber dergleichen Spaß und bewegte das Herz. Aber jetzt, beim Henker! muß der wahre Arzt mitten unter den weichsten, himmlischsten Gefühlen der Damenherzen so scharf das Weltliche dazwischen kommandieren als ein Offizier unter der Messe seinen Leuten das Gewehr-Strecken und -Heben. Vielleicht aber gäb es einen Mittelweg, und es wäre wenigstens ein offizineller Anfang, wenn man das Trauerspiel, so gut es ginge, dem Lustspiel näher brächte durch eingestreute Possen, Fratzen und dergleichen, die man denn allmählich so lange anhäufen könnte, bis sie endlich das ganze Trauerspiel einnähmen und besetzten.« Eine solche Anastomose und Kirchenvereinigung des Weh- und Lustspiels, setzte er hinzu, eine solche Reinigung der Tragödie durch

---

* Hallers Physiologie, Bd. 5.

die Komödie wäre zuletzt so weit zu treiben – ja in einigen neuesten Tragödien sei so etwas –, daß man durch ganze Stücke hindurch recht herzlich lachte. Er fragte, ob denn komische Darstellung so schwer sei, da man in Frankreich im siebzehnten Jahrhundert die ernstesten biblischen Geschichten* in burlesken Versen begehrte und bekam; wie er denn überhaupt wünsche, daß ernste Dinge, z.B. Manifeste, Todesurteile ect., öfter im gefälligen Gewand, nämlich burlesk vorgetragen würden. Er berief sich noch auf die sonst im Trauerspiel so ernsten Franzosen, denen Noverre die tragischen »Horatier« Corneilles als einen pantomimischen Tanz gegeben, folglich in Sprüngen, welches schön an den griechischen Namen der Tragödie, nämlich Bockspiel, erinnere: sogar er selber getraue sich, seinen stärksten Schmerz über einen Verlust, z.B. seines Freundes Strykius, durch bloßes Tanzen auszudrücken, in einem Schäferballett oder in einem Hopstanz oder im Fandango.

»Also hätt ich«, beschloß er, »die entkräftende Empfindsamkeit, die man uns auf den Tränenwegen der Meibomischen Drüsen, der Tränenkarunkel usw. hereinschießen läßt, leicht durch Possen gedämmt.«

Hier konnte ein winddürres Landfräulein aus dem Vordorf und der Vorstadt der Hauptstadt, das sich längst auf Rührung gelegt, sich nicht länger halten: »Dies kann er Narren weismachen«, sagte sie leise vor seinen Katzenohren zu ihrer Mutter. »Närrinnen allerdings nicht«, sagte er noch leiser zu obigem Posthalter im ersten Bande. Das hagere Fräulein fuhr leise gegen die Mutter fort: »Freilich, rohe Kerls rührt nichts; eine Seele aber, die zarte *gespannte* Nerven hat,

---

* Flögels Geschichte der komischen Literatur.

fühlt allein, was *weiche* Nerven heißen, und fragt nach nichts bei der Rührung. Ach, wie weit sind noch alte Personen hinter den jüngsten oft zurück!«

Auch der Doktor versetzte wieder leise: »Mangel an Fett, Herr Posthalter, können Sie im ersten Bande von Walthers köstlicher Physiologie gefunden haben – der sich vom Berliner Zergliederer Walter so unterscheidet wie beider Wissenschaften, also wie Geist von Körpern –, Fett-Mangel macht zu empfindsam; denn die Nerven liegen halb nackt da und stoßen sich an alles. Ein Fetter hingegen führt sie, wie Eier, unter diesem Überguß gut bewahrt bei sich; Speck schützt gegen geistige Hitze und gegen äußerliche Kälte.«

Giftig redete den dicken Doktor selber das Fräulein an und sagte: »Ich kenne doch manche beleibte Personen von Empfindung.« –

»Von diesem Schlage«, versetzte er, »dürfte ich selber sein, meine reizende Grauäugige! Im Vorbeigehen, bei Ihren himmelgrauen Augen will ich doch anmerken, daß es gar keine blaue und keine schwarze Augen unter den Menschen gibt (grüne und gelbe jedoch), sondern, was sie so nennen, sind nur graue und braune, weil die Iris nie blau und schwarz aussieht. – Aber zurück! Ob ich nun gleich, als ein Mann von Talg, hier am Tafel-Ende den Fettschweif vorstelle, den sich das kirgisische Schaf nachfährt auf einem Wägelchen: so hab ich doch auch zwei Augen und ein Schnupftuch; wie oft hab ich nicht unter dem heftigsten Lachen Tränen vergossen! Desgleichen bei Kälte von außen, im Schlitten. Überhaupt, wie könnte man als gefrorne Winterbutter erscheinen, wäre man nicht äußerst weich? Nur das Weiche kann gefrieren, Gnädige, nicht das Harte.«

Zum Glück für einen Waffenstillstand unterbrach

eben den Doktor der oben toastende Strykius mit seinen Neuigkeiten. Schwer ging jenem die unbegreifliche Verwandlung der beiden Edelmänner in ihr Widerspiel ein. Als er aber endlich das Wahre begriff und erhörte, und daß Nieß bisher, wie die alten Manuskripte, ohne Titelblatt gewesen und endlich sich eines vorgebunden, sein Namens-Pergament, und daß er bloß nach Autor-Sitte sich den Namen Theudobach geborgt und eingeätzt: so konnte sich der Doktor einiger Bemerkungen und Verwunderungen nicht enthalten, sondern gestand: ein anderer als er hätte dies ebensogut erraten können – die Namen-Rasur und -Tonsur durch Rezensenten gebe leicht Namen-Alibi und Namen-Nachdrucke der Autoren. Ja, er fand hierin Ähnlichkeit zwischen großen Autoren und großen Spitzbuben, daß beide bei ihrem Geschäfte fremde Namen annehmen, und führte aus des badischen Hofrats Roth Gauner-Liste von 1800 mehre zweite Autor-Namen an, wie sonst französische Prinzen zweimal getauft wurden, z.B. den großen Allgeier – den dürren Herrgott – den kleinen Pappenheimer – den reichen Bettler oder Spatzendarm – den großen Sauschneider – den Hennenfanger – den welschen Mattheis – kurz, lauter Namen, worüber die Gauner-Bande die wahren so vergißt wie das Publikum bei Autoren.

VIERUNDDREISSIGSTE SUMMULA

Brunnen-Beängstigungen

Nach dem Entwickelungabende erschien Theoda nie an der öffentlichen Tafel mehr; weder väterlicher Spott noch Zank bezwangen sie. Hinter ihrer jungfräulichen Scherzhaftigkeit und Entschlossenheit, das Rechte, sogar auf Kosten der Form und Gewohnheit, zu ergreifen, lag ein empfindliches, lange nachfühlendes Herz verborgen; leider hielt dieses jetzt die Dornen der Übereilung in seinen Wunden fester. Wie sollte sie Unbescholtene das kleine Gewehrfeuer der weiblichen Blicke ertragen? Und doch ließ sie sich von diesen mit Quecksilber gefüllten, organisierten Nachtschlangen noch lieber anleuchten als von den zwei Brautfackeln der Augen des Hauptmanns anglänzen, der damit in ihren offen gelaßnen Herzenkammern alles hatte sehen können, was er gewollt. Nur Nieß stieß ihr ohne besondere Verlegenheit von ihrer Seite auf; gegen ihn und dessen Passagier-Charaktermaske glaubte sie, wiewohl sie eigentlich ihm das öffentliche Unrecht angetan, ordentlich das meiste Recht zu haben. Man mag nun dies daraus herleiten, daß die weibliche Seele leichter vergibt, wenn sie Unrecht gelitten, als wenn sie es getan – oder daß sie Irrtümer lieber verdoppelt als zurücknimmt und sich lieber am Gegenstand derselben rächt als an sich selber bestraft – oder daß ihr sich ihr Inneres so abspiegelt, wie im Spiegel sich ihr Äußeres, nämlich jedes Glied verkehrt und das linkische Herz auf der *rechten* Seite – oder man mag es daraus erklären wollen, was fast das vorige wäre, nur in andern Wendungen, daß Frauenseelen dem milden Öle gleichen, welches, entbrannt, gar nicht zu löschen ist (denn Wasser verdoppelts) außer durch die kühle Erde – und daß sie sich, wie der Vesuv, durch Auswürfe nur desto mehr erheben, oder daß ihre Fehler den Menschen gleichen, welche, nach Young, durch den Krieg (d.h. durch das Erlegen) sich erst recht bevölkern – – kurz, wie man Theodas Betragen auch ableite: ich bin der Meinung,

daß ich mehr recht habe, wenn ich behaupte, daß sie
Herrn von Nieß weniger liebt als den Hauptmann.
Ich berufe mich auf nichts als auf die Summeln, die
noch kommen.

Ihre Brunnenbelustigungen bestanden jetzo –
außer einigen hinter Schnupftuch und Bett- und Fen-
stervorhang versteckten Tränen – darin, daß sie zuweilen mit ihrem Vater ausging, der etwas an sich hatte, um damit Jünglinge leicht wegzuscheuchen, oder
daß sie einsam die Berge der Blumen-Ebene bestieg,
wenn eben Ball, Schauspiel oder Essen war – oder daß
sie in das Tagebuch an ihre Freundin flüchtete, wie
an eine nah herübergeflogne Brust. Dieses erzähle
sich denn selber.

FÜNFUNDDREISSIGSTE SUMMULA

Theodas Brief an Bona

Bona! Ich war Dir nie ernst genug, jetzt, dächt' ich,
wär ichs. Doch kann ich mich irren, und ich bin vielleicht nur wund. Herzen und Glocken bekommen so
leicht Sprünge bei starkem Bewegen. Wär ich nur mit
meinem an Deinem schneeweißen Halse: es sollte
bald heil sein. Gräme Dich nicht voraus, ich habe
nichts verloren, nicht einmal ein Stückchen Liebe,
bloß ein paar Dummheiten. Nur der Mond, der mir
beim Aufgang die Augen wässerte, steigt jetzt immer
höher und zeigt mit Gewalt blutwarme Tropfen aus
der Brust herauf; so zieh er denn fort!

Ach Bona, ich weine! Denn ich habe dumm ge-
fehlt; und Du sollst heute alles wissen. Nur wird es
mir sauer, Dir das lange historische Zeug auszubrei-

ten, da ich dessen so satt und genug habe. Wir brauchen einen ganzen Herbst dazu, eh wir beide fertig sind mit der Sache.

Herr von Nieß ist ein Spitzbube: er ist eben der Dichter Theudobach eigenhändig, zu dem er mich geleiten wollen. So also ist eine heutige Manns- und Schreibperson! Wenn nun, sage mir, die bessern Schauspiel-Dichter nicht redlicher sind als ihre Schauspieler oder irgendein feinster Dieb: auf was hat sich eine gute Seele zu verlassen? Auf Gott und eine Freundin, wahrlich, auf sonst nichts. Wär ich nur über Deine Sorge und Bürde hinweg, und wäre Dein Kind an Deiner Brust: so fragte ich keinen Deut nach Begebenheiten, sondern säße bei Dir und erzählte sie.

Kurz, das geschmeidige, gewundene Schlangenwesen der Männer, das sich bis sogar in den Sonnentempel der Kunst einschlängelt, legte sich auch an mich und meinen Vater und kroch ein unter dem Namen von Theudobachs Freund. Er konnte mithin jedes Wort hören, was ich von ihm dachte: es war so gut, als war er mit meiner Seele in mein Gehirn eingesperrt.

Um uns alle recht in seinem blauen Dunste herumzuführen, sprengt er aus, der Poet komme erst abends, wenn er seinen Ritter vorlese. Vermutlich war sein Plan, wenn wir so alle mitten im Jubilieren über seinen Ritter und im Vormusizieren des Ständchens säßen, vom Sessel aufzustehen und zu sagen: ich bin der Mann selber. Zum Unglück für ihn und für mich versalzte ihm ein Namenvetter das ganze Tedeum. Es tritt nämlich gerade, als uns Frauen die Herzen steilrecht himmelan brennen, ein edler junger Mann herein, den alle Mädchen für den Maler und für das Urbild des Ritters zugleich ansehen müssen, nicht etwa ich allein. In einem Traum küßt ich einmal einer hohen himmlischen und doch sanften Gestalt des noch ungesehenen Dichters die Hand; geradeso sah der Fremde aus. Da sein Name wirklich Theudobach war und er auch allerlei geschrieben, wiewohl nur über Mathematik: so war er neugierig und zornig hierher gereiset, um zu sehen, wer ihm hier seine Rolle nachspiele. Kurz, in der Minute, da Nieß sich als den Theudobach demaskierte, steht der zweite, bessere da, der ihn in die alte Nießische *Chauvesouris*-Maske zurücksteckt. Und wahrlich, wer nur beide nebeneinanderstehen sah, den Hauptmann Theudobach in einer Gestalt, seines riesenmäßigen Urahns nicht unwürdig, und das feine Schachfigürchen Nieß, an ihm hinauf sturmlaufend, der mußte es machen wie ich und alle Deine vernünftige Ratschläge nicht denken. Ich ging nämlich öffentlich zum Hauptmann und erklärte ihn für den Dichter. Mir glüht hier schmerzlich das Gesicht, und ich denke an meines Vaters Wort: durch Eiligkeit entstehe oft Feuer, und durch Langsamkeit werd es stärker; weil die Leute die Sache gerade umkehrten. Indes war jeder meiner Meinung – auch noch unter dem Abendessen –; gleichwohl lauf ich jetzt als das Maulbronner Sünden-Böckchen herum und werde von den andern Sünden-Zicklein meines Geschlechts heimlich angemeckert. Denn Nieß schickte mir unter dem Essen meinen Brief an ihn und seinen Kupferstich; kurz, der Star wurde mir mit der Starnadel gestochen und ein bißchen das Herzchen dabei.

O, wie war ich hinter meiner Augenbinde, als hätte ich sie mir vom Amor geborgt, so ruhig-froh! Wenn ich Dir erst künftig einmal male, wie himmlisch der Sternen-Abend war, solange mir ihn nicht mein Schmerz umzog – wie rein-heiter ich an der Seite des guten Menschen saß, den ich noch für den poetischen Traumgott meiner Jugendträume ansah, und wie froh ich mein Auge auf alles um mich warf, auf die erleuchteten Bäume, auf jeden Gast am Tische, wie auf die Sterne über mir – wie immer das freudige Herz überkochen wollte – und wie ich gern die armen Nachtschmetterlinge verscheucht hätte, die sich an den Lichtern zerstörten – und wie ich in die aufdämmernden Wolken in Osten mit feuchten Augen sah und dachte: wie gar zu selig wird dich vollends dein beglückender Mond machen, wenn er dich so findet ... Er fand mich nicht mehr so – er fand mich voll Scham und Gram, ich sah ihn an – Dein stillendes Auge wäre mir heilsamer gewesen – ich grub meines ordentlich ein in seinen Glanz und dachte dann nach: wie anders, anders es gewesen wäre, wäre alles so geblieben, welch eine unvergeßliche Paradieses-Nacht, die noch in keinem Traume gewohnt, ich hätte durchleben und ewig im Herzen halten dürfen! – Es sollte nicht sein, das zu große Glücks. Indes, glaub ich, durchquellt keine Träne so heißschmelzend den ganzen Menschen als die, die er fallen lassen muß, wenn er, ebenso heiter wie andere, in einem weiten, duftenden, wehenden Arkadien angelangt und stehend, plötzlich von irgendeinem einsamen Unglück umgriffen wird und nun mitten unter dem allgemeinen Gesange: ›Freut euch des Lebens‹, den er mitsingt, leise sagt: Freuet *euch* des Lebens, *meines* ist anders.

Ach, wozu dies alles? Aber eine wichtige Regel macht ich mir; und ich wollte, besonders die Männer hielten sie heilig: schone, o schone jede Seele bei einem Lustfeste, weil es ihr viel zu wehe tut, mitten in der allgemeinen Freuden-Ernte ganz allein gar nichts zu haben und doch noch, bei dem Zentner-Ach in der Brust, mit einem leichten Lächel-Gesicht dazustehen; daher sollten besonders die Liebhaber und die Eltern uns arme Mädchen mit Qualen verschonen auf Bällen, Hochzeitfesten, Maienfesten, Weinlesen. Ach, wir leiden nie mehr als in Gesellschaft; die Männer vielleicht in der Einsamkeit! Ich weiß es nicht.

Jetzo sah ich nicht mehr ab, warum ich Umstände mit der Tafel machen sollte; unglücklich konnt ich ja in der Einsamkeit so gut sein als in der Gesellschaft. Ich ging davon; und sagt es dem Vater. Das Allerdümmste (dacht ich) denken doch die Bade-Gästinnen ohnehin von mir; also ist nichts zu verderben an den Dummheiten.

Ich konnte aber unmöglich schon nach Haus und unter die Dach-Enge; ich mußte ins Weiteste; ich wollte die Sterne bei mir behalten. Da senkte mein ganzes Herz sich plötzlich auf die unsichtbare Brust meiner toten Mutter. Ich dachte an die Zauberhöhle, durch deren wunderbare Lichter sie einst die auf ihren Armen aufhüpfende Tochter durchgetragen; und ich erfragte unten im Dorfe den Höhlen-Eingang. Der Mond schien an die Pforte; die Kinder hatten davor gespielt und Ketten von Dotterblumen und ein kleines Gärtchen von eingesteckten Weiden zurückgelassen. Ich öffnete die Türe, um vor die weite, wie ein Leichnam in die Höhle begrabne Finsternis zu treten; aber als der Mond seinen Schimmer lang hineinwarf und ich meinen Schatten drinnen in der Höhle liegen sah: so schauderte michs; ich sah die Schattengestalt meiner Mutter in ihrem Grabe schlafen; da eilt ich davon und dachte mir Dich und Dein Wohl, um mein Herz zu wärmen. O lebe wohl!

Spätere *N. S.* Sein Herz ist sein Gesicht; ich rede vom Hauptmann. Aus Zartheit wich er mir bisher aus; aber er schickte mir durch meinen Vater ein Blättchen, worin er alle Schuld des öffentlichen Mißverständnisses auf sich nimmt und durch seine Zurückziehung, um es nicht zu bestätigen, dafür zu büßen gesteht. Du wirst es lesen. Es gehe dem braven Jüngling wohl!

Aber unendlich sehne ich mich aus diesem Gottesacker voll blühender Nesseln und begrabner Schönheiten hinweg an Deine treue Brust hinan; dennoch muß ich ausharren, weil mein Vater nicht eher reisen will, als bis er, wie er fast so ernsthaft versichert, daß man bange wird, seinen Rezensenten abgestraft. Erfahr ich indes Deine Niederkunft: so bin ich ohne weiteres – ohne Vater und ohne Wagen – zu Fuße bei Dir, bei meiner alten schönern Zeit. Sonderbar ists, daß hier so manche noch außer uns weilen, die alle nicht baden und nicht trinken, nämlich Nieß und sogar der Hauptmann.

SECHSUNDDREISSIGSTE SUMMULA

Herzens-Interim

Nun liefen vier Menschen, wie vier Akte, immer näher in dem Brennpunkt eines fünften zusammen. Aber Nieß gehörte nicht unter die Strahlen. Nachdem er lange und vergeblich bei Theoda auf den Thron des Autors sich als Mensch hinzusetzen versucht; – nachdem er den vielschneidigen Schmerz empfunden, daß ein bloßes Mädchen, und ein begeistertes für ihn dazu, und eine Reisegefährtin obendrein, den

Dichtergeist nur als zufällige Flamme, wie das St. Elms-Feuer, an seinen Masten gefunden oder nur wie Blumen auf rohem Stamm: so war er seiner Sache gewiß und Theodas ledig und der Brunnenbelustigungen froh, nämlich des allgemeinen Lobes. Die Trompete der Fama bläset am leichtesten die Mädchen aus dem männlichen Herzen. Er war jetzt imstande, sich selber zu leben und seine Unsterblichkeit einzukassieren – ganz Maulbronn schwamm ihm zu –; er konnte (er tats auch) seinen Stock aus Vergessenheit liegen lassen, damit ihn am Bade-Morgen die schöneren Hände herumtrugen und die Herzen dabei glossierten. – Er konnte mit wahrem dichterischen Tiefsinn überall lustwandeln und keinen Menschen bemerken, da es ihm genug war, wenn er bemerkt wurde in seinen Schöpfungen mitten am hellen Tage. Er konnte sich hundertmal öffentlich vergessen, um ebensooft an sich zu erinnern. – Ohnehin konnte (und mußte) er den Maulbronner Schauspielern als flügelmännischer Vor-Souffleur vorsitzen und sich in der umherstehenden Lern-Truppe, wie in einem Spiegelzimmer, vervielfachen. – –

Dies alles heilte das Herz; den es gab Lust und Tumult, worin man eben Lieben so leicht versäumt als die Christen an Kirchweih-Tagen (Kirmes) die Frühpredigt. Am meisten aber wurd er von seiner Passion durch den Absatz heil, den seine Haare bei den Damen fanden. Da er voraussah, daß seine Verehrerinnen nach einer Reliquie von ihm so laufen würden als das Volk nach dem Lappen eines Gehenkten, wiewohl jene für das Bezaubern und dieses gegen dasselbe: so hatt er absichtlich seine Haar-Schur dem Bade aufgehoben und daher seinem Bedienten verstattet, sie anzukündigen und mit seiner Pegasus-

Mähne einen kleinen Schnitthandel anzulegen. In der Tat schlug die Spekulation mit dem Flor von seinen Haarzwiebeln so gut ein als der holländische mit Blumenzwiebeln; ja, eine Gräfin wollte den ganzen Artikel allein an sich bringen zu einer adeligen und genialen Perücke, so versessen war alles auf die Geburten seines fruchtbaren Kopfes, es mochten Gefühle oder Locken sein. Dieser Handelflor seines Bedienten, wovon ihm selber gerade das Geistigste zuwehte, das Lob, ließ ihn, wie gedacht, Theodas Verlust männlicher verschmerzen, als er sonst gehofft; indes ob er ihr gleich seine Krönungen, d. h. seine Tonsuren, nicht am sorgfältigsten zu verhehlen strebte, so warf er, als Heiliger Vater der Musen, doch mitten unter seinem Kardinalgefolge aus angeborner Gutmütigkeit statt der Bannstrahlen sanfte Sonnenblicke von Zeit zu Zeit auf die verlassene Geliebte, um, wie er hoffte, sie dadurch unter ihrer Last womöglich aufrechtzuerhalten.

Hingegen den Hauptmann sah er kaum an – erstlich vor Ingrimm – zweitens, weil er ihn nicht sah oder selten. Der gute Meßkünstler – dem sich jetzt das Leben mit einem neuen Flor bezogen hatte, und welchem der Brunnen-Lärm sich zur Trauermusik einer Soldatenleiche gedämpft – war nirgend zu sehen als über den unzähligen Druckfehlern seines mathematischen *Kästners*, welche er endlich einmal, da er sie bisher immer nur improvisierend und im Kopfe umgebessert, von Band zu Band mit der Feder ausmusterte. So wenig er nun Ursache hatte, dazubleiben, so wenig hatt er Kraft, fortzureisen. Bracht er sich selber auf die Folter und auf die peinliche Frage, was ihn denn plage und nage, so fragte er nichts heraus als dies, es gehe ihm gar zu nahe, daß er ein unschuldiges

Frauenzimmerchen durch seinen mißverstandnen Namen-Wettkampf mit Nieß zu einer Etourderie hingelockt und sie mit Gewalt in die Bußzellen der Einsamkeit gejagt. »Die Wunden ihres Ehrgefühls«, sagt er sich, »müssen sie ja noch heißer schmerzen als einen Mann die des seinigen; und ich wäre ja ein Hund, wenn ich nicht alles täte, was ich könnte, und nicht so weit wegbliebe von ihr als nur menschenmöglich.« Dennoch fuhr er oft mitten aus den kältesten Rechnungen – die ihn eben weniger zerstreuten, weil sie ihn weniger anstrengten als einen andern – zähneknirschend und schmerzenglühend auf vom Buche (er hatte unbewußt fortgerechnet und fortgefühlt) und sagte: »O mein Gott! was ist denn? Dies hole der Teufel, o Gott!«

Ein redlicher Krieg- und Meßkünstler von Jüngling, der in seinem Leben nichts Weibliches weiter innig geliebt als seine Mutter, und welchem bisher das leichte Blut so ungedämmt durch das still-offne Herz geflogen, weiß gar nicht, wie er sich einmal einen ganz andern Gang und Schlag erklären und erleichtern soll; er seufzt und weiß nicht, worüber und wofür. Er möchte sterben und leben, töten und küssen, weinen und lachen; aber er kann doch nicht seine süßglühende Hölle auslöschen mit allen Tränen der ersten Sehnsucht.

Wie wohlgemut und froh hält dagegen ein Mann wie Nieß, der schon öfter den heißen Liebe-Gleicher passiert ist, den bittersten Herzen-Harm aus! Ordentlich mit Lust schmilzt er in Tränen und schnalzt wie ein lustiger Fisch. Das Gefühl, das bei einem mathematischen Theudobach eine drückende Perle in der Auster ist, trägt er als eine schmückende außen an sich. Kurz, er gehört zu den Leuten, wovon ich einmal folgendes geträumt. Ich hatte aber vorher gelesen, wie man in Österreich die Kompanien zum Beten so kommandiert: »Stellt euch zum Gebet! – Hergestellt euch zum Gebet! – Kniet nieder zum Gebet! – Auf vom Gebet!« – Da der Flügelmann alle andächtigen Handgriffe deutlich vormacht und früher als die Kompanie sein Herz zu Gott erhebt, dankend oder flehend: so kann kein Kerl aus der ganzen so für die Andacht zugestutzten Kompanie im Beten stolpern ohne eigne Schuld, und falls einer eine Minute länger als der Flügelmann Gott verehrte, so wird er mit Recht vom Offizier zu allen Teufeln verflucht. In meinem Traume aber war von einem nähern Anbeten die Rede und waren mehr Kommandowörter in Gang. Ich war zugleich der Offizier und der Flügel- mann – die größte Schönheit Baireuths saß auf dem Kanapee – und ich sagte zu meiner Rotte: »Hergestellt euch zum Anbeten! – Kniet nieder zum Anbeten! – Sehnet euch! – Hand geküßt! – Seufzer ausgestoßen! – Tränen vergossen! – Fallt in Verzweiflung! – Ermannt euch! – Aufgelacht! – Aufgestanden!« – Und so hab ich und die Rotte das Roman-Exerzitium siebenmal in so kurzer Zeit durchgemacht, daß wir fertig waren, eh ich erwachte.

SIEBENUNDDREISSIGSTE SUMMULA

Neue Mitarbeiter an allem / Bonas Brief an Theoda

Noch immer blieb der Doktor Strykius ungeprügelt – und Theoda voll Sehnsucht nach Bona – und der Hauptmann unentschlossen zur Reise: als der Landes- herr des Badeorts ankam und mit ihm die Aussicht auf neue *scènes à tiroir* auf neue, Spektakelstücke und Szenenmaler für diese kleine Bühne; besonders die Aussicht auf die Erleuchtung der Höhle.

»Wird die Höhle erleuchtet«, dachte der Doktor, »so find ich vielleicht einen entlegenen finstern Winkel darin, worin ich den Höhlen-Aufseher (Strykius) vorderhand mit einem Imbiß der zugedachten Henkermahlzeit bewirte; oder mit einem Vorsabbat seines Hexensabbats – dergleichen wäre eben wahre Kriegbefestigung im juridischen Sinne – ja, ein bloßer, im Finstern recht geworfner Stein wäre wenigstens eine Ouvertüre für seinen nicht offenen Kopf. In jedem Falle kann ich bei der Erleuchtung die Knochen der Höhlenbären, die darin liegen sollen, besser suchen und holen; der Kerl bleibt mir ja immer.«

Wirklich wurde die Erleuchtung der Höhle, gleichsam die einer unterirdischen Peterskuppel, auf den nächsten Sonntag angekündigt. Für Theoda nahte das mütterliche Totenfest: »Weiter wollt ich ja hier nichts mehr«, sagte sie.

Vormittags am sehnlich erwarteten Sonntag langte aus Pira zu Fuße der schweiß-bleiche Zoller und Umgelder Mehlhorn mit einem Gevatter-Brief an den Doktor an. Glaubwürdige Zeugnisse hat man zwar nicht in Händen, womit unumstößlich zu beweisen wäre, daß Katzenberger auf seinem Gesichte über diese Freudenbotschaft besondern Jubel, außerordentliche Erntetänze oder Freudenfeuer, mit Freudentränen vermischt, habe sehen lassen; aber so viel weiß man zu seiner Ehre desto gewisser, daß er sich im höchsten Grade anstrengte, (er beruft sich auf jeden, der ihn gesehen), starke Freude zu äußern, nur daß es ihm so leicht nicht wurde, auf die Schwefelpaste seines Gesichts die leichten Rötelzeichnungen eines matten Freudenrots hinzuwerfen: besonders wenn man bedenkt, daß er auf seinem Janus-Gesicht zwei einander deckende Gefühle zu beherbergen hatte, Lust und Unlust. Kurz, er bracht es bald dahin, daß er, da er anfangs so verblüfft umhersah wie ein Hamster, den ein schwüler Hornung vorzeitig aus dem Winterschlaf reißt, dann lebendig aufblickte und aufsprang. Gegen den gutmütigen Mehlhorn war aber auch Härte so leicht nicht anwendbar: er stand da mit dem weißen Vollgesicht, so lauter Nachgeben, lauter Hochachten und Hoffen und Vaterfrohlocken! Wenigstens der Teufel hätte ihn geschont.

Da ohnehin an kein Abschrecken vom Gevatterbitten mehr zu denken war: so überschüttete ihn der Doktor mit allem, was er Bestes, nämlich Geistiges, hatte, mit Herzens-Liebe, Hochachtung, innern Freudenregungen und dergleichen, verschwenderisch, gleichsam mit einem Patengeschenk edlerer Art, um nur an schlechte, massive Gaben gar nicht zu denken. Sein Herz fühlte sich weit seliger dabei, wenn er eine geliebte Hand recht herzlich drücken und schütteln durfte, als sie füllen mußte.

Da ihm bei jeder Geburt Mißgeburten in den Kopf kamen – solche hätt er mit Jubel aus der Taufe gehoben und beschenkt mit seinem Namen Amandus –, so warf er, bei der Möglichkeit wenigstens einiger wissenschaftlichen Mißbildung, nur wie verloren die Frage hin: »Der Junge ist wohl höchst regelmäßig gebaut?« – »Herr Doktor«, versetzte der Zoller, »wahrlich, wir alle können Gott nicht genug dafür danken; er ist aber, wie die Wehmutter sagt, wie aus dem Ei geschält für sein Alter.«

»Aus dem Leuwenhoekischen Ei, für sein Alter von neun Monaten«, versetzte er etwas verdrießlich,

»was? – Versteigen Sie sich doch um Gottes willen nicht mit einem Anachronismus in die Physiologie!« – »Gott, nein«, fuhr Mehlhorn fort, »und die Wöchnerin ist gottlob so frisch wie ich selber.« – »Ja, das ist sie, Gott sei Dank!« rief Theoda nach der Lesung des Briefchens von Bona, in das wir alle auch hineinsehen wollen, und stürzte vor Freude dem Zoller an den Hals, der mühsam einen dicken Schal unter der Umhalsung aus der Tasche herausarbeitete, um ihn zu übergeben. »Noch heute«, sagte sie, »geh ich zu Fuße mit Ihnen und laufe die ganze Nacht durch, denn sie verlangt mich, und nichts soll mich abhalten.« Bona hatte sie allerdings zum Schutzengel, weniger ihrer Person als des Haushaltens, angerufen, aber eigentlich nur, um selber Theodas Engel zu sein, deren unglückliche Lage, wo nicht gar unglückliche Liebe, sie nach ihren letzten Tageblättern zu kennen glaubte und zu mildern vorhatte.

Allein Mehlhorn konnte sein Ja und seine Freude über die schnelle Abreise nicht stark genug ausdrükken, sondern bloß zu schwach; denn da der Mann einen Tag und eine Nacht lang mit seinem Gevatter-Evangelium auf den Beinen gewesen: so sehnte er sich herzlich, in der nächsten, statt auf den Beinen, nur halb so lange auf dem Rücken zu sein im Bette. Der Vater sagte, er stemme sich nicht dagegen, gegen Theodas Abreise; überall laß er ihr Freiheit. Er sah zwar leicht voraus, daß sie der Umgelder, als galanter Herr, unterwegs kostfrei halten würde; aber solchen elenden Geldrücksichten hätt er um keinen Preis die Freiheit und die Freilassung einer volljährigen Tochter geopfert. Dazu kam, daß er sich öffentlich seines Gevatters schämte; der Zoller war nämlich in der gelehrten Welt weder als großer Arzt noch sonst als großer Mann bekannt. Was er wirklich verstand – das Zollwesen – hatte Katzenberger ihm längst abgehört; aber der Doktor gehörte eben unter die Menschen, welche so lange lieben, als sie lernen – was die armen Opfer so wenig begreifen, welche nie vergessen können, daß sie einmal von dem Übermächtigen geachtet worden. –

Katzenbergers Herz war in dieser Rücksicht vielleicht das Herz manches Genies; wenigstens so etwas von moralischem Leerdarm. Bekanntlich wird dieser immer in Leichen leer gefunden – nicht weil er weniger voll wird, sondern weil er schneller verdaut und fortschafft –; und so gibts Leer-Herzen, welche nichts haben, bloß weil sie nichts behalten, sondern alles zersetzt weitertreiben.

Aber schnell nach der Einwilligung des Doktors erkannte die vorher freudenberauschte Theoda die nähern Umstände der Zeit.

Hier fiel ihr Licht auf ihren unbesonnenen Antrag, den Gevatter totzugehen. Sie nahm ihn erschrokken zurück und schlug ihm sofort den schönern und hellern Gang vor, den in die abends erleuchtete Höhle.

Aber um sich für ihr Entsetzen zu belohnen, las sie den folgenden Brief der Kindbetterin wieder und ruhiger: »Herz! Ich darf Dir nicht viel antworten auf alle Deine gelehrten Briefe. Ich bin diese Nacht niedergekommen, und zwar mit einem herrlichen, großen Jungen, der wie das Leben selber aussieht; und ich ärgere mich nur, daß ich ihn nicht gleich an die Brust legen darf, meinen schreienden Amandus; auch ich bin nicht sonderlich schwach, ob mir gleich der Physikus Briefschreiben und Aufstehen bei Seligkeit verboten. Du hast, Du Leichte, Dein dickes Halstuch, das Du durchaus in der Abendkälte nicht entraten kannst, bei mir liegen lassen, Du Leichtsinnige, und mein einfältiger Mehlhorn konnte es in allen Kommoden nicht herausfinden, bis ich endlich selber aufstand und es erst nach einer Stunde ausstöberte, weil der Mensch den Schal für einen Mantel oder so etwas angesehen und unter die andern Sachen hineingewühlt hatte. Zur Strafe muß er Dir in der Rocktasche das bauschende Ding hintragen. Aber wie ich lese, bist Du ja um und um mit lauter Fallgruben von Mannsleuten umgeben. O, komme doch recht bald nach Pira und pflege mich, und wir wollen darüber recht ordentlich reden, denn ich kann die Feder nicht führen, wie etwa Du. Deinen Nieß könnt ich keine Stunde leiden; der Hauptmann wäre mehr mein Mann. So einen mußt Du einmal haben, einen Vernünftigen und Gesetzten, keinen Phantasten, denn ich wundere mich oft, wie Du bei Deinem Verstande und Witze, wo wir Weiber alle dumm vor Dir stehen, doch so närrisch und unüberlegt handeln und Dir oft gar nicht sogleich helfen kannst, aber doch andern die herrlichsten Ratschläge erteilst. Hätte ich Deine Feder und wäre so *vif* wie Du, ich wollte mich in der Welt ganz anders stehen. Jedoch bin ich herzlich zufrieden mit meinem Mehlhorn, da ers mit mir auch ist in unsrer ganzen Ehe, weil er einsieht, daß ich die Haussachen und Weltsachen so gut verstehe wie er sein Zollwesen. Nur bitte ich Dich inständig, mein Herz, lasse ja niemal zu, daß ihm Dein Herr Vater etwa aus Höflichkeit viel mit Wein zuspricht; Mehlhorns schwacher Kopf verträgt auch den allerschlechtesten Krätzer nicht, den ihm etwa Dein Herr Vater vorsetzen möchte; sondern er spricht darauf ordentlich kurios-stolz und sogar, so sehr er mich auch liebhat, gegen mein Hausregiment, was Dir gewiß nicht lieb über Deine alte Freundin zu hören wäre. – Und Dich wilde Fliege selber beschwör ich hier ordentlich, gieße im Bade vor so vielen Leuten nicht Dein altes Teelöffelchen voll Arrak in Deinen Tee; denn Du hältst immer den Löffel zu lange über der Tasse und gießest fort zu, wenn es schon überläuft, und dann überläuft es bei Dir auch, wenn Du diese Wirtschaft trinkst. Tu es ja nur bei mir, nur nicht dort. – Nun, so komme nur recht schleunig zu

Deiner

Bona

Schreibe mirs wenigstens, im Falle Du nicht kannst. Deine Tanzschuhe hast Du auch stehen lassen, und er hat sie mit eingesteckt.« – So weit der Brief.

Was nun den zu Gevatter gebetenen Katzenberger anlangt, so besaß er zu viel Ehrgefühl und Geld, als daß er sich nicht hätte verpflichtet fühlen sollen, seinen Gevatter an der öffentlichen Wirttafel mit schlechtem Tisch-Krätzer zu erfreuen und ihn eine glänzende Tafel voll Blasmusik abgrasen zu lassen, wo außer Grafen und Herren der Völkerhirt selber saß; so wurde denn ein erster Tisch- oder Fechter-Gang verabredet und angetreten, wohin, denk ich, alles, was in der künftigen Nachwelt Anspruch auf höhere Bildung macht, uns ohne weiteres, wenn auch in bedeutender Ferne (nämlich von Zeit), ohnehin nachfolgen wird.

ACHTUNDDREISSIGSTE SUMMULA

Wie Katzenberger seinen Gevatter und andere traktiert

Auch Theoda begab sich wieder an die öffentliche Tafel, nämlich zum letzen Male und an dem Arme des Zollers, der, ganz stolz auf die Ehre einer so vornehmen Nachbarschaft und auf den Schein, weniger der Gast des Vaters als der Wirt der Tochter zu sein, sie an ihren Sessel geleitete. Es ist zweifelhaft, ob ihr Entschluß der öffentlichen Erscheinung bloß von ihrer Gevatter-Freude herkam oder von ihrer Achtung gegen Mehlhorn, der ohne ihre Nachbarschaft nur eine sehr kalte an der väterlichen finden konnte; – oder vom Gedanken der Abreise und vom Aufwachen ihres alten Stolzes; – oder (wer könnt es wissen) vom Wunsche, an der Tafel einen Fürsten zum ersten Male zu erblicken oder gar den Hauptmann Theudobach zum letzten Male, oder von der Aussicht in die abends aufleuchtende Eden-Grotte; – oder aus unbekannten Ursachen; sehr zweifelhaft, sag ich, ist es, aus welcher von so vielen Ursachen ihre Umänderung entsprang, und mein Beweis ist der, daß es wahrscheinlich ist, alle diese Gründe zusammen – samt allen unbekannten – haben mitgewirkt.

Theoda sollte diesmal immer froher werden; noch vor dem Essen sah sie ihren Vater über 100 Vaterunser lang vom Fürsten gehalten und gehört. Der Fürst hörte, wie andere Fürsten, Gelehrte aller Art fast noch lieber und noch länger, als er sie las; vollends einen, der, wie Katzenberger, nicht sein Landeskind, seine Landesplage oder sonst von ihm abhängig war; er befragte ihn besonders über die Heilkräfte des Brunnens. Der Doktor setzte sie sehr hoch hinauf und sagte, er habe ein kleines chemisches Traktätchen in der Tasche, worin er dargetan, der Maulbronner Brunnen vereinige, als Schwefel-Wasser, alle Kräfte des Aachner, des Zaysenhauser im Württembergischen und des Wildbads zu Abach, wie schon das häßliche Stinken nach faulen Eiern verspreche. Hier wollt er das Traktätchen aus der Tasche ziehen, brachte aber dafür einen langen Bärenkinnbacken mit Zähnen halb heraus, den er in der Bärenhöhle schon ohne Hülfe der Illumination aufgefunden und zu sich gesteckt. »Ei wie böse!« sagt' er; »hab ich die Untersuchung doch zu Hause gelassen. Aber ich habe immer die Taschen voll anatomischer Präparate!« – Der Fürst, leicht den verpönten Knochendiebstahl und willkürlichen Knochenfraß wahrnehmend, ging lächelnd darüber mit der Bitte hinweg, ihm den Traktat zu senden; und tat die Frage, ob es ihm im Bade gefalle. – »Ungemein«, versetzte er, »ob ich es gleich nicht selber gebrauche; aber für einen Arzt ist schon der Anblick so vieler Preßhaften mit ihrer unterhaltenden Mannigfaltigkeit von Beschwerden, die alle ihre eigne Diagnose verlangen und alle verschieden zu heben sind, eine Art Brunnenbelustigung, gleichsam eine volle Flora von Welkenden. Der ordentliche Brunnenarzt freut sich hier, wie ein Lumpensammler, wenn recht viel zerrissen ist; es gibt dann, unter dem Lumpenhacker, viel verklärtes feines Postpapier in die andere Welt zu liefern, und der Badeort ist ein schöner Vorhof zum Kirchhof.« Den Fürsten wunderte und erfreute am Arzte sehr die Satire auf den eigenen Stand, und er lächelte; allein er bedachte nicht, daß eigentlich jeder am meisten über seinen, als den ihm bekanntesten, der Hofmann über den Hof, der

Autor über das Schriftstellerwesen, ja der Fürst über seinesgleichen Spott ausgießt, nur ihn aber andern nicht gern erlaubt. – »Raten Sie mir doch, Herr Professor«, fragte der Fürst, »welche Motion ist die beste?« – »Gehen, Durchlaucht, als die rechte Mitte zwischen Reiten und zwischen Fahren«, antwortete Katzenberger. – »Aber ich gehe täglich, und es hilft nur wenig«, versetzte der dickleibige Regent. – »Wahrscheinlich darum«, sagte der Doktor, »weil Höchstderoselben vielleicht nur mit den Füßen gehen; was zum Teil seine Nachteile hat – (der Fürst sah ihn fragend an) denn auch mit den Händen muß zu selber Zeit gegangen und sich bewegt werden, da wir Säugtiere in Rücksicht des Körpers ja Vierfüßler sind, wie Moskati sehr gut, nur mit Übertreibungen, bewiesen.« – Er setzte nun die Sache mehr ins Licht und zeigte: das Venenblut steige ohnehin schwer die Füße herauf, häufe sich aber noch mehr in ihnen an, wenn man sie allein in Bewegung und Reizung setze; und dann sei für den ganzen übrigen Blutumlauf nur schlecht gesorgt*. Daher müssen durchaus die Oberfüße oder Arme als Mitarbeiter – wenigstens von hohen Personen, die mit ihnen nicht am Sägebocke oder hinter dem Garnweberstuhl oder auf der Drechselbank hantieren wollen – gleich stark mit den Unterfüßen auf und ab geschleudert werden, zumal da schon, nach Haller in seiner Physiologie, das einfache Aufheben eines Armes den Puls um viele Schläge verstärke. Und hier machte der Doktor dem Fürsten den offizinellen

---

* Dasselbe bemerkt Puchelt im köstlichen Werke »Über das Venensystem in seinen krankhaften Verhältnissen«; ein Werk, worin der Gang des Untersuchens den Verfasser so auszeichnet als der Gewinn durch dasselbe.

Gang mit gehenden Perpendikelarmen so geschickt vor, daß er, wie ein trabendes Pferd, Ober- und Unterbeine in entgegengesetzter Richtung vorwärts und hinterwärts schlug; – und die ganze Badgesellschaft sah von fernen den unbegreiflichen und unehrerbietigen Schwenkungen des Doktors vor dem Fürsten zu. »In der Tat«, sagte der Fürst lächelnd, »dies muß man versuchen, wenn auch nicht in großer Gesellschaft.« – »Dann«, fuhr der Doktor fort, »kann man noch mehr tun. Da eigentlich das Säuern oder Entkohlen des Blutes das Ziel alles Lustwandelns ist: so halt ich auf Spaziergängen meinen Mund außerordentlich weit aufgesperrt, um so die Luft stromweise in meine Lungen einzuschütten zum Oxydieren. Ja, ich darf Ihrer Durchlaucht vorschlagen, daß Sie in Zeiten, wo das Wetter nicht zum Gehen ist, dafür das Reden recht gut wählen können, weil dieses das Blut herrlich säuert durch das schnellere Einatmen der Lebensluft und das Ausatmen der Stickluft. Daher erkranken wir Professoren häufig in den Ferien durch Aussetzen der Vorlesungen, mit welchen wir uns zu säuern und zu entkohlen pflegen. Auch der treffliche, in unsern Zeiten zu wenig erwähnte *Unzer*, Ihro Durchlaucht, bemerkt im achtzigsten Stücke seines ›*Arztes*‹ ganz wahr, daß den Verrückten das unaufhörliche Sprechen und Singen die Motion ersetze.« – Da nahm endlich der Fürst von dem berühmten Gelehrten – der seinen Bücklingen mehr nur mit dem innern Menschen machen konnte, obwohl nur vor einem van Swieten, Sydenham, Haller, Swift – mit größerer Höflichkeit Abschied, als Katzenberger verhältnismäßig erwiderte, ja mit zu großer fast. Warum aber? Vielleicht, weil überhaupt Fürsten gern dem *fremden* Gelehrten am höflichsten begegnen – weil ihre Höflichkeit sie noch nichts kostet – weil sie ihn erst angeln wollen – weil ein von innen aus Freigemachter bei ihnen unter die Freiherren und Freifrauen tritt, d. h. unter ihresgleichen – weil die Sache ohne Folgen (gute ausgenommen) ist – weil die Fürsten gern alles tun, aber nur *einmal,* auch das Beste – weil die ganze Sache aber kurz abgetan und lang abgesprochen wird – weil sie einmal in Erstaunen ihrer Herablassung setzen wollen, welches bei Untertanen sie zu viel kosten würde – weil sie vom Manne später an der Tafel etwas sagen wollen und ihn also vorher etwas sagen lassen müssen – und weil sie ebendasselbe ohne alle Gründe täten, um so mehr, da sie den besagten Mann schon halb vergessen, wenn er noch dasteht, und sich nach Jahren nicht gut mehr erinnern, wer der Mensch gewesen – und endlich, weil es doch beim Himmel auch Fürsten gibt, welche, wie Friedrich II., die schönste Ausnahme machen und einen Gelehrten noch höher würdigen als ein Gelehrter.

Indes auch einheimische Schriftsteller könnten die Sache benützen und sich vor solchen von ihren Fürsten, die auf ihnen, wie Sultane auf verschnittenen niedergebückten Zwergen, sich in den Sattel schwingen wollen, geradezu als Tanzbären aufrichten und auf die Hinterfüße treten. Um so unbegreiflicher bleibt es darum, daß bisher die Ärzte und die Rechtsgelehrten gegen die höhern Stände nicht zehnmal gröber ausfallen, als sie tun, und nicht so grob, als die Virtuosen der Zeichen-, der Ton-, der Schau- und der Tanzkunst längst getan; denn ohne jene, die ja erst Lang-Leben und Wohlleben verschaffen, sind alle Springer und Geiger unbrauchbar, indem alle Philosophen darüber einig sind, daß man, um wohl zu leben, zuvörderst leben müsse. Doch sprech ich

jenen nicht alle Grobheit ab, sondern nur den größten Grad. Etwas anders sind Dichter, Weltweise und
Moralisten, ja Prediger (in unsern Tagen); diese können nie höflich genug sein, weil sie nie unentbehrlich
genug sind.

Endlich setzte sich der Doktor mit dem Glanze, den
er als ein Lichtmagnet an sich gezogen vom Fürsten-
Sterne, kalt zu seinem Mehlhorn und seiner Tochter.
Der Umgelder hätte beinahe den Hunger verloren
vor Anbetung des Fürsten und vor Bewunderung Katzenbergers, der so leicht mit jenem diskurriert hatte.
Unter dem Essen lenkte der Doktor die Rede aufs
Essen und merkte an, er wundre sich über nichts
mehr, als daß man bei der Seltenheit von Kadavern
und vollends von lebendigen Zergliederungen so wenig den für die Wissenschaft benutze, in dem man
selber stecke, besonders im Sommer, wo tote faulen.
»Wär es Ihnen zuwider, Herr Mehlhorn, wenn ich
jetzt z.B. den Genuß der Speisen zugleich mit einem
Genusse von anatomischen Wahrheiten oder Seelen-
speisen begleitete?« – »Mit tausend Wohlgefallen, teu-
erster Herr Doktor«, sagt' er, »sobald ich nur kapabel
bin, Ihrer gelehrten Zunge zu folgen.« – »Sie brauchen bloß zu meinem Sprechen zu käuen; nämlich
bloß von der Käufunktion will ich Ihnen einen kleinen wissenschaftlichen Abriß geben, den Sie auf der
Stelle gegen Ihre eigne, als gegen lebendiges Urbild,
halten sollen. – Nun gut! – Sie käuen jetzt; wissen Sie
aber, daß die Hebelgattung, nach welcher die Käu-
muskeln Ihre beiden Kiefern bewegen (eigentlich nur
den untern), durchaus die schlechteste ist, nämlich
die sogenannte dritte, die Last oder der Bolus ist in
der größten Entfernung vom Ruhepunkte des Hebels;
daher können Sie mit Ihren Hundzähnen keine Nuß

aufbeißen, obwohl mit den Weisheitzähnen. Aber weiter! Indem Sie nun den Farsch da auf Ihrem Teller erblicken; so bekommt (bemerken Sie sich jetzt) die Parotis (hier ungefähr liegend) sowie auch die Speicheldrüse des Unterkiefers Erektionen, und endlich gießt sie durch den stenonischen Gang dem Farsche den nötigen Speichel zu, dessen Schaum Sie, wie jeder andere, bloß den ausdehnenden Luftarten verdanken. Ich bitte Sie, lieber Zoller, fortzukäuen, denn nun fließet noch aus dem *ductus nasalis* und aus den Tränendrüsen alles nach, woraus Sie Hoffnung schöpfen, so viel zu verdauen, als Sie hier verzehren. Nach diesem Seedienst kommt der Landdienst.« –

Hier lachte der Zoller über die Maßen, teils um höflich zu erscheinen, teils das Mißbehagen zu verhehlen, womit er unter diesem Privatissimum von Lehr-Kursus alles verschlang; – gleichwohl mußt er fortfahren zu genießen. –

»Ich meine unter dem Landdienst dies: jetzt greift Ihr Trompetermuskel ein und treibt den Farsch unter die Zähne – Ihre Zunge und Ihre Backen stehen ihm bei und wenden und schaufeln hin und her – ausbeugen kann der Farsch unmöglich – auswandern ebensowenig, weil Sie ihn mit zwei häutigen Klappen (Wangen im gemeinen Leben) und noch mit dem Ringmuskel oder Sphinkter des Mundes (dies ist nur Ihr erster Sphinkter, nicht Ihr *letzter,* damit korrespondierender, was sich hier nicht weiter zeigen läßt) auf das Schärfste inhaftieren und einklammern – kurz, der Farsch wird trefflich zu einem sogenannten Bissen, wie ich sehe, zugehobelt und eingefeuchtet. – Nun haben Sie nichts weiter zu tun (und ich bitte Sie um diese Gefälligkeit), als den fertigen Bolus in die Rachenhöhle, in den Schlundkopf abzuführen. Hier aber hört die Allmacht Ihres Geistes, mein Umgelder, gleichsam an einem Grenzkordon auf, und es kommt nun nicht mehr auf jenes ebenso unerklärliche als erhabne Vermögen der Freiheit (unser Unterschied von den Tieren) an, ob Sie den Farsch-Bissen hinunterschlucken wollen oder nicht (den Sie noch vor wenigen Sekunden auf den Teller speien konnten), sondern Sie müssen, an die Sperrkette oder Trense Ihres Schlundes geheftet, ihn nun hinabschlingen. Jetzt kommt es auf meine gütige Zuhörerschaft an, ob wir den Bissen des Herrn Zollers begleiten wollen auf seinen ersten Wegen, bis wir weiterkommen.« –

Mehlhorn, dem der Farsch so schmeckte wie Teufelsdreck, versetzte: wie gern er seines Parts dergleichen vernehme, brauch er wohl nicht zu beschwören; aber auf ihn allein komm es freilich nicht an. »Ich darf denn fortfahren?« sagte der Doktor. – »Vortrefflicher Herr«, versetzte eine ältliche Dame, »Ihr Diskurs ist gewiß über alles gelehrt, aber unter dem Essen macht er wie desperat.« – »Und dies ist«, erwiderte er, »auch leicht zu erklären; denn ich gestehe, daß ich selber unter allen Empfindungen keine kenne, die stärker, aber auch grundloser ist, und die weniger Vernunft annimmt, als der Ekel tut. Nur zwei Beispiele statt tausend! Ich hielt mir im vorigen Herbste ein Paar lebendige Schnepfen, die ich mit unsäglicher Mühe zahm gemacht, teils um sie zu beobachten, teils um sie auszustopfen und zu skelettieren. Da ich nun meinen Gästen gern Ausgesuchtes vorsetze: so bot ich einigen Leckermäulern darunter Schnepfendreck, wie gewöhnlich mit Butter auf Semmelscheiben geröstet, an, und zwar so, wie ihn täglich meine beiden Schnepfen unmittelbar lieferten. Aber ich darf Sie als ehrlicher Mann versichern, meine Gnädige, auch kein einziger bezeigte statt einiger Lust etwas anderes als ordentlichen Abscheu vor dem vorgesetzten Dreck; und weshalb eigentlich? – Bloß deshalb – nun komm ich auf unsern Punkt –, weil das Schnepfengedärm nicht mit auf die Semmelscheiben gestrichen war und die Gourmands nur bloßen Netto- und keinen Bruttodreck vor sich erblickten. Ich bitte aber hier jeden vernünftigen Mann, zu urteilen, ob ich meine Sumpfvögel – da sie ganz die Kost erhielten (Regenwürmer, Schnecken und Kräuter), aus der sie von jeher dem Liebhaber wieder eine Kost auf den ersten Wegen zugeführt – ob ich, sag ich, solche etwan abschlachten sollte (wie jener seine Henne, die ihm täglich goldne Eier legte), um gleichsam die Legedärme aufzutischen. – Es kommt mir vor, als ob solche Liebhaber die nußbraunen Locken der schönen Damen am Tische nicht anders nach ihrem Geschmacke finden könnten, als noch in Papilloten eingemacht. Man denke doch an den Dalai-Lama, der seine Verehrer, die größten Fürsten und Gläubige, auch täglich mit seinen eignen Schnepfen-Reliquien beschenkt; aber keinem darunter ist es noch eingefallen, diesen asiatischen Papst wie eine Schnepfe zu schießen oder zu würgen, um ihn in Bausch und Bogen zu haben, sondern man ist zufrieden mit dem, was er geben kann.

Dies ist das eine Beispiel vom Unsinne des Ekels; aber das stärkere kommt. Wein, Bier, Likör, Brühe, kurz, nichts ist uns so rein, so einheimisch und so zugeartet und bleibt so gern tagelang (was nichts Fremdes kann) in unserm Munde als etwas, wovon der Besitzer, wenn es heraus wäre, keine halbe Teetasse trinken könnte – Speichel. Ist aber dies kein wahrer

Unsinn, so wärs auch keiner, sondern vernünftig, wenn ich meinen trefflichen Herrn Kollegen Strykius verabscheute aus Ekel, bloß weil er, obwohl mir in Wissenschaft und Streben so verwandt und durch Freundschaft gewissermaßen ein Teil meines Innern, außer mir stände neben meinem Stuhle.«

Daneben war wirklich der Brunnenarzt Strykius im Mute des Wein-Nachtisches getreten. Über des Doktors Mut und Glück bei dem Fürsten und besonders über das Armwerfen des einen und über das Lächeln des andern konnt er kaum zu sich kommen; denn er selber lag, kaum von einem Fürstenfinger berührt, wie manche Raupen, gebogen und steif da oder fiel, wie eine Hangspinne, am Faden nieder auf den Boden; und er würde als Geburthelfer eines Kronprinzen unter den fürstlichen Wehen höchstens gesagt haben: »Wollen Ihre Durchlaucht nicht die hohe Gnade haben, einzutreten in die Geburt, und das Licht der Welt erblicken?« Auch wollte er seinem Landesherrn von weitem seine innigen Verständnisse mit einem so gelehrten Manne vorzeigen. Aber Katzenberger ließ ihn seinen Schein und sein Annähern ziemlich bezahlen; denn er kam auf einen schwachen, nicht sehr maskierten Umweg auf seinen Rezensenten zurück. – (Der Umweg war bloß die Einschränkung des vorigen Satzes über den Abscheu, nämlich die Bemerkung, daß ihn allerdings sein Kunstrichter, obwohl Handwerkgenoß, anekle.) – Er sprach davon, was wir leider so oft in diesem Werkchen gelesen, von der Sünde, *eine* Stimme für mehre, für drei Instanzen zu verkaufen, *einen* Geschwornen-Meineidigen für eine Jury, *einen* Judas für elf Apostel. Er brachte dann wieder – was wir alle leider so oft von ihm gehört, so daß ich die Leser fast noch mehr bedaure als mich –

die alten kalten Einkleidungen seines künftigen Ausprügelns zu Markte und äußerte (denn ich führe nicht alles an), ihn quäle sehr die Wahl, wie ers zu halten habe, da er von der einen Seite recht gut dem Kunstrichter bloß die Haare ausziehen könne, weil, nach Aretäus, schon bloßes Abscheren Wahnsinn heile (wie an den Titusköpfen der Revolution noch zu sehen), aber da er auch von der andern Seite noch stärker zu Werke gehen und den Kerl, wie Bierflaschen, durch Schrot reinigen könne, welcher Schrot, freilich anders als bei der Flasche, bloß durch einen Schuß in ihn zu bringen wäre, wiewohl man bei Blei des Feindes Gesundheit stets riskiere, weil dasselbe stets vergifte, es fließe nun langsam und süß in Wein aufgelöst in den Magen, oder es fahre im ganzen roh durch den Magen und Leib.

»*Bon!*« versetzte Strykius und verstand den Spaß. »Wer Leben wieder gibt, kann es auch zurücknehmen, und Sie können ermorden, weil Sie oft genug geheilet haben. Doch Scherz beiseite! – Ich habe, guter Katzenberger, Ihre köstlichen Werke erst nach den Rezensionen gelesen.« – –

»Ganz natürlich!« unterbrach der Doktor ... – »Und ich habe etwas darin gefunden, was ich noch von niemand gehört, daß Sie nämlich einem berühmten Engländer aufs Haar gleichen«, fuhr Strykius fort.

»Wem aufs Haar?« fragt' er.

»Dem wackern Doktor und Romancier Smollet in London. Weniger in Wissenschaft – denn hier weiß ich nicht genau, ob Smollet besondere Vorzüge besessen – als im Humor; wie, Herr Doktor?« –

»Prügelszenen«, versetzte der, »hat er allerdings einladend dargestellt, und insofern dürft ich etwas von ihm haben, wiewohl nicht in theoretischer Dar-

stellung, sondern etwan in praktischer; denn ich frage
Sie als Unbefangenen ernstlich, ob es eine größere
Halunkerei gibt, als mit sieben Stimmen aus drei Zer-
berus-Kehl-Köpfen – –«

»Wir kennen dies, Freund. Vielleicht haben wir
beide etwas getrunken! wenigstens ich«, sagte Stryk;
»Sie bleiben *Smolletus secundus*. Aber zum Zeichen, wie
mich auch das Kleinste an Ihnen interessiert, sag ich
Ihnen ganz leise ins Ohr: Ihre linke Beinkleider-
schnalle ist eine stählerne, und die rechte ist bronzen.
Sie verzeihen doch, mein Trefflicher, einem Kollegen, der sich gleichfalls nicht von gelehrten Zerstreu-
ungen für frei erklärt, diese freimütige Bemerkung,
die ich wahrhaftig bloß wegen einiger Augen und
Blicke der erbärmlichsten Gemeinheit gemacht.« –
»Schon vor Jahren«, versetzte der Doktor, »seitdem
ich von jedem Paare eine Schnalle verloren, hab ich
meine Knie ganz absichtlich so eingeschnallt, weil ich
mir immer sagte: da jeder nur *eine* Schnalle auf einmal bemerken kann und dann eine gleiche voraussetzt: was müßte dies für ein Narr sein, der auf beide
Schnallen Jagd machte und so ihren Unterschied sich
recht einkeilte? Hatt ich aber wohl unrecht, mein
Freund?« – Katzenberger war mit einem unüberwind-
lichen Haß gegen das Aufwallen knechtischer Herz-
lichkeit, gegen jenes ekle Überfließen der Lieb-Diene-
rei da geplagt, wo er grade Gallergießungen vorge-
reizt und erwartet hatte; und hier war er leichter von
fremder Süßlichkeit zu erbittern als von Bitterkeit selber.

Da er nun das Seinige getan, nämlich gesagt, so
richtete er die Frage: »kommt der Leibmedikus Semmelmann doch dem Fürsten nach?« mit einer seltsamen Miene an Strykius, welche fast tun sollte, als wol-

le sie Erbitterung und Hinterlist verbergen. Strykius starrte plötzlich in eine ganz neue, aber hübsche Perspektive hinein – glaubte zu wittern, daß der Doktor den Leibmedikus Semmelmann für den prügelbaren Rezensenten halte – und versetzte: »Künftige Woche!«

NEUNUNDDREISSIGSTE SUMMULA

Doktors Höhlen-Besuch

Eine Stunde vor Sonnenuntergang war die Höhle mit Lampen erleuchtet. Der Brunnenarzt, zugleich Höhleninspektor, hatte einen flüchtigen, aber guten Einfall, als er im engen, langen Eingange stand. Katzenbergers kalte Handhabung seiner, zumal vor den Augen seines Fürsten, hatt ihn wahrhaft verdrossen; denn gern ließ er sich Herabwürdigung gefallen, aber sein Ehrgefühl litt empfindlich, sobald man sie ihm nicht unter vier Augen antat. Daher geriet er auf den Gedanken: jetzt, wenn der Doktor durch die wie ein Sperrkreuz laufende Türe in den engen düstern Gang eintrete und einige Minuten lang vom Taglichte so blind in diese untere Welt komme als ein neugeborner Hund in die obere, ihm auf seine beißigen Antikritiken eine leise anonyme Antwort zu geben. Diese, hoffte er nun, würde erschöpfend sein, wenn sie seinen Geiz und seine Geburthelferkunst zugleich angriffe. Aus diesem Grunde legte er sein spanisches Rohr wie eine Lanze gegen die einzige im Gange hängende Lampe ein und stieß – sobald der blinde Katzenberger unter sie kam und links umhergriff – die ganze Lampe behend auf dessen Achsel und Ärmel herab; – darauf, als er ihm Licht und Öl genug in eine dazu erst noch zu schießende Wunde voraus eingegossen, trug er die nötige Wunde nach, indem er sein Rohr während der Drehkrankheit des Doktors so geschickt wie einen Stundenhammer auf dessen geburthelferische Fingerknöchel fallen ließ, als woll er den Arm von unten rädern.

Noch eh Katzenberger ausgetanzt und ausgerungen hatte und denken und sehen konnte, stand der Brunnenarzt nach einigen schnellen, weiten, leisen, in Nebengänge eingebognen Schritten schon mitten auf dem schimmernden Marktplatz der Höhle in Bereitschaft da, dem unruhigen Freund mit Gruß und Liebe entgegenzugehen und ihn anders als vorher zu empfangen, indem er ihm inbrünstig die herabwelkende Hand bloß drückte. Katzenberger sah ihn scharf an, lächelte unversehens und schauete umher, bald auf die Lampen, bald auf seine wunden Fingerknöchel, und sagte: »Herrlich! überraschend! Und alles so Ihrer Hände Werk?« – »Das wohl nicht«, versetzte Strykius, »aber Plan und Ideen gab ich ziemlich her.« –

»Serenissimus«, fuhr Katzenberger fort und zog seinen hohlen Bärenkinnbacken aus der Tasche, »haben neulich, als ich diesen Bärenknochen zufällig statt meines Traktätchens über das Bad aus der Tasche brachte, den kleinen Raub, soviel ich gemerkt, nicht ungnädig aufgenommen. Ganz gewiß, Herr Höhleninspektor, lassen Sie mich auch wohl den zweiten Kinnbacken – hier hab ich nur den linken – aus der Höhle mitnehmen, obgleich hier dieser Knochenraub sonst andern verboten sein soll; was entscheiden Sie?« – »Sie werden nur lange im Finstern suchen müssen, bis Sie den rechten dazu finden, Herr

Professor«, sagte Strykius. – »Und so lange will ich auch suchen«, antwortete Katzenberger, »bis ich meinen zweiten Kinnbacken habe. Denn es ist mir ordentlich«, fuhr er fort und schwenkte den Bärenknochen sehr in die Höhe, »als wenn ich ihn als einen Eselkinnbacken gegen meinen kritischen Philister führen könnte, gegen den Rezensenten, den Sie kennen. – Der Bär ist am Kopf am schwächsten, so auch mein Rezensent. Könnt ich solchen homöopathisch, Ähnliches durch Ähnliches, kurieren, wenn ich diese Kinnbacken statt menschlicher als Sprachwerkzeuge bewegte, als tote Streitflegel gegen einen lebendigen Streitflegel – wie, mein Bester?« – »Dort seh ich ja wohl Ihr Fräulein Tochter herkommen«, versetzte Stryk.

Vierzigste Summula

Theodas Höhlen-Besuch

Spät kam Theoda mit Mehlhorn, in dessen ehrlichem, warmen Herzen sie sich ordentlich wie zu Hause befand; denn eine schöne Seele kann eine schwache, die bloß zum Widertönen geboren ist, so lange genießen, ja mit sich verwechseln, bis sie ein solches Echo auch den Tierstimmen untertänig findet.

Theoda trat mit dem Gedanken an die mütterliche Schlafhöhle in den kühlen düstern Gang und sah anfangs nur Nacht unten und Licht-Sternchen oben – endlich tat sich ihr das Schattenreich auf mit einer schimmernden Sternendecke und mit Hügeln, Felsen, Grotten und Höhlen in der Höhle. Alles schien eine Unterwelt zu bedeuten; der Volkstrom, den sie so lange draußen im Taglichte in die Türe einfluten sah, schien hier, wie ein Menschengeschlecht in Gräbern, ganz vertropft zu sein; und bald erschien auf den Hügeln da ein Schatte, bald kam aus den langen Gängen dort einer her. Ihr Herz, das heute so manchen Abschied nahm, und dem das Geklüft immer mehr zum Schlafsaale der Toten wurde, schlug zuletzt so ernst und beklommen, daß das gutmütige, heitere Gespräch Mehlhorns sie in ihren Erinnerungen und Phantasien störte; sie wollte allein denken und recht traurig; die ganze Wölbung war nur die größere Eisgrube des Todes; ein Grubenbau der Vergangenheit, so wie ein Gebeinhaus der Höhlenbären, deren unverrückt gelassene Gerippe alle mit den Köpfen an der Wandung lagen, wie zum Ausgange.

Sie brachte, obwohl mühsam, ihren Begleiter dahin, daß er ihr den Genuß der Einsamkeit zuließ und selber den seinigen mit den größern Männerschritten auf dem durchbrochenen Boden suchte.

Jetzt ungestört, ging sie unter den andern Lichtschatten herum – sie kam vor eine kleine Bergschloß-Ruine – dann vor ein Schiefer-Häuschen, bloß aus Schiefern voll Schiefer-Abdrücke gemacht – dann tönte auf den entfernten unterirdischen Alpen zuweilen ein Alphorn die Höhlungen hindurch – sie kam an einen Bach in welchem die unterirdischen Lampen zum zweiten Male unterirdisch widerglänzten – dann an einen kleinen See, worin eine abgespiegelte Gestalt gegen den umgekehrten Himmel hinunterhing; es war die Bildsäule der Fürstin-Mutter, die ihr Sohn dicht neben ihrem Grabe aufgestellt. Theoda eilte zu dem blassen Marmor, wie zu einer stillen Geistergestalt, und setzte sich auf das Grab daneben. Sie durfte jetzt alles vergessen und nur an ihre Mutter denken und sogar weinen; wer konnt es im Dunkel bemerken?

Theudobach kam aus Felsengängen gegen sie daher, dessen schöne Gestalt ihr durch den Zauber des Helldunkels noch höher aufwuchs. Sie erschrak nicht, sondern sah liebreich zu seiner entblößten Stirn empor, auf der das Licht einer unbefleckten Jugend blühte: er habe sie heute, fing er an, lange gesucht, weil er diesen Abend noch über Pira nach Hause abreise; denn er könne nicht gehen, bevor er noch einmal sein Betragen entschuldigt und ihre Verzeihung mitgenommen.

»Recht gut!« sagte sie. »Morgen hätten Sie mich ohnehin umsonst gesucht; ich geh ebenfalls ab; und was das übrige anbetrifft: ich vergebe Ihnen herzlich; Sie vergeben mir, und wir wissen beide nicht recht, was: so ist alles vorbei.« Dieses brachte sie in einem Tone vor, der sehr leicht und scherzend sein sollte, eben weil ihre Augen noch in der Wehmut der vorigen Rührung schwammen. Auf einmal tönte von einem blasenden Musikchore auf einem fernen Felsen das Lied herüber: »Wie sie so sanft ruhn!« Heftig fuhr sie vom Grabe auf und sagte, unbekümmert, daß ihre Tränen nicht mehr zu halten waren, mit angestrengtem Lächeln: »Eine Abschied-Gefälligkeit könnten Sie mir wohl erweisen – einen Freund meines Vaters in Ihrem Wagen mitzunehmen bis Pira.« – »Mit Freuden!« sagt' er. – »So hol ich ihn her«, versetzte sie und wollte davoneilen; er hielt sie an der Hand fest, blickte sie an, wollte etwas sagen, ließ aber die Hand fahren und rief: »Ach Gott, ich kann Sie nur nicht weinen sehen.« Sie eilte in einen Felsen-Talweg hinein, er folgte ihr unwillkürlich nach – da fand er sie mit dem Kopfe an eine Felsenzacke gelehnt; sie winkte ihn weg und sagte leise: »O laßt mich weinen, es fehlt mir nichts, es ist nur die dumme Musik.« – »Ich höre keine«, sagte der Krieger außer sich und riß sie vom Felsen an sein Herz. »O du himmlisches, gutes Wesen, bleib an meiner Brust – ich meine es redlich, muß ich von dir lassen, so muß ich zugrunde gehen.« Sie schauerte in seinen Armen, das weinende Angesicht hing wie aufgelöset seitwärts herab, die Töne drangen zu heftig ins gespaltene Herz und seine Worte noch heftiger. »Theoda, so sagst du nichts zu mir?« – »Ach«, antwortete sie, »was hab ich denn zu sagen?« und bedeckte das errötende Gesicht mit seiner Brust. – Da war der ewige Bund des Lebens zwischen zwei festen und reinen Herzen geschlossen.

Aber sie faßte sich in ihrer Trunkenheit zuerst und nahm seine Hand, um wieder in die weite Mitte des schimmernden Himmelgewölbes vor die Zuschauer zu gehen. – Als jetzt dem Musikchore ein zweites, in tiefe Ferne gelegt, antwortete als ein Echo: – so hielten beide Glückliche das leisere Tönen noch für das alte laute, weil die Saiten ihres Herzens darein mitklangen. Und als Theoda heraustrat vor den Glanz des brennenden Gewölbes, wie anders erschien es ihr nun! Eine Unterwelt lag vor ihr, aber eine elysische; unter der weiten Beleuchtung flimmerten selber die Wasserfälle in den Grotten und die Wassersprünge in den Seen – überall auf den Hügeln, in den Gängen wandelten selige Schatten, und auf den fernen Widerklängen schienen die fernen Gestalten zu schweben – alle Menschen schienen einander wiederzufinden, und die Töne sprachen das aus, was sie entzückte – das Leben hatte ein weißes Brautkleid angezogen – wie in einem vom Mondschein glimmenden Abendtau und in Lindenduft und Sonnen-Nachröte schienen der seligen Theoda die weißgekleideten Mädchen zu gehen, und sie liebte sie alle von Herzen – und sie hielt alle Zuschauer für so gut und warm, daß sie öffentlich wie vor einem Altare hätte dem Geliebten die Hand geben können. –

In dieser Minute ließ der Fürst eine heimliche, nach dem Abendhimmel gerichtete Eichenpforte des Höhlen-Bergs aufreißen und ließ die Abendsonne wie einen goldnen Blitz durch die ganze Unterwelt schlagen und mit einer Feuersäule durch sie lodern. »Ach Gott, ist denn dies wahr, sehen Sie es auch?« sagte Theoda zu ihm, welche glaubte, sie erblicke nur ihr inneres Entzücken in das äußere Glänzen ausgebrochen und ihr Gesichte vorspielend, da gleichsam die goldne Achse des Sonnenwagens in der Nachwelt ruhte und mit dem Glanz-Morgen, den er ewig mitbringt, die Lichter auslöschte und die Höhen und die Wasser übergoldete – da der ferne Mond-Tempel wie ein Sonnen-Tempel glühte – da die bleiche Bildsäule am See sich in lebendigem Rosenlichte badete und auseinanderblühte – da das angezündete Frührot des Lebens an der einsamen Abend-Welt plötzlich einen bevölkerten Lustgarten voll wandelnder Menschen aufdeckt.–

Und doch, Theoda, ist dein Irrtum keiner! Was sind denn Berge und Lichter und Fluren ohne ein liebendes Herz und ein geliebtes? Nur wir beseelen und entseelen den Leib der Welt. Ist ein Garten eine engere Landschaft, so ist die Liebe nur ein verkleinertes All; in jeder Freudenträne wohnt die große Sonne rund und licht und in Farben eingefaßt.

Lange noch immer wars Theodan, als wenn die Strahlen hineinweheten und zitterten. Die Sonne senkte sich höher an der seltsamen Klippendecke hinweg, bis alles mit einem kurzen Nachschimmern entschwand. Während der Finsternis, ehe drinnen die Lichter wieder, wie draußen die Sterne, aufgingen, begleitete Theudobach die Geliebte aus der unvergeßlichen Höhle.

EINUNDVIERZIGSTE SUMMULA

Drei Abreisen

Unter dem frischen, wehenden, lebensfrohen Abendhimmel fanden beide den Doktor und den Zoller. Theoda erinnerte sich sogleich an Theudobachs Versprechen, dem letzten die langsame Fußreise abzunehmen, und berichtete dem Zoller das Anerbieten. Er verbeugte sich häufig, aber der Doktor nahm das Wort: »Du möchtest nur gern, ich merk es, recht bald ans Wochenbett deiner Bona kommen und zum Patchen. Hältst du aber die Nacht-Strapaze aus?« Sie erschrak ordentlich, denn sie hatte, als sie zuerst die Bitte für Mehlhorn getan, daran keinen andern Anteil für sich erwählen können als den, tags darauf allein die Fußreise zu machen. »O Fräulein!« sagte der Hauptmann bittend und plötzlich so aufgeheitert, als er eine Minute vorher bewölkt geworden von der Aussicht, daß er, gemäß seinem Versprechen der Abreise und Fracht, eben jetzt, da ihm Sonne, Mond und Sterne über Maulbronn aufgegangen, nichts davon vorderhand wegzufahren habe als den Umgelder. Theoda sann einen Augenblick nach, sah ihren Vater an, fragte noch einmal den Zoller, ob ihm ein zweites Nachtwachen nicht beschwerlich sei, und gab, da er versetzte: im mindesten nicht, da man ihn ja nachts tagtäglich wecke, leise die Antwort: »So wie Sie denn wollen, Vater!«

Alle waren nun zufrieden mit ihren Perspektiv-Malereien – die Liebenden mit der steilrechten Himmelfahrt, Mehlhorn mit der wagrechten, Katzenberger mit der Aussicht in eine Höllenfahrt zu Strykius, als ein auferstandener Gekreuzigter.

Theoda nahm ihren Vater noch beiseite und bat ihn mit mehr Ernst als gewöhnlich um einen leichten Gefallen; sie habe, sagte sie, allerdings noch französisches Blut genug, um ihre unerschrockene Mutter nachzuahmen, die ihr von ihren kühnen Reisen mit Männern erzählt habe; nur aber an diesem Orte, wo die Menge ihre öffentliche Verwechslung des Hauptmanns mit dem Dichter nicht vergessen, wohl aber mißdeuten werde, sei es nötig, daß er ihre Abreise einige Tage verschweige, und daß sie jetzt zu Fuß ins nächste Dorf vorausgehen dürfe, indes beide Herren während des tumultuarischen Abendessen abreisen könnten, um weniger bemerkt zu sein. – –

»Was willst du denn eigentlich?« fragte Katzenberger. »Ich tus ja.« Sie mußte ihm noch kühner die Bitten wiederholen. – »Und weiter nichts? – Wahre Weiber-Schulfüchserei! So laufe nur, denn etwas ist doch daran, an deinem Zartgehör; ich sogar höre ungern mich verleumden von Rezensenten: geschweige ein Mädchen; empfindliche Ohren sind, bei Mädchen, so gut wie bei Pferden, gute Gesundheit-Zeichen. Nur vergiß nicht«, setzt er noch dazu bei ihrem Abschiede, »schändlich vor lauter Lieben und Lieben den Vater und dich.« – »O Vater!« sagte sie. – »Ja, du ganz besonders«, fuhr er fort; »oder was gilt denn dir Vaterliebe, Gesundheit und Wirtschaft und alles ge-

gen deine – Bona? Sag es?« Denn nur letzte hatt er
gemeint.

So flog sie denn noch seliger aus dem Badeorte
hinaus als in denselben hinein, nachdem sie vorher
dem Dichter von Nieß seine falschnamigen Geschen-
ke zurückgesandt. Jeder gute Mensch, sogar ein bö-
ser, der sie, einsam und ihrer Mutter ihr Seelen-Glück
mit betenden Tränen zuschreibend, auf dem Wege
nach dem nächsten Dorfe hätte laufen und sich an-
strengen sehen, hätte ihr nachgewünscht: »So werde
nur recht glücklich, du furchtloses und schuldloses
Mädchen! Es wäre für einen, der dich kennt, zu hart,
dich im Unglück und das kalte Messer des Grams in
deinem Rosen-Herzen zu sehen. Nein, ihr Liebenden,
in dieser nie wiederkommenden Nacht sprecht euch
beide *selig* und *heilig* in höherem als römischem
Sinn!«

Theudobachs Wagen rollte schon hinter ihr, da sie
kaum das Dörfchen erlangt hatte.

ZWEIUNDVIERZIGSTE SUMMULA

Theodas kürzeste Nacht der Reise

Warum wollen wir in der schönsten Julius-Nacht
nicht lieber zuerst den Paradiesvögeln nachfliegen
und erst später in Maulbronn uns mit Katzenberger
und seinem Stiefbruder an die Tafel des Unliebe-
Mahls setzen? Wenigstens ich für meine Person fliege
mit ihnen; in der nächsten Summel sind ich und die
Leser wieder beisammen im Bad. Es vergehen viele
Jahre und viele – Herzen, eh einmal das Schicksal den
Himmel der Liebe wieder so mit einem äußern voll

Sterne einbaut und verdoppelt; denn nur im Schlacht-getümmel der Not wird meistens der Zauberkelch der Liebe schleunig geleert; aber diesmal wollte irgendein Liebe-Engel, der die Erde regiert, zwei unschuldige Jugend-Herzen mit allem segnen und belohnen, was sich unsre frühen Träume malen. Eine gestirnte duf-tende Sommernacht hindurch, über welche das Mut-ter-Auge des Mondes wachte, durften beide nach dem ersten Feuer-Worte der Liebe einander fortsehen und forthören. Ihr Begleiter schlummerte anfangs schein-bar aus Höflichkeit, dann wahrhaft aus Notwendig-keit. Und wie flog das Leben vorbei und die Bäume und die schlafenden Dörfer, und nur einzelne Töne der Nachtigall zogen ihnen nach und sprachen ihren Seelen nach! Theodas Herz zitterte, aber freudig, mit dem Boden unter dem aufrollenden Wagen; ihr war immer, als höre sie die Töne der Höhle fort, überall klang die Welt zurück, und es wurde ihr zuletzt im Rausche der Nacht, als stehe sie wieder mit ihrem Ge-liebten an der Felswand, an der sich ihr Leben ent-schieden. – Die Dörfer, die Städte, das Erdengetüm-mel schwanden hin, und nur die Sterne und die Berge blieben der Liebe. – Die Welt schien ihnen die Ewig-keit, die Sterne gingen nur auf und keiner unter. – Endlich stieg der Stern der Liebe wie ein kleiner hell-blinkender Mond im Morgen auf, die Morgenröte glühte ihnen entgegen, und die Sonne zog in die Ro-sen-Glut hinein. – Hinter ihnen, über den Bergen, wo sie sich gefunden hatten, wölbte sich ein Regenbogen hoch in den Himmel. Und so kamen sie an, eine Seele in die andere gesunken, den Nachtschimmer in den Tag-Glanz ziehend, und ihre Blicke waren traumtrun-ken.

O Schicksal, warum lässest du so wenige deiner

Menschen eine solche Nacht, ach nur eine Stunde daraus erleben? Sie würden sie nie vergessen, sie würden mit ihr, als mit dem Frühling-Weiß und -Rot, die Wüsten des Lebens färben – sie würden zwar weinen und schmachten, aber nicht nach Zukunft, sondern nach Vergangenheit – und sie würden, wenn sie stürben, auch sagen: auch ich war in Arkadien! –

Warum muß bloß die Dichtkunst das zeigen, was du versagst, und die armen blütenlosen Menschen erinnern sich nur seliger Träume, nicht seliger Vergangenheiten? Ach Schicksal, dichte doch selber öfter!

DREIUNDVIERZIGSTE SUMMULA

Präliminar-Frieden und Präliminar-Mord und -Totschlag

Wir kehren vom Nachfluge hinter den unschuldigen Paradiesvögeln zurück, um noch einen Abend lang in die Bühne hineinzusehen, wo freilich kein erster Liebhaber spielt, obwohl ein letzter Haßhaber. Katzenberger ist Held und Regisseur zugleich. Gewissermaßen sing ich in der 43. Summel, wie Homer den Zorn des Achilles, so Katzenbergers seinen.

Dieser – seit dem tückischen Handschlag in stiller Trauer und Wut – hatte diesen Abend dazu erlesen, um die Wolfgrube für seinen Freund mit noch einigen Blütenzweigen mehr zu bedecken und ihn an dieselbe zu geleiten, um den Isegrim, wenn er unten saß, oben zu empfangen und anzureden mit einem und dem andern Wort. Zufällig mußt er sich an der Wirttafel dem Fürsten nahe setzen, folglich auch dessen Hintersassen und Unedelknaben oder Edelknechte, dem Arzte Strykius. Der Doktor pries vor dem Landesherrn stark die Höhle und alles; aber bloß, um überall auf den Inspektor derselben, auf Strykius, schmeichelhafte Lichter zu werfen. Dieser wollte überall den Weihrauch wieder auf ihn zurückblasen; der Doktor versicherte aber, sein Lob sei um so unbestochner, da sie beide oft in ärztlichen Sachen frei auseinandergingen. – Da er absichtlich bloß mit der Linken aß: so fragte ihn der Fürst darüber; er antwortete: wie mehre damit gemalt, so esse er noch leichter damit, bis eine schwache Wunde seiner Rechten, die er im Höhlen-Eingange von einem mit der Lampe herabfallenden Stein erhalten, sich geheilt; – und dabei schüttelte er die schlaffe Rechte und sah heiter genug aus.

Nur der Brunnenarzt stutzte innerlich darüber hin und her; inzwischen erhob er die Höhle und den Höhlen-Bären, den Doktor, hoch, doch zu hoch; aber er gehörte unter die wenigen Seelen, die von Natur klein sind; mit Seelen ists nun wie mit Vergrößer-Linsen; je kleiner und winziger diese sind, desto breiter und ausgezogener stellen sie den Gegenstand vor. So, je kleiner Herz oder Auge ist, desto größer stellt es das Kleinste dar – am Großen erliegt das Vergrößerglas –; vielleicht ein Wink für Fürsten, welche gern sich und der Welt groß erscheinen wollen, daß sie sich mehr nach Menschen umsehen, welche klein genug zugeschliffen sind zu bedeutenden Vergrößerungen.

Der Fürst schlich sich am Ende unter die Bäume – und gar davon; wie die nachziehenden Lakaien bewiesen. Katzenberger hätte nun endlich die Freude haben können, seinen Strykius ganz allein zu genießen und die Frucht abzuschälen; aber die alte widerwärtige Landedeldame, die schon früher über seine

medizinischen Tischreden ein Fi! ausgerufen, war so
spät sehr nahe sitzen geblieben, nicht etwan aus heim-
licher Hinneigung zu Katzenberger, sondern aus
Dorfgehorsam gegen ein lindes, sieches, weiches Hoffräulein, das gerade von den Gerüchten seiner kecken
Äußerungen nach ihm und nach seinen Ratgebungen
für ihr Wohl und Wehe desto lüsterner gemacht worden; denn für eine Dame von Stand war ein wilder,
zackiger Doktor bloß ein englischer Park voll Stechge-
wächse. Die junge Dame hatte die alte, wie gewöhnlich, zum Schilderhaus oder zur Brandmauer ihrer
freundschaftlichen Gefühle verbraucht oder als weibliches Meßgeleite des Anstands. Da nun der Doktor –
der fein erriet, um grob zu handeln – sehr leicht fand,
daß er bloß die Alte fortzutreiben habe, um beide weg-
zuhaben: so tat er das Seinige und genierte vorzüglich
die Alte. Es zeige zu seiner ärztlichen Freude, wandte
er sich an sie, schöne Jugendkräfte, daß sie sich so spät
und kühn der Nachtluft aussetze, die oft viel Jüngern
schlecht zuschlage. – »Meine Brust ist ganz gesund«,
antwortete sie kurz. – »Doch dadurch allein, meine
Schönste«, versetzte Katzenberger, »wäre wohl Ihr
Brustfell nicht vor nächtlicher Entzündung gedeckt?
Aber Sie haben gewiß damit selber gesäugt, und wieviel Kinder wohl? Schon an und für sich eine der edel-
sten tierischen Verrichtungen, um die ich Sie bis auf
jedes Säugtier von Amme beneide.« – Strykius, der sie
kannte, nahm eiligst das Wort für die Stumm-Ent-
rüstete und sagte hastig: er sei im vollständigsten Irrtum über das Fräulein. »Nu, nu, mein Freund«, erwiderte der Doktor, »unter die *Saugtiere* gehören wir
doch alle, wenn sich auch gleich nur die schönere
Hälfte unter die *Säugtiere* zählen darf. – – Aber unser
Herr Brunnenarzt«, fuhr er gegen die beiden Fräu-

lein fort, »lag von jeher gern vor Damen auf den Knien, und dies, glaub ich, mit Recht; denn er weiß, als Arzt, der Schelm, recht gut, daß die Knie, wie stark man sie auch beuge, den feurigsten Blutumlauf nicht im geringsten einhemmen.

Wenn ein unmedizinischer Liebhaber vielleicht dächte, die großen Aderstämme der Beine liefen an den Kniescheiben hinauf und würden also durch das Drücken der Scheiben auf den Boden so gut wie unterbunden: so weiß dagegen unser Arzt aus seinem Sömmering, daß es anders ist, und daß die großen Adern unten um die Kniekehle liegen und nicht leiden und stocken durch Biegen ...«

Da war des Bleibens nicht mehr für das Landfräulein, das unter die feinern Dorfdamen gehörte, welche vor einer Hofdame nie Füße, Strümpfe, Knie, Beine anbehalten, sondern sie zu Hause ablegen, um nicht am Hofe damit anzustoßen; zarte Wesen, welche, wie Sirenen, nur ihre Hälfte zur Sprache bringen und aus Anstand sich nur als Büsten geben. – Zögernd und mit einer freundlichen Abschieds-Verbeugung an den Doktor zog das Hoffräulein dem aufbrechenden Landfräulein nach, das sich die größte Mühe gab, bloß von Strykius den Abschied zu nehmen durch Knicks und Blick und Gutenacht. –

Endlich saß Katzenberger ohne Scheidewand und Ofenschirm neben seinem Strykius. Er ließ sogleich viel Achtungsvierziger bringen und verrichtete vor der Welt das Wunderwerk, daß er den Brunnenarzt mitzutrinken bat.

Längst schon hab er sich verwundert, hob er an, daß die Ärzte, ungeachtet des Sprichwortes (*experimentum fiat in corp. vil.*), so wenig Versuche an ihrem eignen Körper machten und nicht die verschiedenen Arten wenigstens der angenehmen Unmäßigkeiten durchgingen, um nachher besser zu verordnen. Ob sich nicht ein ganzes *Collegium medicum* so in die verschiedenen Unmäßigkeiten teilen könnte, daß z.B. das eine Mitglied sich aufs Saufen, das andere aufs Essen, das dritte aufs Denken legte, das vierte aufs sechste Gebot, davon oder von der Unnützlichkeit wünsche er doch einen Beweis zu vernehmen, und zwar um so mehr, da z.B. so viele glückliche Kuren der Aphroditen- oder Cypris-Seuche durch junge Ärzte in Residenzstädten bewiesen, daß ein solches Vorarbeiten und solche sich gelesene Selber-Privatissima der Praxis gar nicht schaden. – Er wolle nicht hoffen, daß man sich dabei ans Laster stoße, das hier ein Pestimpfstoff der Arzt ja nur, so wie der Schauspieler oder Dichter, an sich selber darstelle, um zu lehren und zu heilen.

»Ich weiß fast«, versetzte Strykius, der dasaß mit dem Ölblatt im Schnabel und, wie Buridans Esel, zwischen Ernst und Lächeln, »wohinaus Sie damit wollen.« – »Hinein will ich damit, mit dem Weine nämlich«, sagte der Doktor und eröffnete ihm ganz frei, er sei gesonnen, sich gegenwärtig vor seinen Augen zu betrinken, um den Effekt mit wissenschaftlichen Augen zu beobachten und jede Tatsache rein ausgespelzt zurückzulegen für die Wissenschaft. »Es wird«, fuhr er fort, »meinen Handel gewiß nicht schlechter machen, daß ein Mann vom Fache, wie Sie, dabeisitzt, den ich bitten kann, von seiner Seite mehr die nüchternen Beobachtungen über mich anzustellen und deshalb langsamer als ich zu trinken, da es genug ist, wenn *einer* sich opfert. Spätere Folgen am nüchternen Morgen beobacht ich allein.« – »Wie gebeten, zugesagt!« versetzte der Arzt.

Darauf rückte der Doktor noch mit einer Bitte ganz leise heraus, Strykius möge, da seinen schwachen Kopf der Wein leicht so zurichte wie der verschluckte Traubenkern den Anakreon, in diesem Falle seinen Leib- und Seelenhirt, seinen Gesundheit- und Gewissen-Rat machen und besonders dann, wenn er, wie alle Trinker, am Ende anfangen sollte zu weinen, zu umhalsen, zu verschenken, ja, die größten Geheimnisse auszuplaudern, ihn warnen und lenken und notfalls mit Gewalt nach Hause ziehen, er geb ihm Vollmacht zu jeder Maßregel, mög er selber betrunken dagegen ausschlagen, wie er wollte.

Der Brunnenarzt sagte lächelnd, er versprech es für den undenklichen Fall, erwarte aber denselben Liebe-Dienst, falls er selber hineingeriete.

In der Tat ging bisher der Doktor mit Anschein genug zu Werke, – und Strykius fing an, aus den geleerten Flaschen schöne Hoffnung Katzenbergischer Ehrlichkeit zu schöpfen; doch war es mehr Trug; denn jenem, der sich längst als einen ehemaligen (wie Pitt in London) sogenannten Sechs-Flaschen-Mann gekannt, blieb das schöne Bewußtsein, daß er bei allem Trinken nicht auf den Fußstapfen der Griechen wanke, welche bekanntlich den *Rachegöttinnen* nur nüchtern opferten und deshalb keinen Wein vor ihnen libierten oder weggossen.

Jetzo berührt' er wieder von weitem den Rezensenten und sagte, er sei im Bademonat bloß nach Maulbronn, wie die Juden zum Ostermonat nach Jerusalem, gegangen, um das kritische Passahlamm oder den Passahsündenbock zu schlachten und zu genießen; noch aber fehle der Bock, und käm er an, so sei doch manches anders, als ers haben möchte. Strykius konnte nicht anders, als er mußte stutzen. Bei der dritten Flasche oder Station hielt es der Doktor für seinen Schein zuträglich, ein wenig mit seinem Verständigsein nachzulassen und mehr ins Auffallende zu fallen; überhaupt mehr den Mann zu zeigen, der nicht weiß, was er will. »Noch gehts gut, Herr Kollege«, sagt' er, »doch sieht man, was der Mensch verträgt. Ich wäre jetzt imstande, jedem, der wollte unangenehme Dinge mit einer solchen juristischen Kautelarjurisprudenz zu sagen, daß der Mann an keine Injurienklage denken dürfte. Es böte mir z. B. eine vornehme Residenz-Frau ihr Herz und Hand, so könnt ich, da es, nach Quistorp*, für Kleinigkleiten einen recht hämischen Dank zu sagen, keinen *animus injuriandi*, Schimpf, oder Schmäh-Willen verrät, der trefflichen Dame ins Gesicht versichern: ›Gut! Ich nehme noch dies an; aber nun beschämen Sie mich mit keinen größern Geschenken, da ich noch einmal Ihre Kleinigkeiten zu vergelten vermocht.‹ – Dies könnt ich.

So weiß ich aus demselben Quistorp die andere Einschränkung, daß man nie beschimpfe, wenn man bloß die Sachen seines Neben- und Mitmenschen (nicht ihn) verächtlich heruntersetzt, als etwan seinen Anzug, seine Gastmähler usw. Ich würde also mit Vorbedacht, da doch am Menschen alles nur fremde Sachen ist, außer seiner Moralität, die er sich, wie der preußische Soldat die Knöpfe, auf eigne Kosten anschaffen muß, ohne Ehrenklage im höchsten Grade anzüglich und geringschätzig z. B. von den schwachen Talenten oder Gesichtzügen eines Rezensenten sprechen, beides Sachen, die der Tropf sich nicht geben kann; ebenso wollt ich auf viele deutsche *Kronen* und

---

* Quistorps Grundsätze des teutschen peinlichen Rechts, 1. Bd., 2. Auflage.

Thronen (ein schöner weiblicher Reim) losziehen, ohne die Besitzer, die ja beides teils halb auf, teils unter sich haben, im geringsten zu meinen. Doch ich kehre zu meinem Satze zurück – beiläufig ein ganz gutes Zeichen, denn Trunkne können, wie Verrückte, nie dieselbe Sache unverändert wiederholen und stehen hier unter Autoren und Advokaten. – Und Rechtwissenschaft ist nicht einmal mein Fach – (doch trinken wir recht auf sie!); aber Heilkunde bleibt es stets. Wie gesagt, ich sagte vorhin von Injurien und dergleichen. Wo finden Sie hier, Herr Doktor, den Vollzapf?«

Strykius beschwor nach allen Seiten hin das Widerspiel. »Dies sag ich, beim Teufel, ja selber«, versetzte der Doktor, »– und wozu denn Ihr Fluchen? Ich denke, ich kenne mich und viele. Manches bringt mich auf, darüber ist keine Frage. Nur wünscht ich zu wissen, ob jemand von der trefflichen, nie hoch genug zu achtenden Gesellschaft um uns her etwas an mir merke; aber freilich Fox und Pitt konnten nur halb so viel vertragen.

Mein lieber Herr Brunnenarzt, Sie brauchen, bei Gott, nicht zu lächeln, als läg ich schon in den Lagen, für welche ich Ihre Vormundschaft bestellte. Sie sehen, ich weiß noch alles. Hab ich aber ein Geheimnis verraten? Seh ich irgendeinen Kopf doppelt? Kaum einfach. – Verschenk ich schon außer dem Einschenken? Und wo stehen mir dumme Tränen der Liebe und Trunkenheit im Auge? Im Gegenteil verspür ich eher harten Humor zum Totschlagen, besonders schlüg ich gern einem Manne aus Ihrer Residenzstadt, der mir mit seinen Augen- und Weisheitzähnen ins Bein gefahren, diese auf der Stelle aus. Die Bestie kommt aber erst, wie Sie sagten, künftige Woche.«

»Sie erhitzen sich, Guter«, sagte Strykius. – »Aber für das Recht und für jeden Rechtschaffnen, der es mit mir so redlich meint als du, Stryk! – Herr Brunnenarzt, ich sage Du zu Ihnen, wie der Russe zu seinem Kaiser. Einen Kuß, aber einen Judas den Zweiten! Denn du weißt aus dem Neuen Testament, wo der Brief des zweiten Judas steht. Der erste Judas war nie mein Mann.« –

Strykius gab Katzenbergern einen Bühnen-Kuß. »Trinke zu, heize ein, zünd an, mein Zünd-Stryk! Ohne Wein war dem Urdeutschen kein Vertrag heilig. – O, wenn ich daran denke! Ein Freund ists Höchste. Ich sage dir, Stryk, einst hatt ich einen und wir herzten einander und er mich – alles tat ich für ihn und machte meinen Schnitt für ihn – ich hätt in seinem Namen gestohlen. Halt, dacht ich, hältst du auch Stich? Ich wollte ja in der Eile etwas Ihnen darstellen; sage mirs Bruder?« – »Das Bewähren Ihres mir unbekannten Freundes«, versetzte der Brunnendoktor. – »Und dies willst du besser wissen als ich? Stich, sagt ich ja vorhin, hält er, wenn er sich bewährt und seinem Freunde zu verzeihen weiß. Der nur ist mein Freund. Deshalb macht ich mir eine leichte Streitsache mit ihm zunutz und schleuderte diesem Freund, um recht zu wissen, woran ich mit ihm wäre, eigentlich um seine Liebe gegen mich zu erproben, einen vollen Bumper oder Willkommen mit allen Kräften an der Kopf; darauf beobachtete ich scharf und kalt, wie er bei dieser ersten Freundschaft-Anker-Probe standhalte und sich betrage. – Aber wir prügelten sogleich uns mit vier Händen durch, und der Treulose haßte mich hinterher wie einen Hund. Dies hatt ich von meiner ersten leichten Liebe-Probe; – was hätt ich mir vollends von einem so wankelmütigen Freunde zu versprechen gehabt, hätt ich ihn noch ganz anders und schärfer auf die Kapelle gebracht, z. B. um Haus und Hof oder gar ums Leben? Anders sollen, hoff ich, unsere Freundschaft-Proben ablaufen. Mich meinerseits erschlagen Sie, wenn Sie wollen; ich umhalse Sie stets sogleich in der frohen Ewigkeit und sage: willkommen, mein Stryk, mein heraufführender Franziskaner-Strick und Galgen – und Treppen-Strick! – Doch dies sind Wortspiele und elend genug.«

Der Brunnenarzt hatte bisher, zumal vor mehren Maus-Ohren an der Tafel, den bedächtigen Mann gespielt und sich wenig anders gegen den Trunk-Sprecher ausgelassen als mit leichtem Nein, Ja und Wink. Nur Neugier nach dem Ausgange, Scheu vor dem wild-begeisterten Doktor, mehr Hoffnung, ihn vor der Welt zu letzt beschämend zu verwickeln, und sogar einiger angetrunkener Mut pichten ihn auf dem Folterstuhle fest. Nüchtern erhielt er sich übrigens durch Meid-Künste – ja mehr als der Doktor selber, der sich zuletzt doch durch Reden betrank.

Erst bei der vierten Flasche überzeugte jener sich, daß im Weine oder im Doktor wirklich Wahrheit sei; mehre versprochene Rausch-Nachwehen und Feuermäler waren schon da, nur das geweissagte Verschenken wollte sich nicht einstellen. Der Doktor warf allerlei seltsame Winke hin, daß er sehr gern wolle, der Fürst wäre nicht da, aber wohl dafür ein anderer Mann für einen dritten, der prügelt: »Kennst du seinen Leibmedikus Semmelmann recht?« sagt' er. – »Längst als den gelehrtesten Arzt und feinsten Mann und meinen Freund«, versetzt' er etwas laut, um von fürstlichen Spionen, die den Geblendeten der Tafellichter ringsumher im Blätter-Dunkel ungesehen belauschen konnten, besser vernommen zu werden. –

»Nun, so sag ich dir, ich bin noch schwankend, ob ich gegen Taganbruch diesen deinen Freund ganz totschlage oder nur halb. Weißt du«, fing er *leise* an und fuhr sogleich *laut* fort, »wer dieser Semmelmann im Innersten ist, Stryk? Der Fallstrick, der Galgenstrick, der Ehrenkronenräuber, kurz, der Rezensent meiner Werke.« – »Wie? – Herr Kollege!« sagte Strykius. – »Kein Wort weiter, er wird totgemacht! – Flex, heda! mein Kerl fährt augenblicklich vor bei Herrn Brunnenarzt Strykius, meine Tochter wird nicht geweckt – sie soll nichts wissen, bis ich wiederkomme, und das ohne alle Umstände.«

Wenn wirklich, wie schon Swift, nach Rochefoucauld, sagt, wir in jedes Freundes Unglück etwas weniges finden, was uns heimlich erlabt: so mußte allerdings der Brunnenarzt in der Aussicht auf die Ausprügelung seines Freundes Semmelmann etwas Behagliches finden, da er so lange diese sich selber zugedacht geglaubt; auch wurde diese Behaglichkeit durch die Betrachtung eher vermehrt als vermindert, daß der Leibmedikus, sein Nebenbuhler, der, als Weg-Aufseher der ersten und zweiten Wege des Fürsten, mehre Wege Rechtens und Himmelfahrten und bedeckte Wege und enge Pässe des Landes besetzte, vom berühmten Katzenberger vielleicht durch Prügel könnte um einigen Kredit, wenn nicht um Glieder und mehr gebracht werden. Dies hielt ihn aber nicht ab, vielmehr spornte es ihn an, sich nur unter vier Ohren, sondern vielleicht vor mehr als zehn Hörmaschinen des Hofs im Finstern entschieden des Leibmedikus oder der Semmelmannschen Unschuld anzunehmen, und zwar mit so größerer Wärme der Überzeugung, je gewisser er wußte, daß er selber die Rezension gemacht.

»Mein bester Kollege«, begann er, »möge mich nur hören! Wie stark der Argwohn gegen den Herrn Leibmedikus gegründet, entscheid ich am wenigsten, da ich Journale, worin etwas stehen soll, als z. B. die ›Gothaischen Anzeigen‹, die ›Oberdeutsche Literaturzeitung‹, die ›Neue Allgemeine Deutsche Bibliothek‹ und dergleichen Unrat mehr mithalte als mitlese. Aber trefflicher, kühner Amt- und Waffenbruder! Lassen Sie mich doch auch reden! Kennen Sie die Mißlichkeit solcher Namen-Ablauschungen wie die Ihres Herrn Richters? Ich halte Semmelmann, soweit ich ihn kenne, durchaus für unschuldig; doch gesetzt, aber nicht zugegeben, Sie hätten recht: aber Freund, wie kann ein Gelehrter mit einem andern Gelehrten (zur Abwägung zwei solcher hab ich keine Gewichte) den geistigen Zwist mit Waffen ausfechten wollen, die nichts treffen als Leiber? – Bei Gott, ich bin hier nicht bestochen, und die fremde Sache nehm ich kühn für eigne.«

»Ich habe dich Spitzbuben wirklich ruhig ausgehört, bloß nur um dir vorläufig dazutun, daß ich, bei Gott! bei Verstand bin wie einer und nach niemand frage. – Was verschlagen alle Flaschen im Magen gegen das wenige, was aus ihm davon in den Kopf steigt? Aber, wie gesagt, das ist mein Satz, oder ich weiß nicht, was wir sagen. Und doch, ein Spitzbube bist du selber, so groß wie Semmelmann, weil du ihm ähnelst und beistehst. Denn du bist, nimm mirs nicht übel, lieber Stryk – von Hause aus – ein milder Mann mit einem weichen Herzen im Brustkästchen, und es ist dir nachzusehen, wenn du aus verdammter, verhaßter Liebe Schubiacke und Stricke (ich rede gesetzt) verfichtst; denn dein Angesicht ist ein sanfter Ölgarten, wo man Blut schwitzt, und du bist am ganzen

Leibe mit Selber-Dämpfern, wie mit Blutigeln besetzt. Du weißt nur zu gut, wer mich rezensiert hat, aber siehst ihn nur nicht gern erschlagen. Ein Knicker ist Semmelmann auch, und nichts haß ich mehr als so einen geizigen Hund, der mir nichts herschenkt, der selber seinem Hund nichts zu fressen gibt als Gras, das dem Tier nur schmeckt, wenn sich das Wetter ändert. – Hat er nicht bloß aus Geizhalsigkeit meine Praxis beneidet, obwohl außer Lands, und meinen Ehrensold und die wenigen Ehrenpforten und Ehrenlegionen, die ich mir etwa erschrieben? Ist der Leibmedikus nicht der größte Schmeichler des Hofs und denkt bei dem Fürsten, weil ich bei Gelegenheit der Hämatosen und Mißgeburten nichts von den mineralischen Bestandteilen des Landes-Bades angebracht, Ehre einzulegen, wenn er mir eine größere nimmt, als er hat? Die Sache ist, seine Zunge gleicht der Bienenzunge, welche einem Fuchsschwanz ähnlich ist, und die für sich Honig saugt und für andere Gift. Wie gesagt, Bruder!! – Ich erhebe dich vielleicht zum Leibmedikus, wenn ich den alten erschlage, mags hören, wer will.«

»Guter Amtbruder«, sagte Strykius, »jetzt in der Nachtkälte tritt die vorher abgeschlossene Bedingung ein, *nolens volens.*« – »Dummes Wort, ich will entweder *nolens* oder *volens.*« – »Fein bemerkt! Wir gehen dann miteinander zu mir auf einen warmen Tee«, sagte Stryk und nahm ihn mit.

Die Stuben-Treffen / der gebotene Finger zum
Frieden

Unterwegs stammelte er nach Vermögen, und was er
sagte, sollte nicht sowohl Sinn haben als wenigen:
»Ich brauche keinen guten Rat«, sagt' er, »so wenig
als ein Hund Zahnpulver und -stocher – ich werde
meine Sache schon so machen, daß man vielleicht
dies oder jenes davon sagt – Mancher ist ein geiziger
Hund, und ziehe mir einmal einen Hundschwanz gerade, ich bitte sehr – Gut, der Mann soll abstehen, wie
Fische vom Donnerwetter, auch ungetroffen, oder
wie ein Wagen voll Krebse, wenn unten ein Schwein
durchkriecht.« –

Sie fanden den Wagen vor Strykius' Türe, der sich
wieder laut gegen das Nachtfahren erklärte und den
Doktor die Treppe hinaufzog, um droben leiser sich
über den Leibmedikus auszuschütten. Er schickte sogar den Bedienten, sobald er den Ofen für den Tee
geheizt, mit Aufträgen in ferne, schon zugesperrte
Häuser davon, um unbehorcht zu bleiben.

Der Wein – die Nacht – die Einsamkeit – der Schlag
auf die Hand – dieses Ineinandergreifen so vieler
Zufalls-Räder brachte den Doktor auf einmal in der
Stube so weit, als er nach andern Planen kaum in
einer Woche sein konnte. Er zog daher einen Ta-
schen-Wind-Puffer heraus, schoß die Kugel in die
Wand – zog und spannte einen zweiten und sagte:
»Ein lautes Wort von dir, so schieß ich dich leise
nieder, und ich fahre davon. Du bist mein Rezensent,
Dieb, nicht der ehrliche, gelehrte Semmelmann – und
ich bin noch nüchterner als du, Saufaus. Schweig; ein

Wort, ein Schuß! Es macht mich schon dein bloßes Waschschwamm-Gesicht mit seinen schlappen Vorderbacken und seinem Gelächel halb wütig. Ein Strafexempel muß ich nun an dir zum Vorteil der ganzen gelehrten Welt diese Nacht statuieren; nur steh ich noch an, ob ich dich ganz aufreibe oder bloß lahmschlage oder gar nur ins Gesicht mehrmals streiche. Hier schleudr ich noch zum Überfluß den Hakenstock von dem Giftpfeil auf deinen Nabel ab (der Stock fuhr aber ans Knie) – sieh den ausländischen Pfeil, womit ich dich harpuniere auf ewig, wenn du schreiest oder läufst. Jetzt verantworte dich leise, nenne mich aber Sie, denn ich bin der Richter und du der Inquisit.«

»In der Tat«, hob der Brunnenarzt an, »es wird mir schwer, nach vielen heutigen geschickten scherzhaften Rollen von Ihnen – und insofern so angenehmen – diese mit einem Überfall auf Leib und Leben nicht für Scherz zu nehmen, besonders da Sie ja nicht ganz gewiß wissen können, ob ich die Rezensionen gemacht.«

»Hier werf ich dir«, sagte der Doktor, in die Tasche fahrend, und nahm das Heft des Pfeils in den Mund, um mit dem Windpistol fortzuzielen, »deine Handschrift aus der Druckerei vor die Füße, Räuber zu Fuß.«

»Gut, dies entschuldigt Ihre erste Hitze gewiß; aber erwägen Sie auch, daß überall von jeher der Gelehrte, besonders der Kunstrichter, gegen den Gelehrten zum Vorteile der Wissenschaft auf dem Papier eine freie Sprache führt, die er sich nie im Zimmer unter vier Augen ...«

»Zum Wissenschaft-Vorteil? – Ist es nicht jammerschade, daß Leute wie du auch nur das geringste davon verstehen? Können solche Leute unwissend genug sein? Die Wissenschaft ist etwas so Großes als die Religion – für jene sollte man ebensogut Mut und Blut daransetzen als für diese – und doch wagen die Rezensenten nicht einmal ihre Namens-Unterschrift daran. Eine Sünde pflanzt sich nicht fort; und jeder Sünder erkennt sie an; ein unterstützter Irrtum kann ein Jahrhundert verfinstern. Wer sich der Wissenschaft weiht, besonders als Lehrer der Leser, muß ihr entweder sich und alles und jede Laune, sogar seinen Nachruhm opfern –«

»Wie schön gesagt und gedacht!« lispelte Strykius. – »Schweig! – oder er ist ein Rezensent wie du; und der Teufel hole jeden Esel, der schreibt, und den er reitet; es ist genug, wenn das Tier spricht. Mache mir jetzt etwas Tee zurecht, denn das Wasser kocht; schneide aber deine Hosenknöpfe ab, damit du mir nicht entläufst.«

»Lieber mein Leben laß ich als meine Ehre«, sagte Stryk; »bloß aufknöpfen will ich den Hosensack und herunterlassen; und es tut ja der Länge wegen denselben Dienst ...«

Während er im Hemd mühsam das Teewasser aufgoß: zog der Doktor den Widerruf hervor und sagte, wenn er ihn beschwöre und unterschreibe, so woll er ihm das Leben selber schenken und ihn nur an den Gliedern, wo er es für gut befinde, mit dem Stab-Sanft bestreifen. Strykius schwur und schrieb. Darauf begehrte der Doktor, daß ers auswendig vor ihm lerne, weil er selber das Dokument wieder zu sich stecken müsse. Der Arzt predigte den Aufsatz endlich auswendig (der Hosensack war seine Kanzel) her. »Gut!« sagte Katzenberger. »Nun haben wir beide nichts Wichtiges weiter miteinander abzumachen, als kollegialisch zu überlegen, welches von den Gliedmaßen ich denn vor dem Einsitzen zu zerschlagen habe; wir haben die Wahl. Wir könnten die Nase nehmen und solche breitschlagen; teils weil du auf meine grobe, knollige, kurze Fuhrmanns-Nase etwas heruntersiehst, teils weil, nach Lavater, sich unter allen Gliedern die Nase am wenigstens verstellen kann und du also bei deiner Vermummerei Gott und mir danken wirst, wenn du ein aufrichtiges Glied weniger hast. – Wir könnten aber auch zum Kopfe greifen, womit oder worin du besonders gesündigt und rezensiert, und ich könnte, da er noch nicht offen genug scheint, wenigstens die sieben Sinnenlöcher, die der Vorderkopf hat, auch dem Hinterkopf durch den Natur-Trepan eines sogenannten Stocks einoperieren. – Oder vor und von der Hand könnten so viele Finger, als leider rezeptieren und rezensieren, bequem dezimiert werden. – Oder ich könnte auch das Pistol an deine Wade halten und sie durchschießen, um aus der Hämatose zu sehen, ob sie eine falsche sei. – Die Auslese wird schwer, du hast verdammt viel Glieder, und ich glaube, *geradesoviel,* als Pestalozzi in seinem ›Buch der Mütter‹ aufzählt. – Oder wählt man am besten das Ganze, die dreihäutige Oberfläche, und zeigt man sich dir mehr von der liebenden Seite, wenn ich eben auf dich, als meinen Nachfolger, beeidigten Priester und Lehrboten, geradeso, wie der Franziskus und andere Heilige die Wundenmäler von ihrem erscheinenden Herrn bekamen, alle die blauen und braunen und gelben Flecken, womit mich in mehr als einer Prügel-Disputa mancher Raffael angemalt, gleichsam als stigmata übertrage und abfärbe, um unsere Vereinigung zu zeigen? – Nun, so stimme doch mit über das Glied, sage, welches!« –

– »Mein Herz«, versetzte er. – »So vertraut spricht man nicht mit mir«, sagte Katzenberger. – »Meines mein ich ja«, sagte Stryk.

»In dies Glied mögen die Weiber ihre dummen Wunden machen! Herr, hier liegt Euer dummer Dachsschliefer, der niemand anbellt und anwedelt; das unnütze Vieh sollt Ihr mir, wenn ich unter den wählbaren Gliedmaßen etwas naschen soll, zum Zerschneiden mitgeben und vorher vor meinen Augen erdrosseln, da ich die Bestie sonst nicht fortbringe!« – »Er ist«, sagte der Arzt, »nur so still, weil er vor Alter keine fünf Sinne mehr hat; erdrosseln kann ich das treue Tier unmöglich, aber hergeben will ich ihn, da er doch bald abgeht.«

Hier hob er den leben- und schlaftrunknen Dachsschliefer auf und gab ihm den Judas- und den Todeskuß. »Behalt ihn, unwissenschaftlicher Narr!« rief der Doktor; »eh ich ein veraltetes Vieh, lieber meine zehn Finger gäb ich her!« – Dieser Zufall öffnete plötzlich dem Brunnenarzt einen Himmel und eine Aussicht: »Ich besitze hier«, sagt' er, »im Kabinett aus dem Fraisch-Archiv eine alte abgedürrte Hand, zwar keine ausnehmende Mißgeburt, aber es ist doch eine Hand mit *sechs* Fingern, die nicht jeder am Arme hat.«

»*Si bon* – Ganzer Mann! Schatz, gebt mir die Hand, nicht Euere – so geh ich ab und schone jeden Hund.« – Während Strykius die Sechsfingerhand, als einen Reichsabschied gegen das Faustrecht, aus dem Kasten holte, säete Katzenberger hinter dessen gebognem Rücken mehre Knallkügelchen auf verschiedne erwärmte Plätze des Ofens und legte nicht sowohl Feuer als Donner ein, um auch in seiner Abwesenheit das Strykische Gewissen nachts oder sonst mehrmals fürchterlich zu wecken durch Lärmkanonen, Notschüsse, Türkenglocken oder andere Metaphern. Während der Donnersaat sprach er fort und sagte ins Kabinett hinaus: »Ich bin aber heute so weich wie ein Kind; das macht der Trunk. Darwin bemerkt schon längst, daß sich den Säufern die Leber, folglich die Galle verstopfe, daher ihre Gallensteine und Gelbsuchten.«

Strykius brachte die eingeräucherte Hand, wogegen Esaus und van Dycks Hände dem Doktor nur als invalide oder defekte erschienen. Nachdem er den Plus-Finger genau daran besehen, mußte sich ihm jener selber in die Tasche stecken, damit er in der gerüsteten Stellung verbliebe. Freundlich und ganz verändert bat er, ihm ein Fläschchen mit Tee mitzugeben, um es ruhiger im Wagen zu trinken. »Nach der Schenkung der fremden Hand verzicht ich gern auf jeden lebendigen Handdruck; Eure Kußhand in meiner Tasche hat alles ins reine und uns einander näher gebracht, und wir lieben uns, so gut wir können. Nur bitt ich Euch noch, mir die Stockscheide, womit ich vorher in die Scheibe des Knies getroffen, selber an den Giftpfeil anzustoßen, weil ich mich aus Mißtrauen nicht bücke, Schatz!«

Als Stryk etwas ängstlich die obere Hälfte des Hakenstocks an die untere angeschienet hatte, händigte Katzenberger mit dem Gemsenhorn noch schleunig einen beträchtlichen Schlag den Schreibknöcheln des Mannes ein – es sollte ein Siegel auf die Bundakte sein – und sagte: »Nur ein Katzenpfötchen und Handschlag für den in der Höhle, *addio*!« Er eilte die Treppe hinunter und in den Wagen hinein, um schnell über die Grenze des Hauses und Landes zu kommen. Noch im Dorfe begegnete ihm Stryks Bedienter, dem er neuen Dank an seinen Herrn mitgab, und vor dem er fahrend die Gesundheit desselben in Tee trank. Frohlockend fuhr er mit dem Reichtum von sechs Fingern und von zwei Alliance-Hasen im Geleise des Himmelweges seiner Tochter nach. Strykius sang zu Hause Dankpsalmen an seine Geschicklichkeit und an das Geschick, daß er sich durch eine tote Hand aus einer lebendigen gerettet, und machte singend die Beinkleider und dann die Haustüre zu; erst da er die letzte dem Bedienten wieder öffnete, stimmte er Krieglieder und Wettergebete gegen dessen ungeheures Außenbleiben an und gegen den Räuber von Doktor. Sein erster Gedanke war, diesem in einer ganz neuen Zeitung durch die zehnte Hand statt einer Benefiz- lieber ein Malefizkomödie zu geben und ihn zu einem Mitgliede in die Unehren-Legion der erbärmlichen Autoren aufzunehmen. Ferner hatt er den zweiten Gedanken, bei sich anzustehen, ob er überhaupt einen ihm mit dem Pistol auf der Brust abgenötigten Eid und Widerruf nur wirklich zu halten habe. Da platzte auf dem Ofen eine Knallkugel, und sein Gewissen, von dieser Krachmandel gestärkt, sagte: »Nein, halte deinen Eid und nimm dir nur die Zeit; denn nach zwanzig Jahren kannst du ebensogut widerrufen, wenn du nicht stirbst, als morgen.«

FÜNFUNDVIERZIGSTE SUMMULA

Ende der Reisen und Nöten

Die sechs Finger und acht Hasenbeine waren so erquickende Zuckerröhre, an denen Katzenberger unterwegs saugte, daß er nach dem Unfall wenig frag-

te, sowohl die Abrechnung der Reisekosten mit Nießen vergessen zu haben als das Aufheben des wegge-
worfenen Windpistols bei Stryk. Das letzte sollten
ihm, beschloß er, ein paar höfliche Zeilen nachholen.
Er ließ galoppieren, um noch vor Untergang des Mars
über das großpoleiische Grenzwappen hinauszufah-
ren. Dann stieg er in Fugnitz aus und genoß bei Licht
seine Mißgeburten ruhiger.

Nach einem kräftigen Extrakt von kurzem Schlaf
flog er der Tochter nach und durch das Städtchen
Huhl mit gezognem Giftpfeil vor dem Hause des
Pharmazeutikus vorbei. Dieser stand eben unter der
pharmazeutischen Glastüre und unter der Wappen-
Schlange seiner Offizin neben dem Orts-Physikus
und zeigte diesem ohne Hutabziehen und sonstige
Gruß-Schüsse mit ausgestrecktem Arme den Giftmi-
scher und Hasendieb.

Erst spät, bei Licht-Anzünden, kam er zu Hause an.
Er hörte, Theoda, die schon vormittags angelangt, sei
bei ihrer Freundin. Halb verdrießlich machte er sich
nach Mehlhorns Wohnung im Erdgeschosse auf, welches für ihn den Vorteil hatte, da es abends durch
Fensterladen verschlossen war, daß man ungesehen
durch sie hineinsehen konnte.

Katzenberger war ein Mann von vielen Grundsätzen, worunter er einen hatte, den zarten Seelen, welche die menschliche, von keiner sichtbaren Gegenwart gemilderte Schärfe der Urteile über taube Abwe-
sende schwer ertragen, ihm nicht so leicht nachbefol-
gen konnten, nämlich den, zu – horchen und zu lu-
ken. Darum erklärte er besonders Fensterläden der
Erdgeschosse für die besten Operngucker und Hörmaschinen, die er nur kenne, und sagte, solche Läden
schlössen etwas wohl dem Räuber, aber nichts dem

Herzen zu – und man schaue nie ruhiger und schärfer in Haushaltungen als durch zarte Ritzen, entweder in einen offnen Himmel oder offnen Schaden, und er wisse dieses *aperturae jus* oder diese *servitus luminum et prospectus*, kurz, diese Licht-Anstalt mit nichts zu vergleichen als mit Totenbeschau und Leichenöffnung; nie sei er von solchen Fensterläden weggegangen, ohne irgendeinen Gewinn davonzutragen, entweder eines Schmähwortes auf ihn oder sonst einer Offenherzigkeit.

Durch den Fensterladen sah er nun mit Erstaunen die Wöchnerin Bona im Bette und in ihren Händen zwei fremde Hände, die sie aufeinander drückte, Theodas und Theudobachs, indem sie ihr klares, obwohl mattes Auge mit so viel Entzückung und Teilnahme zu den beiden Liebenden aufhob, als sie ihrem Zustand erlauben durfte. – Er sah ferner, wie der Umgelder mit (geborgten) Weingläsern und mit (bezahltem) Weine ohne Anstand, aber lebhaft umhersprang und den Aufguß seiner eignen Begeisterung einer himmlischern vorhielt und anbot, sogar der neuen Kindbetterin, welche indes mitten in der ihrigen genug Bedachtsamkeit besaß, diesen bösen Honigtau des Wochenbettes auszuschlagen. Er vernahm sogar, daß der Zoller ein Wagstück mit seiner Zunge bestand und sagte: Gnädigster Herr Gevatter, aufs hohe Wohl unseres Paten!« – Von dem Nachmittag und der vorigen Nacht war also (sah er durch die Spalten) das Pfund jeder Stunde gewissenhaft benutzt und auf Zinsen der Liebe angelegt. Nie sah die blasse, hellblau-augige Bona verklärter und durchsichtiger aus als in dieser Stunde des Mit-Entzückens, aber ihre Verklärung verschönerte auch die fremde; denn ein liebendes Paar erscheint zärter und himmlischer durch den Widerschein einer teilnehmenden Freude.

Jetzt hörte der Doktor den Zoller ausrufen: »Ich gäbe meine Hand darum, wären der Herr Doktor Gevatter da; meine scharmanten Brautleute wären aufgeräumter und stießen an.« – Der Zoller hatte, als ein Mann, der wenig anders noch in der Welt scharf beobachtet hatte als Zoll und Umgeld, aus Theodas Bleich- und Ernst-Sinn den Schluß gezogen, sie bange vor des Vaters Entscheidung; wiewohl die heitere Rose bloß vor der heißen Sonne der Liebe und Entzückung zur weißen erblaßte. Der tiefe Ernst der Liebe griff ihr ganzes munteres Wesen an. Der Hauptmann, schon von Natur und Wissenschaft ernst, war durch die plötzliche unberechnete Lohe der Liebe nur noch ernster geworden; denn sonst irgendeine äußere Störung (Perturbation) seines Liebe-Hesperus durch den Vater Saturn oder Mars kam ihm bei seiner mathematischen Hartnäckigkeit und kriegerischen Entschlossenheit gar nicht in Betracht, ja wenig in Sinn. Mehlhorn fuhr fort: »Ich setze meine Ehre zum Pfande, die Sache geht.« Vergeblich winkte ihm Bona. »Ich weiß sehr gut«, sagt' er, »was ich sagen will; ich kenne meinen teuersten Herrn Gevatter Doktor so gut als euch selber, und vermachen ihm Dieselben auf Ihrem herrlichen Rittergut Ihre ganze Höhle voll Bärenknochen zum Ausleeren: so weiß ich, was ich weiß.«

Der Doktor ärgerte sich am Fensterladen, daß Mehlhorn bei Kräften sein wollte und keck – denn derselbe Liebhaber aller Kraft-Menschen wird doch verdrießlich über einen Schwächling, welcher plötzlich, wenn auch nur im Trunk-Mut, etwas vorstellen und dadurch das Verhältnis der Unterordnung schwächen will –; doch sagte zu sich der Doktor: »Übrigens ists gut, und ich bin Herrn Theudobachs gehorsamer Diener und Schwiegervater, wenn es mit der Höhle richtig ist.«

Der Doktor trat gelassen ins Zimmer und sah jeden unverlegen an. Die verschiedenen Konzertisten der harmonischen Liebe mußten gegen den eintretenden Taktschläger sich in angemessenen Spielen der Harmonie darstellen. Die Tochter hatt es am leichtesten, sie hatte einen Vater zu empfangen und zu küssen. – Auch der Zoller unternahm, bei so viel Wein im Kopf, mit Erfolg die schwersten Umhalsungen. Nur der Schwiegersohn, Theudobach, begab sich gegen Katzenberger, der ohnehin mit lauter Winterseiten besetzt war, mit Anstrengung in das gewöhnliche krause Höflichkeit-Gefecht zwischen kühlen Schwiegervätern und heißen Schwiegersöhnen. Je feuriger und reifer der Doktor das Ja im Herzen hatte, desto fester verkorkte er es darin; schon auch darum, um dem ergötzenden Ringel-Frontanze um sein Vaterherz herum zuzusehen. Bona durchblickte sogleich die Ineinanderwirrung; der nun trocknere Hauptmann, der neben dem Alten die Hand der Tochter nicht fortbehalten konnte, schien ihr Anstalt zum Abzuge in sein Quartier im Sinne zu haben, um sich aus demselben an den Nordmann mit der Feder zu wenden. Auch der geheizte Kopf des Zollers, schiens ihr, versprach mit allem seinen Reverberier-Feuer nicht viel Licht für den Ausgang der Sache.

Aber sie tat es kühn ab; sie bat die Gesellschaft um einen einzigen Augenblick, um mit ihrem alten Arzte ein Wort zu reden. Man ging leicht, nur Mehlhorn schwer.

Sie leitete wirklich mit einigen Kranken-Fragen

ein, ehe sie den Doktor zur Geschichte ihrer Freundin, zu der Vergangenheit, Gegenwart und Zukunft derselben überführte. Zuletzt kam ihr eben aus Wöchnerin-Schwäche ihre Schwäche ganz aus dem Sinn, und sie ließ Herz und Zunge flammen für Theoda. Ihr verschwinde zwar, sagte sie, mit ihr das halbe Glück des Lebens; wenn aber diese dadurch das ganze gewinne, so weine sie gern ihre heißesten Tränen.

Der Doktor bat, ihn mit den nähern Verhältnissen des Mannes in Bekanntschaft zu setzen. Sie erzählte, ihr Mann habe schon vormittags über seine Umstände und über die Wahrheit seiner Versicherungen bei mehr als fünf Studenten aus Theudobachs Nachbarschaft Nachrichten einziehen müssen, aber lauter Bejahungen eingebracht, wie sich denn im ganzen Wesen desselben der Mann von Wort ausweise. Sie nahm so viel Anteil an Theudobachs Reichtum als Katzenberger selber; und es steht einer schönen Seele nicht übel an, für eine fremde dasselbe Irdische zu beherzigen, das sie für sich selber versäumt. »Sie können ja«, setzte sie lächelnd hinzu, »unter einem sehr guten Vorwand selber hinreisen und sich alles mit Augen befühlen; er hat nämlich auf seinem Gute eine Höhle voll Bären- und Gott weiß was für Knochen. Für die Tochter gibt er Ihnen freudig alles, was er von toten Bären hat; es wird schon was zu einem lebendigen übrigbleiben für die Ehe.«

»Ich«, versetzte der Doktor, »bin gewissermaßen dabei, Weibleute kann man nicht früh genug auf jüngere Schultern abladen von alten; wir armen Männer werden, bei allem Gewicht, leicht in ihnen geschmolzen, wie z.B. Bleikugeln in Postpapier ohne dessen Anbrennen. Sie soll ihn vorderhand haben, *bedingt*.«

Hier war der Umgelder schon von der Türe (er hatte, um sie nicht aufzumachen, davor gehorcht) abgeflogen zum Brautpaar; vierundzwanzig blasende Postillione stellte er vor, um das gewonnene Treffen anzusagen. Vielleicht hätten sie wenig dagegen gehabt, hätte sich der Sieg auch einige Stunden später entschieden. Die Liebenden kamen zurück, und in ihren Augen glänzte neue Zukunft, und auf den Wangen blühte die Gegenwart. Der Umgelder wollte auf einem Umweg durch die Knochenhöhle – als einem tierischen Scherbenberge Roms – der Sache näher kommen und tat dem Hauptmann die Frage, was er für Schönheiten auf seinem Landgute verwahre. Aber dieser wandte sich ohne Antwort und Umweg gerade an den Vater und legte ihm den durchdachten Entschluß seines Herzens zum Besiegeln vor. Katzenberger murmelte, wie verlegen, einige Höflichkeit-Schnörkel, bloß um sich bestimmtes Loben zu ersparen, und äußerte darauf: er sage ein bedingtes Ja und schieße das unbedingte freudig auf dem Gute selber nach, wenn ihm und seiner Tochter der Hauptmann erlaube mitzureisen. »Warum soll ichs nicht sagen?« fuhr er fort, »ich bin ein gerader Mann, mit dem ganzen Herzen auf der kleinen Zunge. Ich wünschte wirklich den unterirdischen Schatz zu sehen, dessen Herr Zoller gedachte, und Sie mögen immerhin dies für einen Vorwand mehr aufnehmen, um meine naturhistorische Unersättlichkeit zu befriedigen.« Ob er nicht eine wahre Verstellung in die scheinbare verbarg und eigentlich gerade dem Reichtum über der Erde unter seinem Vorwand eines tiefern nachschauen wollte, konnte außer der hellen Bona wohl niemand bejahen; sondern eine triumphierende Kirche frommer Liebe, ein Brockengipfel tanzender Zauberfreude wurde das Zimmerchen; und selber Katzenberger stellte in dieser Walpurgisnacht voll Zauberinnen, schöner als sein Urbild (der Teufel), den umtanzten Brocken-Helden dar.

Nachdem er, um die allgemeine Entzückung und die eigne lustiger zu ertragen, den nötigen Wein getrunken: so macht' er sich unversehens in die Flucht vor vier Dankstimmen nach Hause und sagte unterwegs, die Augen gegen den Sternenhimmel gerichtet: »Rechn ich auch nur flüchtig nach, daß ich einen achtfüßigen Hasen – eine sechsfingerige Hand – die goldfingerige eines Schwiegersohns auf einer kurzen Reise gewonnen, wobei ich nicht einmal im Vorbeigehn die Strykische Schreibtatze anschlage, auf die ich geschlagen – und schau ich in die Höhle hinein, wo ich auf ganz andere Höhlenbären als auf die kritischen stoßen soll: so kann ein Mann, der auf einer Reise ums Weltmeer nicht mehr hätte fischen können als ich auf meiner ins Maulbronner Bad, dafür Gott, sollt ich denken, nicht genug danken.«

Werft noch vier Blicke in den kleinen Freudensaal der vom Vater-Ja beglückten Liebe und der beglückten Freundschaft zurück, eh ihr von allen auf immer geht! Solche Abende und Zeiten kommen dem dürftigen Herzen selten wieder; und obgleich die Liebe wie die Sonne, nicht kleiner wird durch langes Wärmen und Leuchten, so werden doch einst die Liebenden noch im Alter zueinander sagen: »Gedenkst du noch, Alter, der schönen Juli-Nacht? Und wie du immer froher wurdest und deine Theoda küßtest? – Und wie du, Theoda (denn beide fallen einander unaufhörlich in die Rede), den guten Zoller herztest? – Und wie wir dann nach Hause gingen und der ganze Himmel funkelte und das Sommer-Rot in Norden ruhte? – Und

wie du von mir gingst, aber vorher einen ganzen Himmel in meine Seele küßtest, und ich im Lieberausche
leis an meinem Vater vorüberschlich, um den müden
nicht zu wecken? – – Und wie alles, alles war, Theoda?
Ich bin kahl, und du bist grau, aber niemals wird die
Nacht vergessen!« – So werden beide im Alter davon
sprechen.

Weiterführende Literatur

De Bruyn, Günter: Das Leben des Jean Paul Friedrich Richter. Frankfurt/Main 1976

Jean-Paul-Chronik. Daten zu Leben und Werk. Zusammengestellt von Uwe Schweikert, Wilhelm Schmidt-Biggemann und Gabriele Schweikert. München - Wien 1975

Jean Paul. Sonderband Text + Kritik. Hg. von Ludwig Arnold. München 1970

Müller, Volker Ulrich: Narrenfreiheit und Selbstbehauptung. Spielräume des Humors im Werk Jean Pauls. Stuttgart 1979

Ortheil, Hanns-Josef: Jean Paul mit Selbstzeugnissen und Bilddokumenten. Reinbek 1984

Schaer, Michael: Ex negativo. »Dr. Katzenbergers Badereise« als Beitrag Jean Pauls zur ästhetischen Theorie. Göttingen 1983

Schweikert, Uwe: Jean Paul. Stuttgart 1970

Sprengler, Peter: Innerlichkeit. Jean Paul oder das Leiden an der Gesellschaft. München 1977

Vollmann, Rolf: Das Tolle neben dem Schönen. Jean Paul. Tübingen 1975

k

DIE DEUTSCHEN KLASSIKER

In der gleichen Reihe erscheinen:

Weitere Titel folgen.